EMIKO JEAN

uma princesa em Tóquio

Tradução
RAQUEL NAKASONE

2ª reimpressão

O selo jovem da Companhia das Letras

Copyright © 2021 by Alloy Entertainment e Emiko Jean

Publicado mediante acordo com Rights People, Londres
Produzido por Alloy Entertainment, LLC

O selo Seguinte pertence à Editora Schwarcz S.A.

Grafia atualizada segundo o Acordo Ortográfico da Língua Portuguesa de 1990, que entrou em vigor no Brasil em 2009.

TÍTULO ORIGINAL Tokyo Ever After
CAPA E ILUSTRAÇÃO DE CAPA Ju Kawayumi
PREPARAÇÃO Camila Cysneiros
REVISÃO Adriana Bairrada e Natália Mori Marques

Dados Internacionais de Catalogação na Publicação (CIP)
(Câmara Brasileira do Livro, SP, Brasil)

Jean, Emiko
 Uma princesa em Tóquio / Emiko Jean ; tradução Raquel Nakasone. — 1ª ed. — São Paulo : Seguinte, 2021.

 Título original: Tokyo Ever After.
 ISBN 978-85-5534-172-4

 1. Ficção norte-americana I. Título.

21-74920   CDD-813

Índice para catálogo sistemático:
1. Ficção : Literatura norte-americana 813

Cibele Maria Dias – Bibliotecária – CRB-8/9427

Todos os direitos desta edição reservados à
EDITORA SCHWARCZ S.A.
Rua Bandeira Paulista, 702, cj. 32
04532-002 — São Paulo — SP
Telefone: (11) 3707-3500
www.seguinte.com.br
contato@seguinte.com.br

Para todas as garotas que agem com o coração

A família imperial*

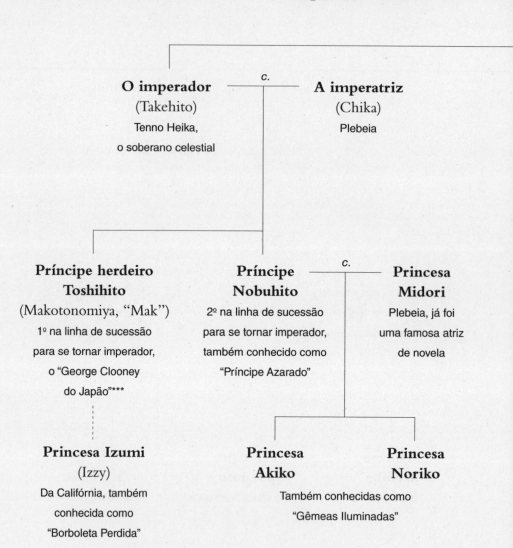

* genealogia comentada e não oficial
** já faleceu
*** antes de se casar com Amal e ter gêmeos

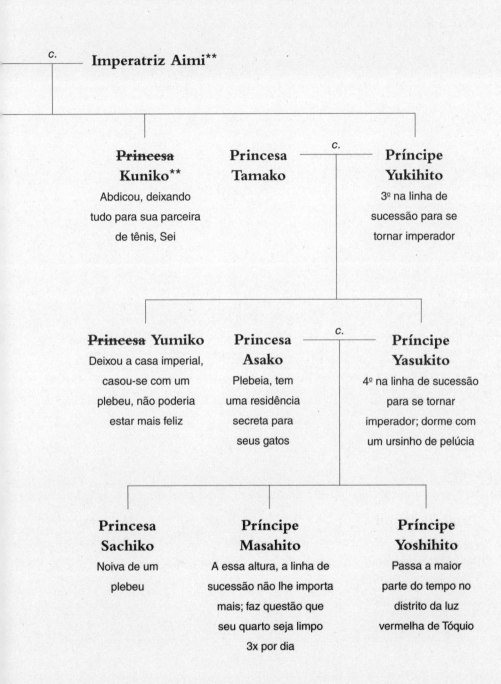

FOFOCAS DE TÓQUIO

A Borboleta Perdida tem suas asas cortadas

4 de abril de 2021

Uma elegância atemporal permeava o casamento do primeiro-ministro Adachi com a herdeira de uma empresa de remessas Haya Tajima no luxuoso New Otani Hotel. Apesar de ser seu segundo casamento (sua primeira esposa faleceu muitos anos atrás), não se pouparam gastos. Os homens vestiam fraques. As mulheres, seda. Taças transbordavam com champanhe Dom Pérignon. Cisnes negros e brancos, importados da Austrália, nadavam nos lagos do jardim. Os convidados constituíram um verdadeiro banquete da aristocracia japonesa, incluindo a família imperial. Até Sua Alteza Imperial o Príncipe Herdeiro Toshihito estava presente, apesar dos constantes desentendimentos com o primeiro-ministro.

Aliás, o foco não estava na rivalidade entre eles; tampouco na noiva ou no noivo, diga-se de passagem. Todos os olhos estavam voltados para a recém-descoberta princesa, Sua Alteza Imperial a Princesa Izumi, também conhecida como

"Borboleta Perdida". O casamento marcou sua estreia formal na sociedade japonesa. Ela vai voar — ou cair?

S.A.I. a Princesa Izumi certamente estava trajada à altura da ocasião com seu vestido de seda verde e pérolas de Mikimoto, provenientes dos cofres imperiais e presente da imperatriz. A imprensa não teve autorização para participar da cerimônia, mas, segundo relatos, o evento foi impecável.

Então por que a Borboleta Perdida foi vista embarcando em um trem para Kyoto nesta manhã? A Agência da Casa Imperial insiste que se trata de uma viagem previamente planejada para o interior. Mas todos sabem que a realeza costuma recorrer à vila imperial de Kyoto quando necessita de rendição. No ano passado, Sua Alteza Imperial o Príncipe Yoshihito passou uma temporada inteira na vila após uma viagem não autorizada para a Suécia.

Parece que as asas da borboleta foram cortadas. O que será que S.A.I. a Princesa Izumi pode ter feito para ser expulsa das propriedades imperiais de Tóquio? Não se sabe. Mas alguém com certeza está *encrencada*...

1

É dever sagrado de uma melhor amiga nos convencer a fazer coisas que não deveríamos.

— Você nunca vai terminar. Você tentou. Tentou mesmo — Noora, a melhor amiga supracitada, diz. — Deu o seu melhor.

Meu *melhor* foi escrever em cinco minutos uma redação sobre o crescimento pessoal retratado em *As aventuras de Huckleberry Finn*, de Mark Twain. Era para a Noora estar me ajudando. Eu a chamei para me dar apoio moral.

— É melhor a gente desencanar de vez e seguir em frente. — Ela se joga na minha cama, com os braços tapando os olhos, como se estivesse literalmente desmaiando. Tão dramática.

A sugestão é tentadora. Tive quatro semanas para fazer o trabalho. Hoje é segunda. O prazo é terça. Não sou tão boa em matemática assim para calcular a probabilidade estimada de terminar a tempo, mas aposto que é baixa. Olá, consequência das minhas próprias ações. Você por aqui de novo, velha amiga.

Noora ergue a cabeça do meu travesseiro.

— Meu Deus, seu cachorro fede.

Abraço Tamagotchi.

— Não é culpa dele.

Meu terrier vira-lata tem uma condição glandular rara sem cura nem tratamento. Ele também tem uma carinha-tão-feia-mas-tão-fofa e uma obsessão nojenta pelas próprias patas. Está sempre chupando os dedos.

Tenho certeza de que fui colocada neste planeta para amar esse canino.

— Não posso desencanar do trabalho. Preciso dele pra passar nessa matéria — digo, surpreendendo a mim mesma.

Raramente sou a voz da razão. Confesso: não existe voz da razão nessa amizade. Nossas conversas normalmente seguem a seguinte dinâmica:

Noora: *ideia ruim*
Eu: *hesito*
Noora: *cara de decepção*
Eu: *ideia pior ainda*
Noora: *cara animada*

Basicamente, ela me provoca e eu dobro a aposta. Ela é o Timberlake da minha Biel, o Edward da minha Bella, o Pauly D do meu *Jersey Shore*. Minha irmã de outra vida. Minha parceira de crime. Tem sido assim desde o segundo ano, quando ficamos amigas por conta da cor da nossa pele — um tom mais escuro do que o das crianças brancas de Mount Shasta, na Califórnia — e da nossa inabilidade em seguir instruções simples. "Desenhar uma flor?" *Pff*. Por que não um oceano inteiro com estrelas-do-mar criminosas e um golfinho detetive que faz o tipo eu-não-sigo-as-regras?

Juntas, somos metade da Gangue das Garotas Asiáticas — GGA. No entanto, estamos mais pra *Supergatas* do que para crime organizado. Hansani e Glory são a outra metade. A anuidade do nosso grupo é restritiva e paga com certo crédito em ancestralidade asiática. Significado: somos pan-asiáticas. Em uma cidade caracterizada por *tie-dyes* e bandeiras confederadas, não podemos nos dar ao luxo de discriminar.

Noora me encara.

— É hora de desistir. Se adaptar. Superar. Ficar em paz com o seu fracasso. Vamos ao Emporium. Será que aquele gato ainda trabalha no balcão? Lembra quando a Glory ficou toda nervosa e pediu "picalé" de chocolate? Vamos, Zoom Zoom — ela insiste.

— Queria que você nunca tivesse ouvido minha mãe me chamando assim.

Eu me mexo e Tamagotchi escapa dos meus braços. Não é nenhum segredo: eu o amo mais do que ele me ama. Ele dá uma voltinha e deita, enfiando o focinho no bumbum. Tão. Fofo.

Noora dá de ombros.

— Mas eu ouvi, e achei ótimo. Agora não consigo *não* usar.

— Prefiro Izzy.

— Você prefere Izumi.

Correto. Só que, lá pelo terceiro ano, já tinha ouvido essas três sílabas serem tão massacradas que quis simplificar meu nome. É mais fácil assim.

— Se pessoas brancas conseguem aprender Klingon, também podem aprender a pronunciar o seu nome.

Contra fatos não há argumentos.

— Verdade — admito.

Minha melhor amiga tamborila na própria barriga, um sinal claro de tédio. Senta com um sorriso felino — misterioso, orgulhoso. Mais um motivo para eu gostar mais de cachorros. Nunca confie em um gato, eles vão comer a sua cara se você morrer. (Não tenho provas disso. Apenas um forte pressentimento.)

— Esquece o Emporium, então. Estou me sentindo feia e sem graça.

Agora estou rindo. Já tivemos essa conversa antes. Fico feliz por saber o que fazer.

— Talvez a gente devesse só se arrumar e tentar de novo — sugiro, muito prestativa.

Tamagotchi ergue as orelhas.

Noora assente sabiamente.

— Grandes mentes pensam igual.

Ela me lança outro sorriso e sai correndo em direção ao banheiro da minha mãe, também conhecido como a Beverly Hills dos cosméticos. É difícil pensar nos itens naquela bancada lascada de vinil e *não* salivar — estojos brilhantes de paletas de sombras Chanel, máscaras de dormir com caviar La Prairie, delineadores Yves Saint Laurent Couture. Ah, e produtos coreanos para a pele, alguém quer? Sim, por favor. Cada pequena indulgência decadente contém uma promessa de um futuro melhor. Tipo, as coisas estão muito ruins agora, mas tenho certeza absoluta de que esse *bronzer* Golden Goddess vai resolver tudo.

A ironia é que essa coisa de maquiagem cara é o total oposto da praticidade comedida da minha mãe. Ela dirige um Prius, faz um nível muito acima da média de reciclagem (às vezes acho que me teve só para conseguir ajuda para remexer a pilha de compostagem) e reutiliza meias-calças. Tem pedacinhos de sabonete sobrando aí? Jogue em uma meia velha e esprema até extrair o último resquício de espuma deles. Quando aponto essa hipocrisia, ela assume um ar indiferente. "Não importa", ela diz. "É tudo parte da minha mística feminina." Eu não discordo. Nós, mulheres, somos múltiplas. A verdade é que os brilhos labiais e iluminadores são o prazer secreto da minha mãe. E o meu e de Noora é simplesmente pintar a cara enquanto ela está dando aula na faculdade comunitária do bairro.

Encontro Noora passando um *gloss* da Dior e espiando pela persiana.

— Jones está no seu quintal de novo.

Atravesso o tapete e me junto a Noora na janela. Sim, é ele. Nosso vizinho está com um chapéu molenga cor-de-rosa, camiseta branca, Crocs amarelas e um sarongue tão colorido que chega a ser ofensivo — quero dizer, quem inventou uma coisa tão profana?

Ele está levando dois frascos de um líquido escuro para a varanda dos fundos. Deve ser kombucha. O barbudo tem uma queda pela minha mãe, fabrica seu próprio chá, cria abelhas e sua camiseta favorita diz: O amor não vê cor. O que é mentira, óbvio. O amor definitivamente vê cor. Exemplo: quando tomei coragem para dizer que gostava de um garoto do sétimo ano, ele respondeu: "Desculpa, mas não acho meninas asiáticas bonitas". Desde então, minha vida amorosa tem seguido o mesmo caminho amaldiçoado. Meu último relacionamento foi um desastre. Ele se chamava Forest e me traiu durante o baile da escola. Nós concordamos em terminar. Esfrego a lateral da barriga, onde de repente sinto uma dor aguda — provavelmente gases, nada a ver com a lembrança.

— É meio esquisito que ele traga coisas pra sua mãe o tempo todo. É tipo quando gatos selvagens deixam ratos mortos na sua porta. — Noora retoca o *gloss* e pressiona os lábios.

O vermelho intenso combina com a personalidade dela. Sutileza não faz parte do seu vocabulário.

Cruzo os braços.

— Duas semanas atrás, ele trouxe um livro cheio de flores secas.

Minha mãe pode ser professora de biologia, mas botânica é a sua paixão. O que falta em estilo, Jones compensa no flerte. Isso eu devo admitir.

Noora sai da janela e joga o *gloss* na colcha de brechó na cama. Minha mãe é fã de coisas velhas.

— Esse é o livro que ele fez pra ela? *Orquídeas raras da América do Norte?*

Agora ela está na mesinha de cabeceira, mexendo nas coisas da minha mãe. Tão bisbilhoteira.

— Não. Esse é outro.

Nunca prestei muita atenção nesse livro. Porque, né, orquídeas raras e tal.

— A-há. O que é isso? — Noora bate o dedo na folha de rosto e começa a ler. — "Minha adorada Hanako"...

Levo um momento para entender. *Adorada? Hanako?* Arranco o livro das mãos dela.

— Ladra — ela murmura, pousando o queixo no meu ombro.

A caligrafia é elegante e inclinada, e o lápis está quase apagado.

Minha adorada Hanako,

Por favor, deixe que as palavras digam o que eu não consigo dizer:

Queria estar tão perto
De você quanto a saia molhada
De uma garota na chuva.
Penso sempre em você.
— Yamabe no Akahito

Com amor,
Makoto "Mak"
2003

Noora assobia baixo.

— Parece que Jones não é o único admirador não-tão-secreto da sua mãe.

Sento na cama.

— Minha mãe nunca mencionou nenhum Makoto.

Não sei lidar com essa informação. É estranho pensar na vida dos seus pais antes de você existir. Pode me chamar de narcisista, mas é prerrogativa dos adolescentes acreditar que tudo começa no momento em que nascemos. Tipo: *Izzy chegou. Terra, já pode começar a girar.* Não sei, talvez seja coisa de filha única. Ou talvez minha mãe tenha me amado tanto que me deixou assim.

Ainda estou processando tudo quando Noora diz, com cuidado:

— Mas então. Você nasceu em 2003.

— É. — Engulo em seco, olhando para a página.

Nossos pensamentos apontaram para a mesma improvável embora intuitivamente correta direção. Minha mãe me contou que engravidou de mim no último ano da faculdade. Ela e meu pai eram da mesma turma. Harvard, 2003. Ele tinha vindo do Japão fazer intercâmbio. Ficaram juntos uma noite só. *Mas não foi um erro*, ela sempre ressaltou. *Nunca foi um erro.*

Fico olhando para o nome. *Makoto. Mak.* Quais são as chances de minha mãe ter tido dois casos com japoneses diferentes no ano em que nasci? Olho para Noora.

— Pode ser o meu pai. — Dizer isso em voz alta é estranho, pesado. Tabu.

Esse assunto sempre foi uma nota de rodapé na minha biografia. *Izzy foi concebida em 2003 por Hanako Tanaka e um japonês desconhecido.* Não é saber minhas origens que me deixa mal. Sou filha do século XXI; jamais sentiria vergonha da liberdade sexual da minha mãe. Respeito as decisões dela, ainda que as palavras "mãe" e "sexo" juntas me façam querer botar fogo em alguma coisa.

O que faz minha alma doer é *não* saber. Caminho pela rua examinando as pessoas, me perguntando: "Você é meu pai? Conhece ele? Sabe algo a meu respeito que eu não sei?".

Noora me observa.

— Conheço esse olhar. Você está ficando esperançosa.

Abraço o livro. Às vezes é difícil não sentir inveja da minha melhor amiga. Ela tem tanta coisa que eu não tenho — um pai, uma mãe e uma família enorme. Já passei um feriado de Ação de Graças na casa dela. É uma verdadeira pintura de Norman Rockwell, só que com um tio bêbado, burburinho de palavras em fársi, molho de romã e torta de caqui no lugar de torta de maçã. Ela sabe exatamente de onde veio, quem é e tudo sobre a própria identidade.

— Até parece — finalmente digo.

Noora senta e me dá um empurrãozinho.

— Até parece? Ele pode ser seu pai. Pode não ser seu pai. Não precisamos tirar conclusões precipitadas.

Tarde demais.

Quando eu era pequena, pensava muito no meu pai. Às vezes, fantasiava que ele era dentista ou astronauta — e, uma vez, ainda que jamais admita em voz alta, até desejei que ele fosse branco. Na verdade, eu queria que tanto meu pai quanto minha mãe fossem brancos. Branco era lindo. Branco era a cor das minhas bonecas e das modelos e das famílias que eu via na TV. Era como se abreviar meu nome, ter a pele mais clara e um olho mais redondo fossem tornar minha vida muito mais fácil e o mundo muito mais acessível.

Olho a página.

— Harvard deve ter um registro de ex-alunos — solto, hesitante.

Nunca me atrevi a procurar meu pai. Sequer falo sobre ele. Até porque minha mãe nunca me encorajou a isso. Na verdade, a relutância dela em falar sobre ele me *desencorajou*. Então permaneci calada, sem querer cutucar essa ferida entre mãe e filha. Continuo não querendo. Mas eu também não deveria ter que fazer tudo sozinha. Não é para isso que servem as melhores amigas? Para dividir o peso?

Clique. Flash. Noora tira uma foto da página com o celular.

— Vamos revirar essa história — ela promete.

Nossa, queria poder capturar a confiança e a firmeza dela. Se ao menos eu tivesse metade disso.

— Você está bem? — ela pergunta.

Meus lábios tremem. Sinto uma inquietação no peito. Pode ser uma grande descoberta. Grande mesmo.

— Sim. Só é muita coisa pra processar.

Noora me abraça forte. Encerramos a conversa assim.

— Não se preocupa — ela diz, séria. — Vamos encontrar ele.

— Você acha mesmo? — Meus olhos brilham de esperança.

O sorriso felino volta.

— Rolinhos de canela são meu ponto fraco ou não?

— Baseada em seu histórico de consumo, eu diria que sim.

Ela assente com confiança e agilidade.

— Vamos encontrar ele.

Viu só? Parceiras de crime.

2

Escola. Meio-dia. Terça-feira. Caminho decidida pelos corredores do Colégio Mount Shasta. Dezoito horas se passaram desde que um livro sobre orquídeas raras e um poema ligeiramente lascivo viraram meu mundo de cabeça para baixo.

Foram uma noite e uma manhã difíceis. Tantas perguntas agitavam minha cabeça: "Será que era mentira que minha mãe mal conhecia meu pai? Se sim, por que ela fez isso? Meu pai sabia sobre mim? Então, por que não me quis? A vida não está nada fácil". Estou tomando cuidado para conter as expectativas, e ao mesmo tempo evito minha mãe. Ainda bem que sou ótima em subterfúgios. Debaixo da minha cama tem meia garrafa de licor de pêssego e um punhado de livros românticos (duque falido mais herdeira de classe inferior é igual a amor eterno e verdadeiro). Minha mãe não sabe nada disso. Agir casualmente é o segredo — sou apenas uma garota cuidando da própria vida, nada além disso.

Avisto a entrada da biblioteca. Sigo em frente, passando por um grupo de caubóis e duas garotas chamadas Harmony. As portas duplas batem atrás de mim.

Ah, finalmente silêncio. Quem dera fosse tão fácil assim desligar meus pensamentos. No fundo da sala, Noora está me esperando, morrendo de ansiedade. Eu também estou por um fio. Na última hora, uma enxurrada de mensagens foi trocada entre a GGA.

Noora
MDDC. MDDC. MDDC.

Noora
Notícia quente. Reunião de emergência da GGA na biblioteca na hora do almoço.

Glory
A gente come lá todos os dias.

                    Eu
                    ?

Noora
Não se atrasem. Vocês não vão querer perder isso.

Glory
Se for sobre o terceiro mamilo do Denny Masterson de novo…

Noora
Bem que vc queria!

Hansani
Que tal uma dica?

                    Eu
                    ??

Noora
Aff. E estragar a minha grande revelação?
100 ofensa, mas vocês vão ter que esperar.

Puxo para baixo a cordinha do balão cheio de esperanças que infla no meu peito. A notícia quente de Noora provavelmente nem é sobre meu suposto pai. Ela convoca reuniões de emergência por qualquer coisa.

— *Finalmente*. — Noora me agarra e me puxa por entre as estantes.

Saímos no canto nordeste. Hansani, uma garota esbelta do Sri Lanka, e Glory, uma filipina birracial com sobrancelhas que eu morreria e/ou mataria para ter, já estão esperando na mesa de sempre. Essas meninas. *Minhas* meninas. Temos a inigualável habilidade de saber exatamente o que a outra está sentindo apenas com um olhar. Nossa conexão nasceu nos primeiros anos do ensino fundamental, quando aprendemos que nosso maior "defeito" era a aparência.

Para mim, foi Emily Billings. Ela me encurralou no ônibus escolar e puxou o canto dos olhos exageradamente para cima. Eu sabia que era diferente, mas só soube que ser diferente era ruim quando alguém me mostrou. Dei risada como as outras crianças, claro. Afinal, o humor é sempre a melhor defesa. Fingi que não doeu. Assim como fingi que não doeu quando um menino perguntou se a minha família comemorava o bombardeio em Pearl Harbor como se fosse Natal. Ou quando os outros estudantes pediam minha ajuda com a lição de matemática. Pior para eles, porque sou péssima com números. Ainda assim, toda vez, algo dentro de mim parece murchar, num misto de vergonha e silêncio.

Enfim, as meninas e eu nos entendemos. Todas nós sabemos como é ter que lidar com diferenças culturais. As pessoas questionam por que Noora não usa hijab. Perguntam se Glory é adotada quando ela está com o pai branco. Hansani tem que aguentar o sotaque forçado de Apu dos *Simpsons* — país errado, para os desinformados. E é claro, tem o clássico: "Não, mas de onde você é *de verdade*?".

As garotas já estão comendo — pão pita e homus para Hansani, salada de ovos para Glory. Tem uma placa PROIBIDO COMER acima da nossa mesa. Aff, regras estão aí para serem quebradas.

Largo minha mochila e a garrafa de água na mesa e sorrio para as duas. Noora se joga na cadeira ao meu lado e estala os dedos para Glory.

— Notebook.

Glory pisca para Noora e estreita os olhos.

— Diga "por favor" — ela pede, enquanto pega um brilhante chromebook.

Noora a cutuca com um lápis.

— Você sabe que eu te adoro, mesmo que seu nome não combine com você.

Isso é verdade. Embora eu nunca ouse dizer. Glory é o tipo de pessoa que enfia o dedo na boca de alguém que está bocejando só para mostrar quem manda. Noora, por outro lado, não tem medo de apontar isso. A relação delas pode ser definida como de amor e ódio. As duas são tão parecidas e nem sabem.

Glory entrega o notebook.

— Me cutuca de novo com esse lápis que eu te dou um soco na jugular.

Pelo visto hoje está mais para ódio do que amor.

— Dá pra irmos logo com isso? — eu interrompo.

Noora pega o notebook e começa a digitar.

— Sim, dá. — Ela para, entrelaça e estala os dedos. — Que rufem os tambores, por favor!

Hansani obedece, batendo os dedos na mesa.

Glory pega uma lixa e começa a moldar as unhas em formato de garras.

Fecho os olhos. Me preparo. Permito que o balão de esperança em meu peito suba. *Que seja sobre ele. E se for, que ele não seja um* serial-killer *colecionador de peles.*

— Eu encontrei! Encontrei Makoto. Mak. Seu pai! — Noora grita.

Abro os olhos. Pisco. Suas palavras penetram minha pele, criam raízes, folhas. *Florescem.* Tantas emoções. Principalmente, desconforto. Então apelo para o meu forte: solto uma piada. Mudo de assunto.

— Então não é sobre o terceiro mamilo do Denny?

Noora acena, cortando meu joguinho.

— Credo, não. Isso é tão dois meses e meio atrás. Agora, antes de mostrar o que descobri, preciso te contar uma coisa — ela hesita, séria.

Minhas orelhas ficam quentes. Hansani estica o braço na mesa e segura minha mão. Ela tem uma espécie de sexto sentido que detecta frequências emocionais. É seu superpoder.

Olho para Glory e Hansani. Será que elas sabem o que Noora descobriu? As duas balançam a cabeça. É uma coisa nossa, nos comunicar sem dizer nada. Operamos na mesma sintonia. Neste momento, nenhuma de nós sabe de nada.

— Certo. — Respiro fundo. — Desembucha. — *Se prepare para o pior. Espere o melhor.*

Noora inspira forte.

— Achei seu pai muito gato.

Hansani solta uma risadinha.

Glory revira os olhos.

Minha confiança se esvai.

— Eca — digo. — A gente nem sabe se ele é mesmo meu pai.

— Ah, ele é o seu papai, sim.

Papai. Na minha cabeça, sempre me referi a ele como pai, nunca *papai.* "Pai" é o título recebido no seu nascimento, "papai" é conquistado com o tempo — depois de joelhos ralados, noites insones e formaturas. Eu não tenho nenhum *papai.* Mas posso ter um dia. E essa promessa me deixa absolutamente ansiosa.

— Você é a cara dele. Olha só. — Noora vira o notebook para o grupo. Imagens preenchem a tela.

Glory bate a lixa de unha na mesa.

— Filho da fruta.

Hansani assobia baixinho.

— Cala a boca.

— Conheça Makotonomiya Toshihito. Seu papaizinho, Zoom Zoom! — Noora clica em uma foto.

É ainda mais bizarro de perto. Ele está posando na frente de um prédio de tijolos. Harvard, suponho. É jovem. Seu sorriso é cheio de promessas e tolas esperanças. O tipo de sorriso que se ostenta antes do mundo te dar uma rasteira. É impossível ignorar a semelhança. É assustadora. Ali estou eu em seus lábios grossos, em seu nariz afilado, até nos dentes separados.

Minha boca abre, fecha e abre novamente.

— Noora estava certa. Benzadeus, que pai gato — Glory diz.

Minhas amigas se cumprimentam com soquinhos. Minha pulsação está acelerada. Digo a mim mesma que ataques cardíacos são raros aos dezoito anos.

— Como você… — Paro. Me recomponho. Organizo as ideias. — Como você encontrou ele?

— Harvard não tem registro de alunos disponível na internet, mas tem um formulário de solicitações com um número de telefone. Liguei esta manhã. Falei com uma garota superlegal chamada Olivia. Olha que curioso, ela cresceu em Ashland. — Ashland é perto de Mount Shasta. — O santo bateu na hora. Viramos amigas. Ela provavelmente vai batizar a primeira filha em minha homenagem.

— Ai, vai logo pra parte que interessa — Glory reclama.

Já eu, não consigo parar de olhar para a fotografia. Para Makoto. Para o meu pai. Para as nossas semelhanças. Temos o mesmo tipo de sobrancelha, embora eu tente manter a minha sob controle. Toco a tela, então afasto rapidamente os dedos. Não é hora de ficar emocionalmente apegada.

— Enfim, ela não podia me dizer muita coisa — Noora continua. — Era meio que confidencial. Então chegamos num beco sem saída.

— Ah, meu Deus — Glory diz.

Noora franze a testa para ela.

— Daí eu pesquisei as palavras "Makoto, Mak, Harvard, 2003". E lá estava ele. Foi molezinha, minha cara japinha. — Noora acena na frente do meu rosto. — Tudo bem aí?

As palavras se formam e morrem na minha garganta.

— Sim. Não. Talvez?

— Vou considerar como um sim, porque tem mais.

Mais? Como pode haver mais?

— Ouve isso.

Noora fica em silêncio por um momento. Pigarreia. *Hã-hã.* Sou arrastada da tela.

— Ele é da realeza. — Pausa. Seu sorriso aumenta. — É um príncipe. — Mais uma pausa. Seu sorriso aumenta mais ainda. — Ele é O príncipe herdeiro do Japão, pra ser mais exata. Seu nome real é Makotonomiya Toshihito.

Os segundos soam no relógio acima da gente. O sorriso de Noora vacila. Eu expiro. Tenho a plena sensação de estar no fim de um túnel longo e escuro.

— Acho que ela não está passando bem — Hansani sussurra, preocupada. — Talvez a gente deva chamar a enfermeira.

— Não temos mais enfermeira. Corte de custos — Glory afirma.

A histeria sobe pela garganta, sem ter outro caminho senão para cima e para fora. Solto uma risada abrupta, incontrolável. Sim, estou perdendo o controle.

— Sério, Zoom Zoom, não tem piada nenhuma aqui — Noora diz. — Você é a filha ilegítima de um príncipe. Você é a descendente dele.

— Filha ilegítima parece coisa de filme — Glory aponta, com a boca cheia de salada de ovo.

O sorriso de Noora vira uma careta.

— Você não acredita em mim. Nenhuma de vocês acredita. Beleza. Aqui está a prova. — Ela minimiza a foto e abre uma matéria de jornal.

FOFOCAS DE TÓQUIO

O maior solteirão da história do Trono do Crisântemo não tem planos de se casar

23 de maio de 2018

Aos trinta e nove anos, Sua Alteza Imperial o Príncipe Herdeiro Toshihito continua sendo um solteirão convicto e diz não ter planos de se casar, conforme afirma um

> informante do palácio. Apesar das muitas candidatas elegíveis, o príncipe herdeiro se recusa a assumir um relacionamento. A Agência da Casa Imperial está extremamente preocupada, apesar de não admitir...

A matéria segue especulando sobre as possíveis noivas para o príncipe herdeiro: uma parente real distante, a sobrinha de um oficial do Santuário de Ise, a neta do antigo primeiro-ministro do Japão, ou a filha de um rico empresário industrial. A reportagem inclui fotos das mulheres de braços dados com meu pai, lindos troféus roubando os holofotes e a atenção dele, que, por sua vez, é o completo oposto: estoico, rígido, a testa rigorosamente franzida. Nada parecido com a foto de Harvard. A matéria também critica as mulheres. Não era o chapéu certo para uma festa no jardim; não era a luva apropriada para um jantar oficial; sua família não era tão rica — ou pior, a família ficou muito rica *recentemente*.

Minhas amigas se aglomeram atrás de mim. Ficamos encarando a tela do notebook.

— Ele é tipo o George Clooney asiático — Hansani diz.

— Antes de se casar com a Amal Alamuddin e ter gêmeos — Glory completa.

Fecho a matéria e passo os próximos cinco minutos clicando em mais fotos. Ali está ele dividindo o camarote real da Royal Opera House de Londres com o príncipe Charles e Camilla em uma performance de *La Traviata*. Em outra, ele está num brunch com o grão-duque de Luxemburgo no Castelo de Betzdorf. Em uma terceira, está navegando pelo Mediterrâneo com o rei da Espanha. E por aí vai: esquiando em Liechtenstein com o príncipe Hans, participando de um jantar oficial com o presidente Sheikh bin Zayed al Nahyan, dos Emirados Árabes Unidos... E como se não bastasse, tem uma foto *real* dele com George Clooney! Fecho o notebook com uma pancada e o empurro para longe, precisando de um tempo.

Noora, Glory e Hansani abrem um sorriso relutante. Estão irradiando ansiedade.

— Meu pai é o príncipe herdeiro do Japão. — Quem sabe dizer em voz alta faça com que pareça mais real.

Não.

É difícil acreditar, mas as imagens não mentem. Eu sou a cara dele. Sua descendente. É, esse termo ainda soa estranho.

— Benditos sonhos-de-infância-que-viram-realidade! Você é uma princesa! — Noora exclama.

Princesa. A maioria das garotinhas sonha com isso. Eu não. Minha mãe me criou com Legos da Ruth Bader Ginsburg e Hilary Clinton. Meu único sonho era ter um pai, saber minhas origens e poder falar com orgulho sobre quem eu sou.

— Se você é da realeza, então eu também tenho que ser alguma coisa — Noora dispara. — Vou comprar aquele teste genealógico quando chegar em casa. Espero que saia lá que eu sou cinquenta por cento Targaryen, trinta por cento da realeza britânica e cem por cento irmã perdida da Oprah.

— Acho que não é bem assim que funciona — Hansani diz. Diante da cara feia de Noora, ela ergue as mãos. — Só tô dizendo!

Noora não dá bola e vira para mim.

— Isso é a coisa mais legal que já me aconteceu. Minha melhor amiga é da realeza! — Ela coloca a mão no queixo e pisca para mim. — Eu vou superpegar carona na sua.

Minha cabeça está girando. Isso é muito mais do que eu jamais poderia querer. Mais do que eu jamais poderia sonhar. Esperei dezoito anos por isso. E mesmo assim... tem alguma coisa entalada na minha garganta. Algo desagradável, inevitável.

— Minha vida toda é uma mentira. Por que minha mãe esconderia isso de mim?

Glory estala os dedos.

— Essa é a pergunta que vale um milhão de dólares, amiga.

3

Mensagens

17h26

Eu
É real, a ideia de confrontar minha mãe
é o melhor laxante de todos.

Noora
Você consegue.

Noora
É tipo um episódio de *Law & Order*.
Chegou a hora dela pagar pelos crimes.
Vc é o promotor corajoso que faz justiça.

Eu
Prefiro ser a Mariska Hargitay. Ela
é foda. Além disso, o parceiro dela
é o Ice-T.

Eu
Vou lá, minha mãe chegou.

Noora
Lembra do martelo da justiça!

Com um suspiro, coloco o celular no silencioso. Abro os ombros. Estou decidida. Sinto um frio na barriga que não passa. Aguento firme, sigo pelo corredor e entro na cozinha. Minha mãe já está a toda, abrindo e fechando armários, despejando óleo em uma *wok* gigante. Vai rolar *stir-fry* hoje. Tento controlar o tremor nas minhas mãos. *Mantenha a calma.* Aja naturalmente. Não vai ser difícil. É praticamente minha função diária ficar na cozinha a partir das seis horas perguntando de dez em dez minutos quando o jantar vai ficar pronto.

Me aproximo da bancada e sento em um dos bancos. Há várias canecas penduradas no armário — minha mãe coleciona. Suas favoritas têm frases peculiares. "Geologia é do cascalho" está na minha linha de visão direta. Ela coloca uma tábua, uma faca e pimentões multicoloridos na minha frente.

— Pique, pique — diz ela.

Obedeço, cortando um pimentão laranja.

— Mãe?

— Hum? — Ela envolve o tofu em um pano.

Vejo que tirou o blazer, mas ainda está usando o resto de seu "uniforme escolar": camisa com mangas dobradas até os cotovelos e uma saia lápis elegante.

— Me conta de novo sobre meu pai, o doador de esperma.

Nosso relacionamento era tão franco. Eu poderia resumi-lo em uma única sentença: mãe solo e filha única, nós duas contra o mundo. Agora, tudo parece complicado demais. Tudo mudou. Mas ela não percebeu ainda. O mesmo aconteceu quando os pais de Glory se divorciaram. A mãe começou a namorar o dentista enquanto o pai planejava o aniversário de vinte anos de casamento. Mentiras estragam tudo.

Minha mãe fecha os olhos. Ah, ela está na vibe tive-um-longo-dia-e-estou-sem-tempo-para-isso.

— Já pedi pra você não usar esse termo.

— Desculpa. Eu sou da escola pública. Temos aula de educação sexual. Estou bem informada demais.

Ela desembrulha o tofu, corta em cubinhos e joga na *wok*. Ele chia e o som é estranhamente satisfatório, como voltar para casa.

— Pode ser em outra hora? Estou fazendo o jantar.

Aperto a faca, enquanto uma onda de determinação percorre meu corpo. A resposta dela não me deixa nem um pouco furiosa. Não mesmo.

— Ah, não. Me conta agora.

Ela para e vira para mim, um brilho desconfiado no olhar.

— Por que isso? Está sentindo falta de ter um pai?

Ah, a expressão em seu rosto... é de partir o coração. Minha determinação entra em modo defensivo. O que posso dizer? *Sim. Estou. Mais ainda, estou sentindo falta de ter um passado.* Não tenho parentes maternos. Ela é sansei, ou seja, neta de japoneses. Seus avós emigraram nos anos trinta. Não falavam inglês e embarcaram em um navio para a América apenas com a esperança de uma vida melhor. Depois da Segunda Guerra, enfiaram seus velhos quimonos debaixo da cama, montaram árvores de Natal em dezembro e passaram a falar exclusivamente inglês.

Mas algumas tradições se recusam a desaparecer. Se infiltram nas rachaduras e se juntam às fundações da casa: retirar os sapatos antes de entrar, sempre levar um presente quando for visitar alguém pela primeira vez, celebrar o Ano-Novo comendo *Toshikoshi soba* e *mochi*. Queria conhecer melhor essas tradições. Queria me entender. Queria colocar as mãos na terra e arrancar as raízes.

Mas não posso falar nada disso para ela. Não posso falar que quando as pessoas me perguntam sobre a minha história — quem eu sou, de onde venho —, acabo respondendo em tom de desculpas. *Não, não falo japonês. Não, nunca fui para o Japão. Não, não gosto de sushi.* Sempre fica claro em seus olhares decepcionados: não sou o suficiente.

Tudo isso magoaria minha mãe.

Então, deixo que o silêncio fale por mim.

Seu suspiro é longo e doloroso. Ela olha para o teto. Senhor, dê-lhe paciência.

— Eu o conheci no último ano da faculdade, em uma festa. Dormimos juntos. Descobri que estava grávida de você depois que me formei. Mas então já era tarde demais pra ir atrás dele.

— Você nunca soube o nome dele?

Ela evita meu olhar.

— Não.

— Não sabia onde ele morava?

— Não.

— Mas e os amigos dele? Você não tentou encontrar ele através dos amigos?

— Não tínhamos amigos em comum.

— Hum.

— Está satisfeita agora? Terminou a redação sobre *As aventuras de Huckleberry Finn*?

Encaro a pergunta como uma ofensa pessoal.

— Claro que terminei. — A verdade: não terminei. Mas consegui uma semana extra. Um viva à desculpa da menstruação. Ela não precisa saber disso. — E não, ainda não estou satisfeita.

O tofu estala na *wok*. Ela adiciona uma cebola.

— Izumi.

Adoro como minha mãe diz o meu nome, alongando o *I*, suavizando o *zumi*, com um punhado de amor por trás de cada sílaba. Mas hoje há uma pitada de irritação.

— Então ele nunca te disse que se chamava Makotonomiya Toshihito? — Digo o nome baixinho, mas ele cai como uma pedra no nosso piso de linóleo.

E, neste momento, sei que minha mãe mentiu sobre tudo. Ela engole em seco, abre a boca e me encara com seus olhos escuros. *Culpada. Culpada. Culpada.*

— Como você sabe esse nome? — pergunta, com a voz aguda.

Largo a faca e o pimentão.

— Vi naquele livro da sua mesinha de cabeceira. Quer dizer, só o nome Makoto. Noora e eu descobrimos o resto.

— Você mexeu nas minhas coisas? — Fios de cabelo escaparam de seu rabo de cavalo baixo.

— Não. — Tecnicamente *Noora* é quem mexeu nas coisas dela. — Não estava bisbilhotando. Encontrei o livro por acaso.

Ela franze as sobrancelhas. Não acredita em mim. Mas a questão não é essa. A questão é...

— Você mentiu pra mim. Você disse que não sabia o nome dele. Você disse que ele não era ninguém. E ele é, sim, *alguém*.

A desonestidade dela está escancarada agora. O chão parece tremer. Um abismo nos separa. Cruzo os braços. Ainda falta cortar dois pimentões. Que se danem os pimentões e o jantar.

Minha mãe fecha a cara e vira de lado. Fico olhando seu perfil.

— Eu sabia quem ele era, e daí? — ela pergunta, mexendo o tofu e a cebola com uma colher de pau. — Era tão clichê. Uma garota pobre se apaixona por um príncipe. Coisas assim não acontecem na vida real. E se acontecem, não terminam com um "felizes para sempre".

— Mãe? — Seus movimentos são mecânicos. Misturar. Temperar. Saltear. — Mãe! — Isso chama sua atenção. Nos encaramos. Várias coisas não ditas passam entre nós. — Por que você mentiu pra mim?

Ela dá de ombros, lava e pica o brócolis.

— A vida dele já estava toda planejada. A minha estava só começando. Quando descobri que estava grávida, contei para uma amiga. Eu estava meio familiarizada com a vida na corte, mas ela me esclareceu mais sobre o assunto. Teria sido sufocante. Você nem imagina como era em Harvard. Sempre tinha alguém com ele, um mordomo, um pajem, um guarda imperial ou a polícia. A gente dava um ou outro beijo rápido nos corredores e se escondia em hotéis. Ele não tinha privacidade nenhuma. — Ela para por um momento, enxugando as mãos em um pano de prato. Depois se volta para mim. — As mulheres da realeza são minuciosamente avaliadas. Tudo é colocado sob uma lupa. São criticadas por suas causas, seus vestidos e seus filhos. Eu vi seu pai tendo que fazer escolhas como se fosse um bebê. Você pode ter isso ou aquilo, mas nunca tudo. Sua vida teria sido determinada pela sua família, e eu não queria isso para você. Para nós.

— E ele concordou com isso?

Ela vira o rosto.

— Eu não contei para ele.

Cerro os punhos. Tenho dezoito anos e meu pai não sabe que eu existo.

— Você deveria ter contado. Ele... talvez ele tivesse ficado nos Estados Unidos.

Seu sorriso contém toda a tristeza do mundo.

— Ele disse mais de uma vez que, se ficasse aqui, seria como uma árvore longe da luz do sol. Como eu poderia pedir isso?

— Você deveria ter me contado. Eu merecia saber a verdade.

— Tem razão. — Ela desliga o fogo, retira a *wok* do fogão, se debruça na bancada e segura meu rosto com as duas mãos. Seus dedos estão gelados. — Mesmo assim, tivemos uma vida legal juntas, não é? Acho que só o que posso dizer é que fiz tudo pensando no seu bem.

Suponho que proteger os filhos seja uma espécie de instinto materno. Mas suas boas intenções são ofuscadas pela minha raiva e pelo sentimento de traição — combinação perigosa. Disparo:

— E no seu próprio bem.

Ela se afasta.

— O quê?

— Você também fez tudo pensando no seu próprio bem. — Exponho seu egoísmo. Não tenho como justificar meu péssimo comportamento. Mas, às vezes, quando se está na merda, não dá para evitar arrastar os outros com a gente. É solitário demais na sarjeta. — Você não queria ter uma vida com o meu pai, então escolheu outra coisa. Mas eu nunca tive a chance de escolher.

Minha mãe respira fundo. Acertei bem no seu ponto fraco.

— Izumi...

Levanto do banco. Baixei a guarda com ela. Grande erro. Nunca imaginei que minha mãe pudesse me magoar. O mundo é mesmo um lugar cruel e hostil. As coisas vão ficar feias. Um complicado colapso emocional me aguarda no horizonte.

Muito devagar, vou para o meu quarto, para lamber minhas feridas sozinha.

Minha mãe me dá espaço. Enquanto choro, Tamagotchi dorme. Ele não é lá um animal de estimação muito bom em oferecer apoio emocional. Nossa relação é nitidamente unilateral. Eu dou petiscos, e ele arrota na minha cara. É a vida.

Noora me manda um gif de um chihuahua dançando em duas patas.

Noora
Morrendo aqui. O que sua mãe disse?

Viro a tela do celular para baixo. Ainda estou tentando entender minhas emoções, cutucando a casquinha da minha raiva. Remoendo.

Ouço uma batida na porta.

— Zoom Zoom?

Minha mãe entra, trazendo uma tigela de arroz e *stir-fry*. Coloca o jantar na cômoda e senta ao meu lado na cama. Como ainda estou irritada, olho para a janela. Ela pega minha mão. Seu toque quente e seco me conforta, apesar de tudo.

— Isto é o que eu deveria ter feito anos atrás. — Sua voz é calma, controlada e fácil, sem o peso da mentira. — O nome do seu pai é Makotonomiya Toshihito. Ele é o príncipe herdeiro do Japão. Um dia, vai ser imperador. As pessoas faziam reverências para ele, mas ele nunca me pediu isso. Eu o chamava de Mak. E por uma curta temporada, ele foi meu.

O sol muda de posição, descendo no céu. A grama alta em nosso quintal balança.

Logo, fico sabendo de tudo. Meus pais se conheceram em uma festa. Não foi amor à primeira vista, mas rolou uma conexão. A conexão levou a telefonemas, que levaram a encontros, que levaram a pernoites. Eles concordaram em manter a relação em segredo. Minha mãe não queria chamar atenção.

— Trabalhei tanto para chegar ali. Não podia arriscar tudo por um cara. Ele respeitou minhas vontades. A gente se divertiu. Mas nós dois sabíamos que não ia durar. Nossos mundos eram muito diferentes. — Ela dá risada. — Mak não sabia passar nem lavar roupa, nem mesmo fazer uma sopa. Tomava todas e adorava cerveja artesanal. Era engraçado. Tinha um senso de humor peculiar e sarcástico. Você não percebia que estava sendo alvo de suas farpas até que estivesse sangrando e ele tivesse ido embora.

Meus olhos enrugam nos cantos.

— Você guardou o livro que ele te deu por todos esses anos?

Ela olha para as pernas.

— É uma edição rara. Esqueci que o poema estava lá.

Nós duas sabemos que ela está mentindo. Está na cara que ainda gosta do meu pai. Mas é um segredo seu.

Minha mãe levanta e pega um papelzinho do bolso.

— Não faço ideia de como entrar em contato com ele agora, mas a gente tinha amigos em comum, sim. David Meier é professor de química na Universidade de Estocolmo. Ele e seu pai eram próximos. Talvez ainda se falem. — Ela coloca o papelzinho perto de mim e toca meu ombro, então minha bochecha. — Tente comer um pouco.

Quando ela já está fechando a porta, eu digo:

— Desculpa... pelo que falei.

— Desculpa também. Pelo que nunca falei.

Uma ponte surge sobre o abismo entre nós. Apesar de frágil, é transitável. Vai ficar tudo bem.

Estou me coçando para pegar o papel.

— Mais uma coisa — digo. — Você realmente não se importa se eu tentar falar com ele?

Se eu for atrás dele, vamos atrair holofotes. Nossa vida pode nunca mais ser a mesma.

Ela hesita. A apreensão pesa nos seus ombros. Ela assente uma única vez e estufa o peito. Sempre faz isso quando está se preparando para algo difícil. Como no meu primeiro dia na escolinha, em que me agarrei em suas pernas e chorei enquanto ela tentava a todo custo me soltar.

Ou quando ela cortou o dedo fazendo um sanduíche para mim. Espirrou sangue para todo lado. Ela enrolou a mão em uma toalha e fomos para o pronto-socorro, mas não sem antes pegar meu lanche e uns livros. Minha mãe sempre me coloca em primeiro lugar.

— Não, não ligo. — Sua voz é tão gentil e compreensiva que quero explodir em lágrimas de novo. — Consegui tudo o que queria e muito mais. Nossa vida é pequena em comparação com a dele. Mas sou feliz.

Ela sai e eu pego o papel. Há um e-mail, davidmeier@ue.com. Clico no ícone de envelope no meu celular.

Querido sr. Meier,

Meu nome é Izumi Tanaka. Minha mãe, Hanako, se formou em Harvard em 2003. Ela acha que talvez você ainda tenha contato com meu pai, Makotonomiya Toshihito. Seria possível me ajudar a falar com ele? Quem sabe poderia encaminhar a mensagem a seguir.

Obrigada,
Izumi

Respiro fundo e começo a escrever uma espécie de carta para o meu pai.

Querido Mak,

Você não me conhece, mas eu te conheço.

Aff. Muito psicopata. E casual. Apago e começo de novo.

Querido Príncipe Herdeiro Toshihito,

Acho que sou sua filha...

4

— Nada? — Glory pergunta, amassando um guardanapo.

Eu me recosto no assento de vinil vermelho e esfrego minha barriga cheia. O Black Bear Diner é quase uma instituição em Mount Shasta. O restaurante é famoso por seu menu estilo jornal, pela decoração kitsch-de-urso-barra-lenhador e biscoitos do tamanho de um prato. Estamos sempre aqui. A gente senta. Come. Conquista coisas. É aqui que aproveitamos o melhor da vida.

— Nada.

O sorriso de Hansani é gentil. Ela faz carinho na minha mão.

— Dê mais um tempo. Só passou uma semana.

Na verdade, já se passaram treze dias, duas horas e cinco minutos desde que mandei aquele e-mail para David Meier. Não que eu esteja contando nem nada. Parei de olhar meus e-mails compulsivamente a cada cinco minutos ontem. Agora só olho uma vez por hora. Já é um avanço.

Afasto minha mão e lanço a Hansani um olhar agradecido. Guardo um lugar especial no meu coração especialmente para ela. Hansani tem um rosto calmo e alegre e um ar bem queridinha da América. Para completar, tem o tamanho de um ewok. Sinceramente, se ela deixasse, eu a carregaria no bolso. Às vezes, nossas opiniões não batem. Assim como metade dos habitantes de Mount Shasta, ela ama a banda Grateful Dead. Para mim, eles só sabem fazer uns improvisos egocêntricos na guitarra. Pronto, falei — me processa.

— Talvez o e-mail dele tenha ido parar na sua caixa de spam? — Noora diz.

Hansani murmura, concordando.

— Já olhei. Nada.

Até agora, eu não tinha considerado a possibilidade do meu pai não querer me conhecer. *Ai.* Essa ideia dói. Estou me importando muito mais que deveria. Afinal de contas, ele não é nada além de um estranho com o mesmo sangue que eu.

Quem sabe se eu repetir bastante, isso cola.

A conta chega e começamos a vasculhar nossos bolsos e bolsas. Pagamos em notas amassadas e deixamos moedas de gorjeta. Ofereço à garçonete um sorriso tímido de desculpas quando saímos. *Foi mal pelos vinte por cento em moedas.*

Entramos no carro de Noora, com pintura descascada e vidro trincado. Fico com o banco da frente e seguimos para Lake Street em direção à casa de Glory. Ao longe, o monte Shasta se destaca, uma solitária pirâmide branca. Atrás de nós está a Main Street, que abriga um semáforo, meia dúzia de lojas de cristais, uma livraria independente e um café.

— Vamos deixar você primeiro. — Noora olha para Glory pelo retrovisor. Uma família a cavalo passa. — E nunca mais use essa calça.

Glory está com uma legging roxa fluorescente cheias de olhos.

— Tudo bem — ela diz. — Desde que você pare de desfilar com dois testículos na cabeça.

O cabelo de Noora está preso em dois coques.

Olho para trás e troco um sorrisinho com Hansani. As duas ficam se provocando pelo resto do caminho.

Quinze minutos depois, paramos na casa de telhas de cedro de Glory.

— Aff. — Glory afunda no banco, abraçando a bolsa.

Todas nós sabemos por quê. Há um Mazda Miata estacionado, e o novo namorado de sua mãe está saindo da garagem. O dentista. Ele tem uma corrente grossa de ouro no pescoço e usa demais o termo "irado". Glory o detesta e preferiria catar vômito com as próprias mãos a falar com ele. E com razão, sério. Ele é um completo destruidor de lares, claramente tarado por asiáticas. Além disso, conheceu a mãe da Glory no Facebook Marketplace. Pois é.

— Vou ter que falar com ele. — Ele já está acenando.

— Deixa comigo. — Noora pega o celular e liga para Glory no viva-
-voz.

Glory atende e sai do carro.

— Oi, você tem algo importante pra me contar? — Ela passa pelo dentista sem dizer uma palavra, sem nem fazer contato visual.

Comemoro em silêncio.

— Tenho. Superimportante — Noora diz. Glory está na metade do caminho. O dentista está no carro. — Essa calça é pior ainda por trás.

Glory abre a porta de casa.

— Vai se foder — ela fala, sem emoção.

A porta se fecha.

— Sã e salva? — Noora pergunta.

— Sã e salva. Te amo.

— Também te amo. — Elas desligam.

Hansani é a próxima. Sua casa tem uma varanda trabalhada artesa-
nalmente que circunda a propriedade.

— Você tem uma alma bondosa e linda, Noora — ela diz, abrindo a porta do carro.

Noora finge examinar as unhas.

— Eu não espalharia isso por aí, se fosse você. Vou negar. Daí todo mundo vai te chamar de mentirosa e eu vou ficar com vergonha alheia.

Hansani dá risada e salta do carro.

Partimos. Noora acelera pelas ruas de Mount Shasta. Ela no volan-
te é uma mistura de *Mario Kart* com *GTA*. Neste preguiçoso domingo, já agarrei o putaquepariu três vezes. Ela faz carinho no meu joelho.

— Não te vejo quieta assim desde que você terminou com Aquele-
-Que-Não-Deve-Ser-Nomeado.

Ela está falando do Forest. Depois que descobri sobre a traição, ele me acusou de ser emocionalmente distante. Eu disse que ele era um porco disfarçado de gente. Não guardo ressentimentos. Não teríamos dado certo mesmo. Ele gosta de garotas que não usam maquiagem. Eu gosto de caras que não dizem o que a namorada deve fazer com o próprio corpo.

Forest definitivamente não é o motivo da minha chateação. Estou tentando me convencer de que meu pai não recebeu meu e-mail. Não é a primeira vez que invento justificativas para ele. Meu mantra durante os últimos dezoito anos tem sido: *Se soubesse que você existe, ele te amaria*. Eu poderia falar tudo isso para Noora, mas escolho dizer:

— Só estou focada em sobreviver a essa corrida. — Dou um sorriso forçado. — Sem querer ofender.

Ela faz um bico e casualmente levanta o dedo do meio para mim.

— Foi um pouco ofensivo. Mas eu ficaria mais ofendida se não soubesse que você só está se esquivando.

Como desgraça pouca é bobagem, acabo deixando escapar a verdade:

— Ele não me respondeu, Noora — desabafo, abatida. — Cometi um erro colossal. Isto é pior que não saber quem é meu pai. Eu deveria ter deixado pra lá. — Nova regra: nunca se arriscar. Arriscar é só para os corajosos e insensíveis. Sabe, o que eu tinha na cabeça? Literalmente almoço a mesma coisa todos os dias. Meu Deus, estou morrendo. Morrendo.

Noora muda de pista e sou jogada para o lado. Embora ela seja ótima na escola, sei que passou por pouco no teste de direção.

Meu telefone notifica uma mensagem.

Mãe
Onde você está?

Eu
Com a Noora. Quase chegando.

Tem algumas ligações perdidas dela também. Entramos na minha rua e Noora diminui a velocidade. *Graças a Deus*. Há carros estacionados no gramado. *Hummm*.

— Jones deve estar dando uma festinha de novo — digo, distraída.

Ele está sempre organizando eventos, de jantares com produtos locais a um pseudobacanal anual com a Família Arco-Íris, um grupo sazonal que se reúne em Mount Shasta para promover paz, liberdade, respeito e tal. Eles curtem dança, tambores e nudez. Já vi tetas balançando o suficiente para fazer meus olhos sangrarem.

Estacionamos na garagem de cascalho atrás do Prius vermelho da minha mãe. Outra mensagem apita.

Mãe
Não saia do carro

Tarde demais. O cascalho estala sob meus pés. Portas de carros batem. Flashes são acionados. Então ouço meu nome.

— Princesa Izumi, aqui.

Viro feito uma idiota. Outro flash. Fico temporariamente cega. Pisco. Minha visão volta ao normal. Na minha frente há um bando de repórteres. A maioria asiática. Alguns brancos. Reparo em um dos crachás. Imprensa. *Fofocas de Tóquio*.

— Ai, meu Deus! — Noora exclama.

Ela também está meio paralisada. As chaves pendem de sua mão, sua boca está escancarada, a mandíbula, totalmente aberta. Eu nunca a vi tão surpresa assim. É glorioso, mas não tenho tempo para apreciar a novidade. Estou cercada.

— Você vai para o Japão?

— Como foi crescer sem seu pai?

— Você sempre soube quem era seu pai?

Um braço envolve meu ombro.

— Izumi — minha mãe diz.

Noora acorda do transe e também coloca o braço no meu ombro. Juntas, elas obrigam meu corpo duro feito uma tábua a virar, me conduzindo para a varanda. Mais flashes. Uma enxurrada de perguntas. Meu nome é repetido várias vezes — só que tem um detalhe: estão me chamando de "princesa".

Princesa Izumi. Princesa Izumi. Princesa Izumi.

A porta bate com força. Estamos em casa. Estou momentaneamente surda, do mesmo jeito que os tímpanos ficam meio prejudicados depois de um show. Todas as minhas sinapses estão disparando em direções diferentes. Me esforço para formar palavras, pensamentos. Tamagotchi não para de latir e isso também não ajuda. Ótima hora para o meu cachorro fedido e sonolento bancar o corajoso. Eu o pego no colo e o mando ficar quieto.

— Eu te avisei para não sair do carro — minha mãe diz.

Sabe uma coisa que detesto? Quando minha mãe diz: "Eu te avisei". Lanço meu olhar mais fulminante para ela.

Noora se joga numa cadeira perto da janela.

— Isso foi intenso. — As cortinas estão fechadas, mas ainda dá pra ver as sombras.

Não sou de falar palavrão, mas o momento parece apropriado.

— Que merda.

Alguém limpa a garganta.

Ah, não estamos sozinhas. Minha mãe chega para o lado. Há um grupo de homens japoneses na mesa da cozinha. Todos os três vestidos de ternos azul-marinho. Sabe, o uniforme padrão dos políticos de mais de cinquenta anos. Eles levantam e com a maior naturalidade do mundo fazem reverências profundas. Os sapatos de couro são polidos e brilhantes. E uau. Eu nunca tinha reparado em como nosso piso de linóleo é amarelado e nossos armários estão puídos — e não daquele jeito rústico e chique que está na moda.

Um dos homens dá um passo à frente. É pequeno e usa óculos redondos.

— *Hajimemashite*, Sua Alteza. — Faz mais uma reverência.

Minha mãe sorri, meio apreensiva. Ela estende a mão para nos apresentar.

— Izumi, Sua Excelência o Senhor Embaixador Saito, da Embaixada do Japão. Ele veio de Washington, DC.

É tarde demais, mas agora lembro de um carro preto com bandeirinhas estacionado lá fora. Não prestei muita atenção nele. Nota para mim mesma: parar de ser tão autocentrada.

— Tentei te ligar — minha mãe diz.

— Você sabe que meu método preferido de comunicação é por meio da palavra escrita — digo, entre dentes.

Mensagens. Mensagens de texto, mais especificamente.

Ela parece exausta. Pode ser porque está de pantufas de gatinho e uma camiseta dizendo "A revolução será feminista" diante de um dignitário estrangeiro. Eu não estou muito melhor. O traje oficial do Black Bear Diner é moletom e camiseta larga. Mal consegui fazer um coque no cabelo hoje de manhã. Mas pelo menos coloquei sutiã. Ponto pra mim.

Noora revira a internet pelo celular.

— Você está bombando na imprensa internacional.

O embaixador Saito diz:

— Pedimos desculpas por isso. Queríamos ter chegado antes, mas nosso voo atrasou.

— Como descobriram? Como conseguiram nosso endereço?

O embaixador dá um passo à frente.

— Por uma infeliz reviravolta nos acontecimentos, mas que não era totalmente inesperada. A imprensa japonesa é parecida com a americana e tem seus meios de obter informações. O príncipe herdeiro lamenta que esta situação não tenha sido tratada com discrição e envia suas mais sinceras desculpas por não poder estar aqui. Além disso, ele pede perdão por qualquer estresse indevido que isso tenha causado a você ou a sua mãe. Ele gostaria que as circunstâncias fossem diferentes. — Certo. Então, sou mais um segredinho sujo. — Ele também deseja que você vá encontrá-lo no Japão.

Um dos homens à mesa tira um grande envelope do paletó e o entrega para o embaixador Saito. O gesto é muito calmo e sutil. Tenho certeza de que já vi algo assim em filmes de espionagem quando agentes trocam informações confidenciais.

O embaixador Saito o oferece a mim com as duas mãos e uma reverência. Minha mãe e Noora me observam atentamente. Pego o envelope. É pesado, branco e límpido. Meu nome está escrito em uma caligrafia elegante.

Sua Alteza Imperial a Princesa Izumi
泉内親王殿下

O momento parece grandioso demais para nossa humilde casa de dois quartos. Noora e minha mãe espiam por trás de mim e sinto a respiração delas no pescoço. Espaço pessoal não existe entre melhores amigas e mães. Deslizo o dedo sob o selo de cera, um crisântemo dourado. Dentro do envelope há um cartão. A letra é cheia de firulas e nitidamente escrita à mão com tinta preta. Outro crisântemo dourado decora o topo.

*Em nome do Império do Japão,
Sua Alteza Imperial o Príncipe Herdeiro Toshihito
solicita a sua filha, princesa Izumi,
a honra de visitá-lo em sua propriedade, o Palácio Tōgū.*

O embaixador interrompe:
— O príncipe herdeiro gostaria de esclarecer que este convite está em aberto. Ele ficará feliz em recebê-la quando lhe for conveniente.

Encaro minha mãe — seus olhos são piscinas escuras e impenetráveis. É impossível decifrar seus pensamentos. Será que está relembrando as noites em Harvard com meu pai, o homem estoico? Ou está preocupada com a imprensa no nosso jardim, rasgando nosso véu de privacidade? Mas não temos como voltar atrás agora. Só podemos seguir em frente.

— E a escola? — É tudo o que ela diz.

Engulo em seco.

Noora sorri. Seus pensamentos são muito mais transparentes. *Vai. Vai. Vai.*

— O recesso de primavera está chegando. Zoom Zoom poderia emendar essa semana com a outra — ela se intromete alegremente. — O semestre final do último ano é basicamente encheção de linguiça. — Noora dá uma cotovelada na minha mãe. — *Nénão?*

Minha mãe suspira, esfregando a testa.

— Acho que não vai ser o fim do mundo se você perder uma semana ou duas. A escolha é sua, querida. Pense um pouco. Tenho certeza de que o embaixador Saito não precisa de uma resposta neste instante.

O embaixador Saito está totalmente sereno.

— Claro. Leve o tempo que precisar.

Todos os olhos se voltam para mim. De repente *O tempo que eu precisar* parece mais *sessenta segundos*.

Olho para o convite, mordo o lábio e fico pensando. Me permito considerar a ideia de ir para o Japão, de ter um pai.

É definitivamente arriscado.

Vantagens: ter um pai e conhecer um país onde talvez eu me encaixe, me misture, veja pessoas parecidas comigo na televisão. Seria tão bom entrar em um restaurante e não ser minoria. Desvantagem: falhar em atender às expectativas do meu pai e às minhas próprias. Basicamente, murchar e minguar feito uma estrela morrendo. Coisa pouca.

Olho para cima. Observo as variadas expressões ao meu redor. Minha mãe está reticente. O embaixador Saito está ansioso. Noora faz careta.

— Se você não for, não sei se posso dizer que te conheço de verdade.

Bem-vinda ao clube. Nem eu mesma me conheço de verdade.

— Vocês querem um tempo a sós? — minha mãe pergunta, já pronta para levar o embaixador Saito e seu time até a porta.

— Não — digo. Minha mãe para. Olho para o embaixador. — Gostaria de aceitar o convite do meu pai.

A sorte favorece os corajosos. Tem um ditado que diz isso, não tem?

— Ótimo — ele ronrona, e acrescenta que o príncipe herdeiro ficará contente ao saber da minha resposta.

Tamborilo nas minhas pernas. Noora me abraça tão forte que me deixa sem ar.

— Você não vai se arrepender.

Espero que não. Estar na beira de um penhasco deve ser assim, águas nada seguras rugem abaixo. Estou instável, assustada e animada — viva e no limiar. Posso acabar derrotada. Posso me reinventar.

Puta merda. Vou para o Japão.

FOFOCAS DE TÓQUIO

O escândalo imperial do século

---

21 de março de 2021

Todas as atenções deveriam estar voltadas para as núpcias do primeiro-ministro Adachi, mas a cena da noiva foi oficialmente roubada. Semanas atrás, a monarquia mais antiga e reservada do mundo foi abalada com notícias chocantes: Sua Alteza Imperial o Príncipe Herdeiro Toshihito descobriu uma filha ilegítima. E tem mais: ela foi criada nos Estados Unidos, sem ter ideia de suas raízes reais.

A Agência da Casa Imperial permaneceu alheia ao assunto, emitindo apenas um breve comunicado à imprensa após a divulgação da notícia. Quando questionadas sobre a mais nova adição à família imperial, as princesas gêmeas Akiko e Noriko (na foto, em uma viagem ao Peru como embaixadoras da boa vontade) se recusaram a comentar o caso. Elas têm preferido a discrição desde nossa matéria de 1º de março, que cobria o transtorno de adaptação de sua mãe, Sua Alteza Imperial a Princesa Midori. Mas todos estão se perguntando como as gêmeas vão reagir a essa

intrusa, já que não estão acostumadas a dividir
os holofotes.

Por outro lado, Sua Alteza Imperial o Príncipe Herdeiro Toshihito foi visto na inauguração da mais nova exposição do Museu de Arte de Mori, em Tóquio. Na ocasião, ele brindou à nova princesa e disse que estava ansioso para conhecê-la. Três meses atrás, o príncipe rompeu laços com a família e mudou-se da propriedade imperial, gerando bastantes comentários. Recentemente, ele voltou ao ninho depois que a Agência da Casa Imperial cortou sua pensão, segundo nossas fontes — o evento do museu marca seu primeiro compromisso oficial desde o retorno.

Agora, Sua Alteza Imperial a Princesa Izumi está a caminho do Japão (na foto, ao lado da mãe, no aeroporto internacional de São Francisco). A Borboleta Perdida está enfim vindo para casa, e todo mundo se pergunta: "Quem é essa arrivista americana? Como essa caipira vai se adaptar ao brilho e ao glamour da família imperial? Será que ela está pronta para a realeza?". Só o tempo vai dizer...

5

— Pegou calcinhas?

— Mãe.

O carregador gato coloca minha bagagem em um carrinho e sorri. Estamos do lado de fora do aeroporto de São Francisco. Ontem, dei um beijo na cara fedida do Tamagotchi uma última vez e me despedi de Noora e das meninas. Depois, minha mãe e eu viemos para Bay Area para passar a noite.

São sete da manhã. O céu está nublado e cor-de-rosa. Meu avião decola em cento e vinte minutos. Em menos de catorze horas, estarei no Japão conhecendo meu pai. Pensei que estaria eufórica, mas no momento estou meio apavorada. Como minha mãe continua me encarando, sussurro, furiosa:

— Sim.

— E seu protetor bucal?

Levanto a mochila.

— Na bagagem de mão.

— E o fichário que o embaixador Saito te deu?

Ah, o fichário. Antes de voltar a Washington, o embaixador Saito me entregou em mãos uma montanha de papéis que continha:

1. Um questionário muito pessoal e detalhado com tudo ao meu respeito, desde altura e peso até sonhos para o futuro e aspirações. Doeu um pouquinho pular o quadradinho do japonês e marcar só o do inglês correspondente ao "idiomas falados". ("Não se preocupe", o embaixa-

dor Saito disse tranquilamente quando manifestei minhas preocupações com a barreira linguística. "A família imperial e sua equipe são fluentes em várias línguas, inclusive inglês. Um tutor também estará ao seu dispor para ajudá-la a assimilar tudo, inclusive o idioma.")

2. Um acordo de confidencialidade de vinte páginas, que me proíbe de divulgar informações financeiras, pessoais, privadas *e* arquitetônicas relacionadas à família real e suas propriedades — basicamente, as regras do *Clube da Luta*.

3. Um dossiê (o fichário em si) com o itinerário de voo e histórico familiar, incluindo: quem é quem na linha sucessória atual, com suas diversas genealogias, perfis pessoais, deveres oficiais, atividades públicas, propriedades, relações exteriores e o papel da Agência da Casa Imperial, além de vários funcionários importantes. Meu grande plano é revisar tudo isso durante o voo. Eu procrastinei, claro. Algumas coisas nunca mudam. Não é como se eu estivesse evitando isso ou qualquer coisa do tipo porque estou secretamente intimidada com os pedigrees dos meus primos ou por estar prestes a ingressar na monarquia mais antiga do mundo. Nada disso.

Dou uma batidinha na mochila.

— Está aqui.

Um carro da polícia está por perto. Desde que a notícia foi divulgada, estou sendo acompanhada o tempo todo — um oferecimento do governo dos Estados Unidos para seu amigo Japão. Estou me esforçando bastante para não pensar nos gastos disso tudo. Alguém está sendo pago para basicamente seguir a mim e minha mãe por aí e ficar vigiando enquanto comemos massa em Little Italy. Claro que comprei um *cannoli* para cada policial. Pensei que era o mínimo da minha parte.

Noto que o carregador está parado nos observando. Que bom que ele está curtindo o espetáculo. Só para constar, eu ainda estou mortificada.

Minha mãe morde o lábio.

— O embaixador Saito não disse que alguém iria nos encontrar aqui? — Ela finge vasculhar a área.

Há alguns *paparazzi* a trinta metros — é a imprensa estrangeira do

Japão. Minha indignação por ter sido seguida está cozinhando em fogo baixo. Ainda não sei bem o que pensar sobre as pessoas se achando no direito de espiar minha vida. É um pouco desconcertante, como comprar sutiãs na internet e depois ficar duas semanas seguidas sendo bombardeada por anúncios relacionados a tetas. De alguma forma, me tornei propriedade pública.

— Zoom Zoom.
— Hã? — Olho para minha mãe.
— Era para alguém nos encontrar aqui.

Certo. O embaixador Saito mencionou que eu encontraria uma equipe de segurança imperial me esperando no aeroporto. Mas seria o aeroporto de São Francisco ou de Tóquio? Na hora não entendi bem e não perguntei. Como minha mãe não iria gostar nada dessa falta de atenção aos detalhes, apenas digo:

— Mãe, vai ficar tudo bem. Vou ficar bem.

Ela agarra meus braços.

— Queria que você não precisasse ir. — Soluça na última palavra.

Um nó se forma na minha garganta.

— Não preciso ir. — Ela me empurra meio forte. — Mãe. Ai.
— Nada disso. Esta sou eu te empurrando para fora do ninho. — Então ela me abraça.

Caio no choro. Sabia que as coisas mudariam no último ano, mas pensei que seria do jeito tradicional. Formatura. Faculdade. Campus.

Me afasto e enxugo as lágrimas, e um pouco de ranho, na manga da blusa. Não me importo se o carregador ainda está olhando. Minha mãe segura meus braços em outro aperto mortal.

— Tente não se meter em problemas.

Aff. Como se eu fosse do tipo encrenqueira.

— Volto logo — tranquilizo-a. — Em duas semanas.
— Duas semanas — ela repete. Seu rosto é pura apreensão, então aumento o sorriso. Alguém tem que ser corajosa aqui. — Acho que vai ser bom para você — ela finalmente diz, forçando um sorriso. — Você está se jogando no mundo. Estou orgulhosa.

Por que as mães sempre conseguem ver os recantos escuros da nossa alma? Tenho uma confissão a fazer. Na minha própria vida, nunca fui a protagonista. Simplesmente não sou uma estrela, não nasci pra isso. Sempre fui só a coadjuvante. Meu único propósito é apoiar os heróis, ficar em segundo plano e talvez, em algum momento especial, sacrificar minha vida pelo bem maior. Até então, esse papel me caiu bem. Se o voo não for alto, a queda também não vai ser muito feia. Só que agora, de certa forma, fui empurrada para os holofotes. Tudo isso me deixa desconfortável. Ligeiramente desequilibrada.

Mais um abraço demorado. Me despeço da minha mãe. As portas se abrem e eu vou na direção do balcão da Japan Airlines. Não olho para trás, mas sei que ela vai ficar olhando até eu desaparecer.

Tlim.

As luzes piscam no compartimento todo. Sabe aquela sensação de que o tempo está passando bem devagar, mas quando você se dá conta, não consegue acreditar que chegou o dia? É como me sinto agora. Pousando em Tóquio, meu estado geral é de entorpecimento.

Olho pela janela. Meu primeiro vislumbre do Japão é cinza e frio. A realidade vem com tudo e meu estômago revira. Estou sozinha do outro lado do mundo. Inspiro. Expiro. Vou conseguir. Me virar em um país estrangeiro, morar em um palácio e conhecer meu pai. Sem problemas. Vai ser moleza — moleza como um *mochi*.

A seção frontal do Boeing 777 parece um iate de luxo. Há oito assentos, cada um em uma cabine própria. As poltronas de couro marrom se transformam em camas. Um console de madeira de mogno com revestimento dourado esconde todo tipo de tecnologia: controles de massageadores de assento, tomadas e entradas USB, um sistema de jogos e até fones com cancelamento de ruído da Bose. Os vasos sanitários dos dois banheiros privativos dão descarga sozinhos e são equipados com bidês — obrigada, mas estou fora. Até os banheiros cheiram a glamour, uma mistura de caxemira e lavanda.

Há divisórias entre os assentos — o que é completamente desnecessário, já que somos apenas dois passageiros ocupando o espaço. Passei as últimas dez horas com um japonês entediante, mas até bonitão, de terno. Entre as refeições (foram servidos três pratos, começando com um aperitivo de yuba macio e ouriço-do-mar fresco), cochilos e uma maratona televisiva, aproveitei para observá-lo. Ele mal se mexeu. Não afrouxou a gravata nem levantou os pés, só comeu. Uma bandeja foi levada a seu assento e retirada vazia depois. Acho que isso é algum tipo de bruxaria.

A comissária de bordo faz um anúncio em japonês e depois em inglês:

— Senhoras e senhores, bem-vindos ao Aeroporto Internacional de Narita. A temperatura é de catorze graus Celsius, e são 15h32. Por motivos de segurança, nosso capitão pede que permaneçam em seus assentos e permitam que os passageiros da primeira classe desembarquem antes. Obrigada e, mais uma vez, bem-vindos a Tóquio. Por favor, aproveitem a estadia.

Minhas bochechas estão queimando. Que bom que há uma cortina pesada separando a primeira classe do resto do avião. Ninguém pode me ver. O Bonitão levanta, abotoa o paletó e dá uma última olhada na cabine. Fala com as duas comissárias e coloca um pequeno fone na orelha. Elas fazem uma reverência e ficam paradas em frente às cortinas de veludo azul. A porta do avião abre fazendo barulho. Dois homens sobem, ambos de ternos pretos parecidos com o do Bonitão. Endireito a postura. O Bonitão vem para o meu lado, fazendo uma reverência, e diz:

— Sua Alteza, por favor, me acompanhe.

Olho seus sapatos pretos e brilhantes, então vou subindo — terno escuro, gravata escura e o seu rosto. Ele é mais novo que pensei, talvez uns anos mais velho que eu. E Deus, me leva, ele é ainda mais bonito de perto. Tão bonito que chega a ser quase ofensivo — lábios grossos, olhos puxados, nariz fino. Estou em uma seca permanente desde Forest, mas acho que chegou a hora de reavaliar minha interdição autoimposta de banir qualquer-coisa-com-um-pênis. Abro e fecho a boca. Ele fica esperando com um olhar frio e avaliador.

— E você é...? — minha voz corta no meio.

— Kobayashi. Akio — ele diz. E só.

Pelo visto, é do tipo bonitão e silencioso. Por mim tudo bem, não tenho problema nenhum com isso.

Eu o encaro sem saber o que fazer, confusa. Definitivamente é jet lag combinado com adrenalina. Não existe palavra que descreva meu estado atual. É uma onda do tipo estou-em-um-país-novo-prestes-a--conhecer-meu-pai.

Ele se movimenta ligeiramente e limpa a garganta.

— Desculpe, Sua Alteza. Precisamos ir.

Dou um sorriso.

— Como é seu nome mesmo?

— Akio. — Ele está um pouco impaciente agora. — Devo estar no dossiê que recebeu.

— Ahhhh, é. — *O dossiê*. A Japan Airlines tinha as duas primeiras temporadas de *Downton Abbey*, então no voo acabei optando por esse drama histórico em vez do meu próprio histórico familiar. Hora de encarar as consequências. — Não tive muito tempo de dar uma olhada.

Seus olhos escuros cintilam.

— Sei. Tenho certeza de que tinha assuntos mais urgentes.

Eita. Estico o pescoço para olhar para trás. De seu assento, ele tinha uma visão perfeita do meu. Sem dúvida viu minha maratona de *Downton Abbey*. Então é isso.

— Talvez seja uma boa ideia dar uma lida no dossiê agora — ele sugere, com o nível de impaciência se elevando à décima potência.

Os outros homens de terno não são tão hostis, mas estão igualmente sérios. Não vão me ajudar.

— Claro. Hum. Vou fazer isso. — Meu rosto está pegando fogo, e não daquele jeito sensual dos meus romances: está mais para desconforto e nervosismo.

Enfiei o fichário no compartimento embaixo da televisão mais cedo. Akio observa enquanto eu me contorço toda para pegá-lo, dando um show de falta de elegância. Além disso, o couro faz um som lamentável. Posso praticamente ouvir o descontentamento de seu coração.

Abro o fichário. A foto dele está na página cinco, seguida por seus contatos e uma lista de suas qualificações. *O guarda imperial Akio Kobayashi vai encontrá-la em São Francisco e acompanhá-la pessoalmente.* Vinte anos. Dois dedicados à Guarda Imperial, o mais alto *dan* em uma variedade de artes marciais, credenciais de especialista em tiro e por aí vai. Tudo me leva a crer que ele poderia matar um homem com as próprias mãos. Impressionante.

— Desculpa não ter te reconhecido — digo. Fico de pé e pego minha mochila. — Sabe como garotas são, estranhas e tal...

Ele move dois dedos e um oficial entra em ação, se encarregando da minha bagagem de mão.

— Não tem problema. — Eu deveria ter lido o dossiê. Não consigo nem imaginar o que ele está pensando de mim agora. Na verdade, consigo, sim. Provavelmente passou a viagem toda fazendo uma listinha do mal a meu respeito. *Metida. Não me reconheceu no voo. Pensou que ninguém estava vendo quando fungou o próprio sovaco. Duas vezes. Até agora, não mostrou nada de interessante. Essa é a tal princesa? Não recebo o suficiente para aturar isso.*

— A imprensa sabe que você está chegando hoje — Akio diz, me conduzindo com os outros guardas para fora do avião. Ele é de poucas palavras e passos longos. Tenho que dar dois passos a cada um dele. Já estou sentindo uma fisgada nas costelas por tentar acompanhá-lo. Eu deveria me exercitar mais. Só que, infelizmente, gosto mais de bolo do que de corrida. — Eles não sabem qual é o voo, mas tenho certeza de que vão descobrir logo. Os tabloides compraram passagens para ter acesso ao aeroporto principal. Mas conseguimos uma saída exclusiva de funcionários.

Outros oficiais se juntam a nós. O lema da nossa caminhada é "menos conversa, mais pressa". Vislumbro o aeroporto, que é quase como todos os outros: pisos limpos, brancos e reluzentes. Placas e escadas rolantes iluminadas com cores neon. Há algumas diferenças, porém, como um hotel anunciando cápsulas para dormir e chuveiros.

— E minha bagagem? — pergunto, sendo guiada por uma porta de metal.

— Será levada ao palácio separadamente e deve chegar antes de você — Akio responde, sem parar de andar.

O corredor é de concreto, vazio, sem janelas e com luzes fluorescentes piscando no teto. Passamos por portas com placas ou números. Tudo está em japonês. Finalmente, o corredor se alarga — chegamos ao coração do aeroporto, acho. Aqui, os corredores cheiram a molho de soja e curry e se ramificam feito artérias.

Minha testa fica suada. Não bebi o champanhe que serviram no voo, mas tomei três cappuccinos — principalmente porque vinham acompanhados de uns palitos de chocolate superdeliciosos. Uma aeromoça percebeu que eu gostei e trouxe mais uma dúzia, me conquistando completamente. O problema é que o mergulho no paraíso da cafeína está cobrando seu preço.

Ou, em termos mais mundanos: preciso fazer xixi.

— Hum, Akio — digo, baixinho.

Ou ele não ouve ou escolhe me ignorar. Provavelmente o segundo caso. Alguém em sua posição deve ter uma audição melhor do que a média.

— Akio — repito mais alto.

Ele continua caminhando. Hora de tomar medidas drásticas. Minha bexiga está prestes a explodir. Não posso fazer a dancinha do xixi no primeiro encontro com meu pai. Não vai pegar bem. Paro. Todo mundo para. Todos os olhos se voltam para mim.

— Preciso ir ao banheiro — explico. Então acrescento: — Por favor. — Por educação e tal.

Akio está na minha frente.

— O que disse? — Ele finge não entender, mas sua expressão grita: "Não acredito que você pediu para ir ao banheiro. Que tipo de demônio faria isso?".

— Tem algum banheiro por perto? — Aperto os olhos, esperando que ele solte chamas pelas orelhas.

Mas o garoto só me encara por mais um segundo ardente. Fico mesmo muito ressentida pelos centímetros que ele tem a mais que eu.

— Banheiro. Você precisa de um banheiro?
Dou de ombros e ergo as mãos.
— Bebi muito cappuccino no voo.
— Não planejamos isso — ele diz com uma voz um pouco tensa.
— Um banheiro?
Ele assente uma vez.
— Tudo bem.
Ele me observa por um momento, então vocifera algo em japonês. Um oficial verifica o celular e aponta para uma porta. Em seguida, metade dos oficiais se dirige para lá. Vozes ficam mais altas. Pelo tom, dá para notar que alguém não está muito feliz. Quando as coisas se acalmam, um oficial segura a porta aberta.

Akio estende o braço.
— Banheiro.
— Obrigada.
É uma cozinha. Os funcionários, um garçom e o zelador estão em um canto. Um murmúrio percorre o grupo quando eles me veem. O ar está pesado com o aroma quente e gorduroso de panelas *wok* e missô. A alguns metros, um oficial segura a porta do banheiro para mim.

Balanço os dedos, como um pedido de desculpas aos funcionários. Recebo uma dúzia de sorrisos complacentes em resposta.

Quando saio, o chef está tendo algum tipo de desentendimento com um dos oficiais. Depois de muita discussão e um pedido a Akio, o chef pega uma faca e faz movimentos tão rápidos que só se ouve um zumbido. Ele se aproxima de mim com uma reverência me oferecendo um rabanete em forma de crisântemo.

— Um presente — Akio explica, formal.
Aceito o mimo com um sorriso grande. Minha mão está pingando.
— Não tinha papel. Desculpe.
Akio diz algo em japonês e logo uma enxurrada de lenços balança perto do meu rosto. Até ele pega um quadrado branco do próprio bolso. Embora seja o mais perto, eu o ignoro. Inimigo, né?

O lenço que o zelador me oferece está limpo e com vincos, como se tivesse sido cuidadosamente passado. Enxugo as mãos, ainda segurando o rabanete.

— Obrigada — digo para o chef e o zelador. Então aceno para os funcionários. — *Arigatō*.

Os dois fazem uma reverência e respondem:

— *Dōitashimashite*.

— Peço desculpas se o almoço de alguém atrasou. Você pode traduzir isso pra mim? — pergunto para Akio.

Ele bufa.

— Precisamos ir.

Adiciono *teimoso* à lista de qualificações dele. Eu poderia deixar passar, mas ser legal com os outros é importante para mim. Cruzo os braços e olho para ele. Não gosto de ficar me gabando, mas já ganhei alguns concursos de olhar fixo.

Um segundo.

Dois segundos.

Três segundos.

Eeee... Ganhei. Akio cruza as mãos às costas, pigarreia e fala em japonês. Não tenho como saber se sua tradução é fiel, embora Akio me pareça honesto. Você sabe, daquele tipo eu-morreria-por-meus--princípios. Observação: isso foi a ruína de muitos grandes homens.

Quando Akio termina, a cozinha explode em sorrisos de aprovação. Esqueça o palácio e meu pai. Acho que vou ficar aqui mesmo.

Akio me leva de volta para o corredor de concreto, e, desta vez, eu o sigo de boa vontade. Sua aspereza não vai mais cortar o meu barato — meus passos e minha bexiga estão leves. A luz do dia se infiltra pelas frestas de um conjunto de portas duplas, e dois oficiais as abrem. O ar fresco temperado com chuva e terra molhada inunda o corredor.

Luzes piscam. Fico momentaneamente cega. Um mar de pessoas espera por mim do lado de fora gritando meu nome. Alguns têm crachás de imprensa e câmeras com lentes de foco longo. Agentes de segurança vestidos de azul contêm o público. Seria menos ensurdecedor se alguém me agarrasse pelo pescoço e gritasse no meu ouvido.

Coloco a mão no peito, o coração acelerado.

Um elegante carro preto da Rolls-Royce está parado no meio-fio, com uma bandeirinha no capô — ela é branca, tem uma borda vermelha e um crisântemo dourado.

Abro a boca. Congelo. Meu pai está dentro do carro. Bem ali, do outro lado do vidro. Dou meu melhor sorriso.

Akio se vira para mim com seus olhos cor de trufa.

— A multidão era menor quando pousamos.

Decido ignorá-lo. A porta do carro abre e um oficial desce. Fico arrepiada, mas não é meu pai. É um homem mais velho de chapéu-coco preto e gravata azul-escura. Sua papada me lembra um basset hound triste.

Outro oficial segura um guarda-chuva preto para ele, que avança e faz uma reverência, gritando em meio ao burburinho:

— *Yōkoso*, Sua Alteza. Sou o sr. Fuchigami, camarista do Palácio Leste. Em nome de seu pai, Sua Alteza Imperial o Príncipe Herdeiro, e em nome do Império do Japão, desejo boas-vindas. — A chuva pinga das pontas do guarda-chuva.

Ouço o clique das câmeras. Pisco, tentando espiar dentro do Rolls-Royce.

— Meu pai não está aqui? — Que decepção.

Alguém me chama, mas mantenho o foco no sr. Fuchigami. Mais fotos. Flashes piscam, ficando gravados nas minhas córneas. Eu me pergunto se eles perceberam minha decepção. Talvez a manchete vire "Princesa leva bolo do pai".

O sorriso do sr. Fuchigami é solidário.

— O príncipe herdeiro a espera no palácio. Pensamos que seria melhor se o encontro de vocês fosse mais reservado. — Faz sentido. Acho. Ainda assim, meu estômago se aperta como se tivessem dado um nó. — Por favor — ele diz, estendendo o braço e indicando o caminho que espera que eu faça.

A presença de Akio ao meu lado é mais sombria do que as nuvens no céu enquanto ele olha para a multidão. A guarda imperial pode relaxar agora. Ele com certeza vai curtir o momento. Provavelmente mal pode esperar para se ver livre e fazer algo que considera relaxante, como dar corda no relógio ou assustar criancinhas no pátio de uma escola ou quem sabe também (na melhor das intenções) ele pode ir pastar.

Olho para a esquerda e para a direita. A porta do carro ainda está aberta. A chuva entra. O sr. Fuchigami está esperando. Meu pai está esperando. O Japão está esperando. Me preparo e tento ver o lado positivo da situação. Meu pai pode não estar aqui, mas Tóquio está. Transformo minhas emoções no concreto sob os meus pés: duras e impenetráveis. Sou corajosa. Sou maravilhosa. Posso fazer qualquer coisa. (Se dispor de tratamento gentil, dez horas de sono por noite e um café da manhã rico em proteínas, claro.)

Preparar.

Apontar.

Vai.

6

Me acomodo em um assento de couro macio com cor de uísque fino. O sr. Fuchigami senta à minha frente, deixando o chapéu-coco no colo. Seu cabelo é grisalho e penteado para trás. As portas do carro batem. Para a minha sorte, Akio vai na frente. Sua postura é super-rígida. Palavras como *pau* e *cu* vêm à minha mente. Gotas de chuva escorrem por sua nuca. Ele as enxuga com um lenço cuidadosamente dobrado. Sinto um pouco de ódio. Até por ele ser bonito demais.

Estamos sendo levados por um motorista com jaqueta de botões de bronze e luvas brancas.

— Quem está no outro carro? — pergunto ao notar um segundo Rolls-Royce nos seguindo.

Está um pouco abafado aqui dentro e as janelas ficam embaçadas.

— Ninguém. — O sr. Fuchigami tira as luvas de couro preto. — Está vazio, é uma precaução caso este carro quebre.

A madeira do interior do carro está brilhando. O motor ronca.

— Este carro já quebrou alguma vez?

O rosto do sr. Fuchigami é inexpressivo.

— Não, é novo.

— Faz sentido. — Só que não.

Policiais em motocicletas brancas nos acompanham. Pegamos uma rodovia. Os carros param no acostamento para nos deixar passar.

— Aqui está seu itinerário para esta noite e o resto de sua estadia. — O sr. Fuchigami deposita um maço de papéis no meu colo, com um ar todo profissional.

Itinerário de Sua Alteza Imperial a Princesa Izumi
22/03/2021

15h32: Chegada no Aeroporto Internacional de Narita
15h45: Partida do Aeroporto Internacional de Narita, tour por Tóquio e pelos jardins imperiais

Olho meu celular. 16h01. Estamos dezesseis minutos atrasados. Não é minha culpa. Eu já nasci atrasada — três semanas depois do esperado e pesando quatro quilos, ou seja, tinha quase o tamanho de um maltês adulto. Minha mãe estava tão enorme que todos pensavam que ela teria gêmeos, e a enfermeira chegou a brincar que eu devorei minha irmã dentro do útero. Sorrio com essa possibilidade. O sr. Fuchigami me observa com cautela, contraindo os lábios. Volto para a programação.

17h01: Preparação para o jantar
17h22: Encontro privado com o príncipe herdeiro
20h00: Recepção de boas-vindas e jantar

— A programação terá que ser ajustada. Entendo que houve uma parada não prevista no aeroporto — o sr. Fuchigami continua, olhando por alguns segundos para o rabanete ao meu lado no banco. É meu novo amigo. Eu o batizei de Tamagotchi 2.0.

Folheio as páginas e mordisco a bochecha. Bem, isso vai ser um desafio. Já é um milagre eu conseguir seguir o cronograma escolar. Minhas duas semanas aqui serão lotadas de atividades. Aulas particulares de história, língua e arte japonesas. Passeios por santuários, templos e tumbas. Visitas à fazenda imperial e santuários de patos selvagens. Banquetes variados. Passeios com meu pai — partida de beisebol, abertura de exposição de arte. Tem até...

— Um casamento?

O sr. Fuchigami assente.

— O primeiro-ministro vai se casar em dez dias.

Engulo em seco bem alto.

— Não trouxe nada para usar em um casamento. — Minha bagagem consiste em leggings e camisetas; uma versão desleixada da marca de roupas esportivas Lululemon, o que é perfeitamente aceitável em Mount Shasta. Se bem que arremesso de machado e tombamento de vaca também são perfeitamente aceitáveis lá.

— Um vestuário foi providenciado para a senhorita. A família imperial trabalha com diversos estilistas que confeccionam roupas decentes. — Posso ler a mensagem implícita em sua declaração, em seu tom, em seu sorriso inescrutável. *Você representa a família imperial agora.*

— Claro. — Tenho a sensação de que estou quase no meu limite. Não importa.

— Suas primas, as princesas gêmeas Akiko e Noriko, viajam muito — ele acrescenta, mais caloroso. — Na semana passada, Akiko voltou da Escócia. Ela está planejando estudar inglês e transportes medievais na universidade de lá no ano que vem. Em casa, costumava usar um vestido muito charmoso e um blazer.

Ah, penso.

— Ah — digo. Mentalmente, faço uma lista das minhas roupas: leggings e um moletom desbotado do Colégio Mount Shasta. — Desculpa, eu não sabia... — Paro de falar. Um beijo para todas as garotas que pedem desculpas demais. Estou com vocês.

— Sim. A senhorita precisa estar ciente de que a imprensa está sempre observando. Mas não tem importância. Reunimos uma pequena equipe para ajudá-la, começando pelo sr. Kobayashi. Ele é um poço de conhecimento e será seu segurança pessoal. A família dele trabalha para a Casa Imperial há décadas. Pode confiar em sua discrição. — Ah, pronto, agora meu inimigo jurado vai ser meu confidente mais próximo? *Jamais.* — Certifique-se de adicionar o contato dele ao seu telefone, por favor — diz o sr. Fuchigami.

Claro, pode deixar. Vou salvar como "Servo de Satanás", com emojis de chifres e de cocô.

Quando vou perguntar ao sr. Fuchigami sobre o resto da programação, de repente fico sem palavras e sem fôlego. De boca aberta não porque ia falar. Mas porque fico completamente surpresa. Admirada. *Deslumbrada*.

Chegamos ao topo de uma colina. Raios de sol passam por uma fenda nas nuvens, e o desenho irregular de arranha-céus assoma no horizonte. Como uma miragem, me sinto compelida a olhar. Apoio na janela, enxugo o vapor do vidro com a palma da mão e levanto o queixo, absolutamente zonza. Gotas de chuva escorrem, cortando meu reflexo.

— Tóquio — a voz do sr. Fuchigami se infla de orgulho. — Outrora chamada de Edo, a cidade quase foi destruída pelo Grande Terremoto de Kantō, em 1923, e depois pelo bombardeio noturno, em 1944. Dezenas de milhares de pessoas morreram. — O camarista fica em silêncio. — *Kishikaisei*.

— O que significa?

Sinto uma pontada no peito. Estamos na cidade agora. Os arranha-céus não são mais formas recortadas contra o horizonte, mas sim gigantes cinzentos assustadores. Cada superfície está coberta por sinalizações — neon e plástico ou faixas pintadas —, e todas gritam por atenção. É barulhento aqui. Há uma cacofonia de músicas pop, buzinas de carros, jingles de publicidade e trens passando sobre os trilhos. Nada é discreto.

— Algo como "despertar dos mortos e retornar à vida". Contra circunstâncias desesperadoras, Tóquio se levantou. Agora, é o lar de mais de trinta e cinco milhões de pessoas. — Ele para por alguns instantes. — E, além disso, é a monarquia mais antiga do mundo.

O deslumbramento retorna, multiplicado por dez. Seguro a porta do carro e grudo o nariz no vidro. Vejo parques verdejantes, prédios limpíssimos, lojas requintadas, galerias e restaurantes. Para cada construção moderna e elegante, há uma construção baixa de madeira com telhas azuis e luminárias brilhantes. É tudo tão intenso. As casas se apoiam umas nas outras como tios bêbados.

O sr. Fuchigami narra a história de Tóquio: uma cidade construída e reconstruída, nascida e renascida. Imagino-a sendo cortada feito uma fatia de bolo, dissecando as camadas. Quase posso ver. Cinzas dos incêndios de Edo carbonizando as armaduras de samurai, as canetas de pena e as porcelanas de chá lascadas. Ossos de quando o Xogunato caiu. A poeira do Grande Terremoto e os destroços dos ataques aéreos da Segunda Guerra Mundial.

Ainda assim, a cidade prosperou. Está viva e repleta de veias neon. Crianças de saias xadrez e gravatinhas vermelhas correm entre os executivos de roupas sociais. Duas mulheres em quimonos carmesins e sombrinhas combinando entram em uma casa de chá. Todas as pessoas se parecem comigo. Existem variações, claro, diferenças no formato dos olhos e do rosto, mas nunca vi tanto cabelo escuro em toda a minha vida. Então percebo que não sou novidade aqui. Não sou esquisita. Que privilégio é poder me *misturar*.

Mesmo assim, ainda parece uma alucinação, como se eu estivesse espiando uma fechadura. Não consigo absorver tudo de uma vez. O carro não diminuiu a velocidade em momento nenhum.

E então eu noto.

— Não estamos parando nos semáforos.

O sr. Fuchigami dá uma batidinha no banco de couro.

— Sim. Os semáforos são programados para mudar do vermelho para o azul para a comitiva real. É de extrema importância que a família imperial cumpra os horários.

Mais essa. Eu não ligo. Meu corpo está zumbindo, querendo se enfiar em Tóquio e se perder em todos os cantos da cidade. É aqui que eu deveria ter nascido, *vivido*. Aqui, palavras como *aceitação* e *tolerância* não teriam feito parte do meu vocabulário infantil. Eu seria só mais um rosto na multidão. Bem, a não ser pelos Rolls-Royce e pelas luzes piscantes da escolta policial.

Encosto no assento, arrebatada e eufórica, ouvindo o barulho suave da chuva caindo no teto de metal do carro. Literalmente boquiaberta.

Passamos pela água.

— Este é um dos muitos fossos que cercam as terras imperiais — explica o sr. Fuchigami.

É aqui que meus avós, o imperador e a imperatriz vivem, exatamente no meio de Tóquio, em uma reserva florestal particular de mais de quatrocentos milhões de metros quadrados.

O carro fica escuro quando entramos em um túnel. Estamos nos afastando das propriedades da família imperial.

— Meu pai não mora lá? — Subitamente, entro em pânico.

Lembro de um filme que mostrava uma criança indesejada pela realeza sendo sequestrada em seu país para ser escondida.

— O príncipe herdeiro mora no Palácio Tōgū, no bairro de Akasaka, a leste do palácio imperial, onde também residem o resto da família, seus tios e tias e vários primos. As princesas gêmeas Akiko e Noriko têm mais ou menos sua idade. O príncipe Yoshihito também. Ele tinha se mudado, mas voltou para casa recentemente. Você terá bastante companhia. — Ele sorri como se estivesse me dando um presente.

A inquietação passa quando o túnel termina. Cruzamos um portão etéreo branco e dourado. Guardas em reluzentes uniformes azuis ficam em posição de sentido. Um gramado amplo e bem cuidado culmina em uma fonte grandiosa e emoldura um imponente edifício de mármore.

— O Palácio Akasaka foi inspirado em Versalhes e no Palácio de Buckingham — diz o sr. Fuchigami. Sei, sei. Tem mesmo aquela vibe que-comam-brioches da Maria Antonieta. — O palácio está desocupado, mas é usado para acomodar dignitários visitantes.

Dobramos uma esquina. Muros se erguem. Ainda estamos contornando Akasaka. Carvalhos retorcidos alinham-se acompanhando as ruas, e os muros dão lugar a uma cerca de bambu simples, coberta por trepadeiras. Tudo parece muito inofensivo, mas há câmeras de segurança discretas a cada dois metros, e guardas imperiais patrulham a área.

A comitiva diminui o ritmo.

À frente, guardas em imaculados uniformes azuis e chapéus com emblemas brilhantes aguardam em posição de sentido. As borlas douradas de seus uniformes piscam para mim. Um portão de metal preto abre. Os batedores da polícia se separam, bloqueando a rua e a entrada enquanto passamos.

— Ah, chegamos. Este é o Palácio Tōgū — o sr. Fuchigami anuncia calma e calorosamente. — Bem-vinda à sua casa.

O tempo para e meu cérebro registra cada momento. Sem dúvida, isto ficará arquivado em meu hipocampo, o lugar onde memórias inesquecíveis são armazenadas. Como a vez em que fiquei com a garganta inflamada e só consegui comer bananas. Sempre vou associar banana a dor e doença. Só que desta vez é o oposto. *Isto* aqui é beleza e esplendor.

Registro: momento em que percorro uma rua de cascalho flanqueada por bordos, com azaleias de cor magenta chorando a seus pés. Um parque estendendo-se para todas as direções, repleto de árvores de ginkgo-biloba, bétulas-prateadas, pinheiros-negros e cedros. O ar cheira a barro e grama recém-cortada.

Registro: momento em que desço do carro e estico o pescoço. A chuva diminui por um segundo. Mesmo que o sol esteja escondido atrás das nuvens, é como se o edifício emanasse luz própria. Ele está cintilando. *Reluzindo*. É o lar perfeito para um homem que acreditava ser um deus descendente do sol. O Palácio Tōgū é uma maravilha moderna. A extensa construção de dezoito quartos e dois andares se funde com o ambiente ao redor. O telhado de bronze oxidado com pátina de jade reflete as árvores à sua volta.

Registro: o caminho até a entrada, passando por uma fila de funcionários. Eles se apresentam um por um. Mais camaristas. Um médico. Três chefs (pra que ter um quando se pode ter três?), especializados em cozinha japonesa, ocidental, pães e sobremesas. Escudeiros. Arrumadeiras. O motorista do meu pai. Minha dama de companhia, Mariko. Ela faz uma reverência.

Mordo o lábio.

— Dama de companhia? — pergunto ao sr. Fuchigami.

— Companheira pessoal — diz ele maliciosamente, com o chapéu-coco de volta ao lugar. — Ela a ajudará nas tarefas diárias e a ensinará sobre língua, cultura e etiqueta japonesas. Foi escolhida a dedo pelo seu pai. O príncipe herdeiro achou que a senhorita gostaria de ter a companhia de alguém da sua idade. Ela vai se formar na renomada Escola Gakushūin em breve. O pai de Mariko é o poeta laureado Shoji Abe e sua mãe já foi dama de companhia da princesa Asako. Tem um inglês excelente e é especialista nas maneiras da corte.

Mordomos estão segurando as portas de vidro. Entro no *genkan*, a área de entrada das casas japonesas, e troco meus sapatos por chinelos. Os pisos são espelhados, e os lustres, cromados. Seguimos depressa e só consigo ter vislumbres da mansão: telas de seda protegidas por acrílico no corredor; móveis da sala dispostos em ângulos perfeitos de noventa graus; cores suaves e relaxantes, amadeirados e beges com toques rosados; divisórias de papel quase translúcidas em trilhos de madeira. Tudo organizado. Espaçado.

No meu quarto, há uma parede de vidro e, lá embaixo, um lago. É como se eu estivesse suspensa, flutuando sobre um azul profundo e extenso. Cisnes deslizam pela água e carpas nadam perto da superfície. Ao longe, espio Akio. Com o cabelo habilmente despenteado pela chuva, ele está conversando com outro agente de segurança. Sem dúvida, dando ordens. Mentalmente, faço uma lista das preferências de Akio:

Ama:
- *Mandar nas pessoas*
- *Cronogramas*
- *Ternos Tom Ford*
- *Fones de ouvido*
- *Fazer cara feia e mandar nas pessoas mais um pouco*

Detesta:
- *Atrasos*
- *Vibe* joie de vivre
- *Princesas que fazem xixi, veem* Downton Abbey *ou aceitam rabanetes de chefs*

Falando em rabanete, ainda estou com ele. Não soltei durante a apresentação dos funcionários e o tour pelo palácio. Agora ele está sobre uma cômoda folheada a ouro, perto de uma flor-de-íris em um vaso canelado. Algo na flor me faz querer observá-la de perto.

O arranjo está perfeitamente enquadrado na tapeçaria de seda atrás dele. As pétalas púrpuras são simples mas elegantes. Sua posição parece deliberada, quase cerimonial. Só presto atenção nisso porque parece que meus circuitos estão em pane.

Mariko dá uma batidinha na boca com o dedo.

— A grande questão é: que vestido você deve usar? — Ela dispôs as opções na cama de dossel: um vestido rosa de seda com estampa floral ou um amarelo de manga curta com aplicação de contas brilhantes. — Ontem, a princesa Akiko usou rosa no chá da manhã oferecido para pessoas notáveis — diz Mariko. Ela é pequena, suas feições são marcantes e implacáveis, com sobrancelhas finas e queixo pontudo. — Não queremos dar a impressão de que a estamos copiando. Mas o amarelo é claro demais. Receio que tenha efeitos indesejáveis na sua pele. — Mariko segura o vestido contra minha bochecha.

A etiqueta é de seda e diz "Oscar de la Renta".

Eu: Nhé, não ligo pra estilistas.

Eu também: Preciso tirar uma foto agora e mandar para Noora.

Já sei qual vai ser a reação dela. Não espero nada menos que um "Mentira, sua cretina".

— O que você acha, Izumi-*sama*? — Mariko pergunta.

— Ah, hum. — Finjo não estar ofendida e analiso as opções. Manga japonesa? *Aff*. Rosa-bebê? Duplo *aff*. Nenhuma das opções me atrai. — Não sou muito de amarelo nem de rosa. Não tem nada mais escuro? Preto, talvez? — Preferencialmente algo com um por cento de algodão e um milhão por cento de lycra. Não me leve a mal, eu amo meu corpo. Mas gosto mais dele de preto. Preto também me ajudaria com um probleminha. Sempre faço lambança quando como. Agora mesmo há uma manchinha no meu suéter. É chocolate, provavelmente da família Snickers. Se eu estivesse com a GGA, não teria problema em lambê-la.

Mariko olha para o closet, que tem uma ilha de mármore no meio. Há vários vestidos pendurados ali. É um massacre em tom pastel.

— Nada de preto — ela diz, com um suspiro. — Vai ter que ser o amarelo. — Assente, como se quisesse convencer a si mesma.

Parecer pálida é um risco que precisarei assumir.

Em menos de dez minutos, estou com um vestido amarelo-claro, que no fim das contas não ficou nada mau, e sou conduzida até a penteadeira. Luzes são acesas. Mariko lamenta que eu não tenha franja.

— O que vamos fazer com isso? — Mariko pergunta, mexendo no meu cabelo e avaliando os fios grossos no espelho.

— Eu gosto dele solto — sugiro, achando que ela realmente quer minha opinião.

Mariko crispa os lábios. Puxa meu cabelo para trás e faz um coque. Quando ela termina, meu couro cabeludo está gritando. Quer dizer que a garota gosta de brutalidade, saquei. Para harmonizar o vestido, ela passa um pouco de ruge em meus lábios e bochechas.

Murmura algo sobre a cor do meu esmalte — rosé cintilante — ser muito forte, mas não temos tempo para fazer minha unha. Ela coloca em mim brincos de pérola de Mikimoto e um colar combinando.

— Presentes de boas-vindas da imperatriz. Ela sente muito não poder estar aqui para cumprimentar pessoalmente sua mais nova neta. — Mariko diz, prendendo o fecho da corrente.

Vejo uma pessoa diferente no espelho. Sou eu, mas não sou. Pareço um avatar da realeza. Não sei bem o que pensar disso, não sei direito como me sinto.

Alguém bate à porta. Mariko permite que o sr. Fuchigami entre. Ele veio para me levar até meu pai.

— Está pronta? — ele pergunta, me avaliando e, em seguida, aprovando.

Quero dizer que sim, mas galáxias inteiras de palavras morrem na minha língua. Estou a minutos de encontrar meu pai, a pessoa que espero conhecer desde que nasci. Estou quase hiperventilando, mas mantenho a calma, pelo menos por fora. Por dentro, sou um poço de insegurança. Quero que meu pai goste de mim. Quero gostar dele. *É pedir muito, universo?*

Tudo o que consigo fazer é assentir. Todos os caminhos me trouxeram até este momento. Não vou mais andar por aí me perguntando se os desconhecidos que vejo na rua são meus parentes. As respostas para as minhas perguntas estão a alguns passos. Quem é meu pai? Será que ele me quer aqui? Será só uma manobra política? Me empertigo, firmo os pés no chão e sigo o sr. Fuchigami porta afora, em direção a uma nova vida.

7

As paredes do escritório do meu pai são de um cedro reluzente de tão envernizado, e cada nervura da madeira se destaca. No momento, estou sozinha. O sr. Fuchigami me deixou aqui e fechou as portas. Eu entendo. O príncipe herdeiro não espera por ninguém. Isso é bom, porque tenho a chance de bisbilhotar.

Assim como o meu quarto, este cômodo é escassamente mobiliado. Sei o motivo. Uma coisa é ter dinheiro, outra é ostentar *riqueza*. Estou certa de que entrei no coração sombrio do segundo caso. Os itens da estante são bem espaçados. As luzes embutidas e os raios de sol ressaltam as peças — um vaso chinês de porcelana azul-cobalto, uma caixa de prata de tabaco espanhol, uma espécie de espada com um dragão dourado serpenteando o cabo. Tudo é antigo, raro. *Precioso*. Aqui, as famílias não são medidas por cifrões, mas por peças históricas e proveniência. E o que eu tenho? Tudo na minha vida de repente parece sem valor.

Também há fotos. Emolduradas com simplicidade entre duas folhas de vidro estão imagens do meu pai, todas em preto e branco. Em uma está ele menino na frente de um painel *shoji* e a ponta dos dedos em teclas de piano. Em outra, mais velho, posa enérgico e combativo em um uniforme de botões de bronze. Também há fotos espontâneas. Ele abraçando um coala na frente de um eucalipto. Bebendo cerveja com o irmão em um pub. Há uma foto do casamento da imperatriz e do imperador vestidos em seus trajes imperiais, um quimono e um *hakama*.

As portas se abrem e eu me ajeito, alisando a saia do vestido. Meu coração bate forte. *Ele* está emoldurado na porta, formando uma figura imponente em sua camisa branca com botões de madrepérola e calças pretas.

Ele inclina a cabeça e fala em japonês com o homem atrás de si. As portas são fechadas. Estamos sozinhos. Podemos

a) nos abraçar;
b) dar um aperto de mãos; ou
c) sorrir genuinamente.

Mas escolhemos

d) nenhuma das opções anteriores — ficamos apenas nos olhando, desconfortáveis.

Lá fora, as nuvens cinzentas se foram e o sol está se pondo. A luz é diferente aqui — pensei que tons queimados de laranja e dourado só pudessem ser criados por um grande artista. Sombras brincam pelo ambiente e fazem os músculos tensos do rosto do meu pai ficarem em relevo. Ele está indiferente. Eu estou desorientada.

— Você parece sua mãe — ele finalmente solta.

É como se eu tivesse levado um golpe. Será que interpretei seu tom direito? Isso foi mesmo uma *acusação*? Fecho e abro as mãos. Meus piores medos podem estar se tornando realidade. Ele não me quer. Isto foi um erro. Estou pronta para explodir tudo.

— A primeira vez que vi uma foto sua, me achei muito parecida com você.

— É, sim. É o nariz. A família imperial é conhecida por esse calombinho.

Toco no meu nariz e contorno a pequena crista no dorso.

— Você também parece com a imperatriz, minha mãe. — Seu tom fica mais caloroso. — Tem queixo de elfa e olhos grandes. Ela era linda quando jovem. Ainda bem que você não parece muito comigo. Sua mãe uma vez me disse que eu quase sempre parecia ter acabado de comer uvas azedas.

Dou risada. Explosão cancelada, por enquanto.

Ele tensiona a mandíbula.

— Nunca me importei com os coloquialismos dela.

Fico séria.

Caímos em um silêncio constrangedor. O que eu estava pensando? Que sairíamos correndo para os braços um do outro? Que nosso DNA compartilhado funcionaria como ímã? Ele não é um pai retornando de uma missão. Eu não sou uma criança aguardando ansiosamente a sua chegada. Não temos lembranças para ancorar nossa relação. Ele não me colocou para dormir, não me abraçou enquanto eu queimava de febre nem torceu por mim quando eu fazia um *home run* jogando softball. Todos esses momentos perdidos se estendem entre nós. Não quero culpá-lo por sua ausência, mas acabo culpando um pouco. Tudo isto é tão injusto.

— Eu... — ele começa a dizer, mas para.

Ele não tem nada. Eu também não. O tempo se alonga. Somos estranhos. Por que eu esperava que fosse diferente?

Ele sorri, hesitante.

— Estive frente a frente com touros na Espanha e não fiquei tão assustado quanto estou agora. Minhas mãos estão trêmulas. — Ele me mostra.

Seus dedos grossos tremem de leve.

Aliviada, consigo dar um sorrisinho.

— Nunca encarei um touro, mas colei a bunda do Tommy Steven na cadeira no segundo ano do fundamental depois que ele roubou meus lápis de cor. Fiquei com tanto medo de ser pega que confessei logo em seguida.

Seus olhos brilham de orgulho.

— Você tem senso de justiça.

Meus joelhos destravam e respondo com um sorriso radiante.

— Talvez a gente devesse começar de novo. — Ele estica a mão. — Estou feliz que você esteja aqui. Estou ansioso para te conhecer.

Aperto a mão dele. Seu aperto é firme e reconfortante, não familiar. Apagamos o xis na alternativa "d" e ficamos com a "b": aperto de mãos.

Não é muita coisa, mas é um começo, e me ajuda a lembrar do que vim fazer aqui. Conhecer meu pai. Entender quem sou, por que tenho este rosto, as origens da minha teimosia.

— Os jardins ficam lindos nesta época do ano — ele diz quando soltamos as mãos.

Fico animada.

— É mesmo?

— Quer ver?

Penso por um momento. Ar fresco faz tudo ficar melhor.

— Claro. Vai na frente.

Sinto o ar frio e úmido nas bochechas. Cascalhos do tamanho de ervilhas estalam sob os meus pés. Meu pai caminha ao meu lado de cabeça baixa e ombros relaxados — o retrato de um príncipe desconstruído. Um arrepio percorre meus braços.

— Você está com frio. — Ele fixa o olhar em algum lugar e, com uma ordem silenciosa, um funcionário da casa se materializa.

Eu gostaria de aprender esse truque.

Meu pai fala em japonês, o rapaz faz uma reverência e desaparece. Sombras de ombros largos se movem por entre as árvores — seguranças. Vejo Akio entre eles. Vou demorar um pouco para me acostumar com isso. Nem quando estamos sozinhos ficamos *realmente* sozinhos. O empregado reaparece, e fico impressionada com sua agilidade. O suor brilha em sua testa, mas ele não está ofegante. Faz uma reverência e oferece a meu pai um xale de caxemira marfim. Meu pai pega e coloca ao redor dos meus ombros.

— Melhor?

— Muito. Obrigada. — Eu abraço o xale em torno do corpo.

Nunca pensei que fosse o tipo de garota que gosta de lã fina, mas pelo visto isso poderia mudar rapidinho.

— Podemos continuar? — Ele segue em frente.

Caímos em um silêncio amigável. O som do vento e do trânsito de Tóquio se instala entre nós. Meu pai aponta espécies de árvores. A bétula-branca é seu símbolo pessoal. A trilha se abre, expandindo-se, e contorna o lago. Paramos perto de um pinheiro-negro. Do outro lado da água, o sr. Fuchigami e um grupo de camaristas estão parados, fingindo que não estão observando esse grande momento.

O sorriso do meu pai é triste.

— O sr. Fuchigami provavelmente está chateado porque saímos. Não estava no itinerário.

Aperto mais o xale.

— Já vi isso acontecer. Pensei que a cabeça de Akio fosse explodir quando pedi para ir ao banheiro no aeroporto.

O sol está mais baixo. Os criados acendem luminárias de pedra. O jardim agora tem um brilho amarelo e difuso. Meu pai murmura:

— Ah, o sr. Kobayashi. Eu mesmo o escolhi. Pensei que você ficaria mais confortável com alguém da sua idade. — Assinto, sem querer parecer ingrata.

Bum. Levo um susto. Fogos de artifício cintilam no céu noturno feito confeitos de açúcar. Um rosa reluzente, roxos profundos, azuis selvagens. Ao longe, as luzes de Tóquio piscam para mim.

Meu pai se mexe, olhando para o céu.

— Que lindo! — exclamo, maravilhada.

As centelhas refletem em seus olhos escuros.

— É para você. Tóquio está dando as boas-vindas à sua nova princesa.

Para *mim*? Engulo em seco e faço o possível para não deixar isso subir à minha cabeça.

Um criado se aproxima carregando uma bandeja de prata que contém drinques em cristais pesados. Meu pai pega o menor, cheio de um líquido âmbar. Eu pego a taça cheia de algo borbulhante. Bebo um gole e sorrio. É sidra espumante. Delícia.

Ele faz uma reverência com sua sobrancelha imperial para mim (piadinha infame).

— Sidra espumante. O principal caminho para conquistar meu coração é me dando qualquer coisa com açúcar. — Ou abraços. Muitos e muitos abraços.

Ele bebe o líquido âmbar.

— Acho que isso não estava na sua lista de preferências. — Verdade. Mas eu listei várias sobremesas com as quais considero ter um relacionamento sério. Ele olha para o líquido em seu copo, franzindo a testa. — Um pai não deveria ter que ler sobre as preferências da filha. — Ele parece melancólico e um pouco desolado. Será que está bravo com a minha mãe? — Prefiro saber suas respostas por você mesma. Quais são seus hobbies?

Será que assistir a *Real Housewives* conta como hobby?

— Eu me interesso por várias coisas, mas nada chamou minha atenção ainda. Exceto confeitaria. Sou uma ótima confeiteira. — Minha cobertura de creme com cream cheese é de matar.

— Suas primas Akiko e Noriko têm bichos-da-seda — ele diz. Nas biografias da família real, hobbies são listados sempre em primeiro lugar para as mulheres. — Sachiko gosta de escalar. A Agência da Casa Imperial teve um chilique por causa disso, imagine só uma princesa de calças cargo. Vanguardista demais. — Ele sorri por cima do copo, como se isso fosse uma piada interna nossa. — E na escola, como você se sai?

Medíocre, no máximo. Mas meu pai é o príncipe herdeiro, então dou uma dourada na pílula.

— Muito bem. — Até agora, só garanti admissão em duas faculdades comunitárias. Dou um gole na minha bebida para não ter que elaborar.

— Seu quarto é bagunçado? — Ele gira o líquido do copo.

Tanto que poderia te dar pesadelos aterrorizantes de ser soterrado pela bagunça.

— Sou bastante organizada, acho.

Todas as perguntas dele me levam a uma única conclusão: sou extraordinariamente ordinária.

Seu peito infla de orgulho.

— Você me puxou. Quando novo, eu era muito organizado. — Ele me observa por um momento.

Percebo que também estou sedenta para conhecê-lo melhor. Perguntas surgem aos montes. Como ele era quando criança? Será que era muito levado? *Por favor, tenha sido muito levado.* Mas ele pergunta antes de mim, quase a contragosto:

— E sua mãe? Como ela está?

Fecho as mãos na taça.

— Está bem. Ainda solteira. — Olho para ele depressa. Nenhuma reação.

Acho que meu plano de um remake do clássico *Operação cupido* não vai pra frente. Devo confessar, eu tinha uma esperançazinha de conseguir juntar meus pais, fazê-los se apaixonarem loucamente de novo e então se casarem. Sonhar não é proibido, é?

— Ela ainda coleciona canecas?

— Sim — digo calorosamente. — Sua favorita diz: "O Papai Noel também não acredita em você".

— E aquela outra que diz: "Odeio plantas falsas, sou raiz"?

— Não existe mais. Quebrei quando tinha sete anos.

Lembro nos mínimos detalhes. Minha mãe tinha feito chocolate quente. A caneca estava pelando e eu soltei. Ela chorou e depois disse que era uma boba por isso.

— Eu que dei essa caneca. — Meu pai relaxa a postura. — Ela riu feito uma hiena.

Paro, de repente entendendo a reação da minha mãe. A caneca a ligava a outra vida. Ao meu pai.

— Ela ainda é professora?

— Sim. Vive se autodepreciando por causa disso. Você conhece aquele ditado que diz: "Quem não sabe fazer ensina"?

— Não conheço, mas entendo.

— Os alunos a amam e os outros professores são loucos por ela. Minha mãe realizou tantas coisas incríveis.

— E criou você.

Depois de falar isso, ele me dá um tempo para digerir a frase. A compreensão vem devagar, mas quando bate, um calor se espalha da ponta dos dedos do meu pé até as orelhas. Ele bate seu copo no meu. Um brinde a isso.

— Ela sempre quis ser professora. — Sua voz tem um tom suave, carregado de algo que lembra estima e respeito. Sua expressão parece saudosa. — Você... teve uma infância feliz?

— Sim. A melhor — respondo automaticamente.

Me jogo nas minhas histórias favoritas de quando era criança, como a vez em que me vesti de pirata durante quase o ano todo no ensino fundamental. Minha mãe embarcou totalmente nessa empreitada, pintando meus dentes de preto todas as manhãs e botando limão na comida para que eu não pegasse, sabe, escorbuto. Bons tempos. Conto sobre minhas amigas, sobre como Noora é mandona, Hansani, agressivamente fofa, e Glory, implacável.

Deixo de fora a parte sobre viver em uma cidade com bandeiras confederadas duelando com bandeiras de arco-íris. E a caixa de cartões do Dia dos Pais sem destinatário ao lado do meu estoque de romances.

Ele solta um suspiro alto.

— Sua vida teria sido muito diferente se você tivesse sido criada aqui.

— Como?

— Bem, para começar, você teria recebido dois nomes muito específicos. O primeiro terminaria com "nomiya", que significa "membro da família imperial". — Certo. Nomes. O dele é Makotonomiya. — O segundo seria um nome pessoal. Estudiosos fariam uma lista de opções. Eu teria escolhido uma, que seria enviada para o imperador. Para aprovação, claro.

— Claro.

— O imperador teria ungido seus nomes em papel *washi* e os depositado em uma caixa de cipreste laqueada, com o emblema de crisântemo dourado. A caixa teria sido enviada para o palácio, depois para o hospital para ser colocada sobre o seu travesseiro, bem ao lado da sua cabeça — diz ele com uma voz baixa e calorosa. — Após o ritual de nomeação, você teria sido banhada em uma banheira de cedro.

— Parece legal.

Ele volta a girar o líquido no copo.

— Um emblema floral teria sido escolhido para você.

Meu hálito forma pequenas nuvens no ar. Os fogos de artifício terminaram. Perto do lago, vaga-lumes surgem, dançando sobre a água em círculos concêntricos. Está frio. Mesmo assim, ainda não estou pronta para entrar.

— Que flor você teria escolhido para mim? — Meus olhos estão arregalados. Meu coração, aberto. Quero tanto que isso dê certo. Quero que minha vida seja diferente. Melhor. Mais completa. Épica como a de uma super-heroína.

— *Eu* teria escolhido flor-de-íris roxa.

O vaso no meu quarto. Uma única íris. Ele pensou em mim. Ele se importa. Meus olhos ardem. Pisco, lutando contra as lágrimas. Se meu pai perguntar, vou dizer que é o vento.

— A íris roxa representa pureza e sabedoria.

Fico mais emocionada. Como não sou muito boa em disfarçar, acabo falando:

— Minha mãe me disse que não te contou porque sabia que você não ia querer sair do Japão. Você seria como uma árvore longe da luz do sol. — *E ela não queria a vida da realeza*, penso. Esse impasse levou à separação deles. Era a única solução. Eu entendo, mas ainda é difícil aceitar.

Ele assente.

— Tenho deveres no Japão.

Esfrego o nariz.

— Entendo. Já vi todos os filmes do Homem-Aranha. — Graças à Glory. Ela é louca pela Marvel. — Poder e responsabilidade, essas coisas.

O vento agita seu cabelo. Ele toma o resto da bebida.

— Eu não tinha intenção de morar nos Estados Unidos permanentemente. Nunca foi uma opção.

Faço que sim e engulo em seco. Se eu não ficar remoendo isso, suas palavras não vão doer tanto. Ele brinca com o copo vazio nas mãos, contornando a borda com os polegares.

— Mas se eu soubesse que tinha uma filha, teria encontrado uma solução. — Ele me observa e espera até que nossos olhares se encontrem. — Eu teria nadado oceanos, escalado montanhas, atravessado desertos. Teria dado um jeito.

Meu estômago para de se contorcer. A esperança sobe até meu peito. Tem alguma coisa aí. Mais que eu esperava.

Um *começo*.

8

Uma pequena reunião, disseram. Um jantar de celebração em sua homenagem. Só para familiares. Nada de mais. Aliás, não mencionamos a conferência de imprensa? E os tocadores de sinos? E quanto ao breve concerto da orquestra da casa imperial? Não? Desculpe, falha nossa.

A noite tranquila começou com uma festinha nada tranquila. Em outras palavras, uma recepção de boas-vindas extremamente estressante. É um choque para o meu sistema depois da caminhada gostosa que fiz com o meu pai. Um repórter do Clube de Imprensa Imperial me encara. Seu crachá diz Shigesada Inada, *Gazeta do Japão*. Até agora, suas perguntas são como fiapos enrolados no algodão.

— Qual é a sua cor preferida? — Nenhum dos repórteres tem blocos de notas ou gravadores.

É estranho. Além disso, são todos homens.

Vermelho como o sangue dos meus inimigos, penso. A verdade: estou um pouquinho bêbada. O voo transpacífico está cobrando seu preço.

— Azul — respondo serenamente.

O sr. Fuchigami se mantém por perto. Correção: *pairando* sobre mim. Ele está mais nervoso do que o Tamagotchi em um quarto cheio de aspiradores de pó. Quando respondo de um jeito que ele aprova, um som de satisfação emana de sua garganta. Até agora, consegui cinco barulhinhos. O repórter faz uma reverência e me agradece antes de ir embora. Do outro lado da sala, meu pai também é entrevistado. Akio está presente, parado no canto, como uma pintura gótica.

— Está acabando? — pergunto ao sr. Fuchigami, quando ficamos sozinhos. — Estou tão cansada. Posso sentir o cheiro das cores. Ou talvez seja a cocaína. — Diante de seus olhos esbugalhados, esclareço: — Brincadeira! Estou brincando. — Só eu dou risada.

Lá em Mount Shasta, essa teria sido de matar. Noora uma vez riu tanto de uma das minhas piadas que expeliu leite pelo nariz. De verdade.

— O sino deve anunciar o jantar em breve — ele me tranquiliza. — A família geralmente gosta de tomar uns drinques na sala de estar em seguida, mas você não precisa ficar.

Vejo uma caixa *cloisonné* com fundo de escama de peixe em um canto. É elegante e alta, se encaixa aqui muito melhor do que eu. Estamos em um salão de recepção com carpete cor de aipo, cercado por um piso de parquete laqueado, e as paredes são da mesma cor da madeira. Elegante e arejado, o salão é parte do Palácio Tōgū, mas é separado por uma série de painéis de correr no estilo *shoji*. A imprensa, os tocadores de sino e a orquestra não são permitidos além deste ponto.

Meu quarto está a três minutos a pé. Se eu pensar demais na minha cama, vou acabar pegando no sono. Preciso mudar de assunto já.

— A imprensa foi gentil.

O sr. Fuchigami parece surpreso.

— Claro que sim. Eles são membros do Clube de Imprensa Imperial, escolhidos a dedo pela Agência da Casa Imperial.

Um rubor de constrangimento esquenta minhas bochechas. Me jogaram no meio de um labirinto, e as chaves para encontrar a saída dependem de um vórtex de protocolos, tradições e regras que eu não faço a menor ideia de quais sejam. Engulo a bola gigante de estresse. Depois penso no que fazer. A procrastinação já me foi útil no passado. Minha missão: sobreviver a esta noite. É tão sinistro quanto parece.

O sino do jantar toca. O grupo se divide, e o bando de repórteres e tocadores de sino desaparece pela porta.

— Por aqui. — O sr. Fuchigami me conduz até a sala de jantar. A longa mesa está decorada com panos engomados e pratas reluzentes. Um criado de luvas brancas puxa uma cadeira para mim. Meu coração afunda quando vejo onde devo sentar.

— Não vou ficar ao lado do meu pai? — Olho para o sr. Fuchigami. Ele balança a cabeça uma única vez.

— Não. Os lugares foram cuidadosamente distribuídos. Colocamos você ao lado de sua família estendida. Dessa forma, otimizamos e dividimos seu tempo igualmente para cada membro. — Ele escolhe as próximas palavras com cuidado. — Como filha do príncipe herdeiro, é fundamental que você dê atenção a cada um. Não deve ter favoritos. Agora... — Ele aponta. — Por favor, acomode-se.

As mesas se aquietaram. Todos estão atrás de suas cadeiras e olhando para mim. Minha família está obviamente esperando algo. Meu pai sorri. Perto dele, estão sentadas duas gêmeas, sem dúvida Akiko e Noriko, os brilhantes da pulseira imperial. E dá para ver por que tanto destaque. Elas são belíssimas, com seus rostos ovais e lábios da cor de sapatilhas de balé. São tão idênticas e perfeitas que chega a ser um pouco bizarro, como se tivessem saído totalmente formadas de uma das tapeçarias de seda.

O pai delas é irmão do meu pai e o segundo na linha de sucessão ao trono. Ele também está na ponta da mesa. Sua esposa está ao lado e, embora esteja vestida impecavelmente, seu rosto está tenso, pálido e retraído.

— Desculpe — sussurro para o sr. Fuchigami. Estou tão confusa. — O que está acontecendo?

— Eles estão esperando sua apresentação — ele diz, como se isso explicasse tudo. Quando não faço nada, ele continua: — Fale um pouco sobre você. — Com isso, ele faz uma reverência e vai embora. *Vai embora.*

Olho para os meus pés. O piso é de carpete e tem círculos estampados. Estou de pé no meio de um deles. Sou o centro das atenções, literal e figurativamente.

— Ah, hum. Olá. — Olho para cima. Meu corpo parece estar pegando fogo. Aceno com a mão, então lembro que não vi ninguém fazer isso desde que cheguei. Recolho o braço. — *Konnichiwa.* Meu nome é Izumi. Mas vocês todos provavelmente já sabem disso. Eu moro em Mount Shasta, Califórnia, e agora acho que também moro aqui. — Puxo a orelha e procuro um terraço para me jogar. — O que mais? Tenho um cachorro chamado Tamagotchi.

As gêmeas estreitam os olhos e cobrem a boca com as mãos para sussurrar algo uma para a outra.

Quando alguém tem que cobrir a boca, nunca é para dizer algo bom. Começo a me embananar.

— Ele é um ótimo cachorro. Mais ou menos. Uma vez, tentei embrulhá-lo num pano e colocá-lo num campo de flores para fazer uma espécie de ensaio fotográfico estilo bebê recém-nascido e ele quase arrancou minha cara. Então acho que ele não é tão ótimo assim...
— Paro. Perto de mim estão dois garotos e uma garota que parecem ter a minha idade. Estão sorrindo como se estivessem sendo obrigados. *Pare de falar. Agora.* — Enfim. Izumi. Mount Shasta. Prazer em conhecer vocês. — Faço uma reverência desajeitada. Desabo na cadeira, tentando desaparecer.

Há um minuto de silêncio. Todos continuam de pé, até que meu pai senta. A conversa recomeça. Estou morrendo no poço do meu próprio constrangimento. Meu único consolo é que Akio não está. Sem dúvida, está espreitando de algum lugar da propriedade.

— Bem, você deu o seu melhor — o garoto ao meu lado diz. — Yoshi. — Ele me oferece a mão. Limpo a minha discretamente no vestido antes de cumprimentá-lo, aliviada com o gesto familiar. — Primo de segundo grau, nome oficial Yoshihito, sétimo na linha de sucessão. Filho de Asako e Yasuhito.

Ele acena com a cabeça em direção aos pais, que estão sentados na nossa diagonal — um homem pequeno e de aparência afável e uma mulher usando um colar de diamantes que parece caríssimo. Seus sorrisos são calorosos, mas um pouco apreensivos. Entendido. Não sou a única tentando lidar com toda essa situação de filha ilegítima do príncipe herdeiro.

— Por favor, nos chame de tia e tio — Asako fala, inclinando a cabeça.

Yasuhito assente amigavelmente, concordando. Gosto de homens que apoiam suas esposas.

— Agora, sei o que está pensando. — Yoshi saca o guardanapo e o deposita no colo. Uma mecha de cabelo cai sobre o olho. Ele parece uma estrela de j-pop que abriu um alçapão e caiu na realeza. — Você está certa. No passado, primos distantes podiam casar. Mas, hoje em dia, não pegaria bem. — E faz um beicinho.

— Que pena — digo, inexpressiva.

Copio seu movimento com o guardanapo. Um criado de luvas brancas segurando uma jarra de prata enche minha taça de água.

Ele desfaz o bico e troca por um sorriso.

— Ah. Você vai se sair bem. Gostei de você.

Também gostei dele — de um jeito puramente platônico, do tipo primos-que-não-se-beijam. Não acho que seja necessário deixar isso claro. Ele me lembra um pouco Noora. Eles têm a mesma vibe "curta o momento", que eu também gostaria de ter.

— Você está constrangendo nossa prima — a garota na minha frente repreende Yoshi. Ela tem um rosto pequeno e oval, e o cabelo escuro está preso em um meio rabo. Um diamante brilhante na mão esquerda cintila quando ela toma um gole de água. — Não dá bola pro meu irmão. Meu nome é Sachiko — ela se apresenta e depois apresenta o homem sentado ao seu lado. — Meu noivo, Ryu.

— Prazer em conhecê-la — ele diz, acenando a cabeça.

— Não se preocupa, Sa-*chan* — Yoshi diz, virando para mim. — Decidi te colocar sob as minhas pernas.

Levo uns bons cinco segundos para decodificar a mensagem.

— Acho que você quis dizer *asas*.

— *Asas?*

Dou um suspiro, contente por poder explicar. Finalmente, algo que eu sei.

— A expressão correta é "te colocar sob as minhas asas".

Ele faz uma careta.

— Por que eu diria isso? Não tenho asas.

— A expressão não faz referência a humanos, meu Deus. — O cara sentado ao meu lado bufa, irritado. Ele parece muito com Yoshi. Devem ser irmãos. Mas tem cabelo mais curto, costas mais eretas e um semblante tenso. Endireita os talheres e dobra o guardanapo em um triângulo simétrico. — Surgiu da observação de pássaros, que abrigam seus filhotes sob as asas. Obviamente.

— Meu irmão — Yoshi confirma minha suspeita. — Passou quatro anos na Escócia estudando ornitologia e linguística. Se tiver problemas para dormir, peça para ele te contar sobre sua tese a respeito da criação do galo-silvestre-preto em cativeiro.

Sachiko dá risada. Seu irmão não está nada satisfeito. O antagonismo deles é uma coisa que reconheço e que me traz certo conforto — a mesma sensação de vestir um suéter velho. Ainda assim, ele faz um aceno mal-humorado com a cabeça.

— Masahito — ele diz.

— Achou seus aposentos aceitáveis? — tio Yasuhito pergunta, a boca se movendo por baixo do bigode.

— Mais que aceitáveis — respondo.

Um criado me oferece uma toalhinha quente com uma pinça. Olho para Yoshi e vejo que ele a desembrulhou e está enxugando as mãos. Depois a joga em uma tigela de prata que outro criado segura atrás. Pego a toalha.

— O palácio foi reformado recentemente — tia Asako diz.

— Ah, sim, é tipo um sonho do Nate Berkus — digo, e então viro, depositando a toalha na tigela de prata.

Sussurro um agradecimento, mas o criado não nota. Seu olhar está fixo em um ponto na parede.

Tio Yasuhito franze as sobrancelhas. Confundi o pobre homem.

— Nate Berkus?

Dou um sorriso.

— É um designer de interiores famoso nos Estados Unidos. O melhor amigo da Oprah.

Os olhos da tia Asako brilham de leve.

— Ah, sim, é como o Shoji Matsuri. Ele é designer de casas de gatos. — Tia Asako cutuca o marido. — Lembra, ele fez um projeto para mim. Quer o contato? — Sua voz se torna um sussurro. — Ele é muito discreto.

85

— Não, obrigada. Gosto mais de cachorros — respondo, sem entender muito bem o que ela quis dizer.

Algumas coisas não devem ser entendidas.

Yoshi chama minha atenção.

— Ela tem um Warhol felino original naquela casa. — Ele revira os olhos. — Que ironia.

A conversa diminui. Uma tigela de sopa clara é colocada na minha frente. Legumes picados flutuam em torno de uma folha dourada coberta de... caviar? Meus dedos se agitam acima dos vários talheres e utensílios. Garfos, facas e colheres me assombram. *Olá, Zoom Zoom. Você não sabe usar nenhum de nós, né?* Sou um peixe fora d'água — ou melhor, uma garota fora de Mount Shasta. Meus nervos fervem e meu estômago se revira. O resto da família percebe minha hesitação e eu me mexo, desconfortável, me sentindo uma formiga sob uma lente de aumento.

Debaixo da mesa, um joelho toca o meu. Yoshi levanta com bastante ênfase a colher que está ao lado das facas.

— Perna — ele murmura.

Dou um sorrisinho e mentalmente prometo nomear meu primogênito de Yoshi. Por que ainda não estou comendo? *Ponha a sopa pra dentro*. Mergulho a colher e, do outro lado da mesa, Sachiko pisca para mim. Faço contato visual com meu pai. Sua expressão preocupada pergunta: "Tudo bem?". Respondo com um aceno, meu joinha versão princesa. Tudo certo. Todos na sala de jantar parecem enfim respirar.

E assim vai.

É como se estivessem me servindo equações complicadas, e meus primos de segundo grau tivessem assumido o papel de professores pacientes e disfarçados. A cada novo prato, eles me mostram como usar um talher. O jantar transcorre como um borrão da alta cozinha francesa, cheio de espumas, géis e pós. Entre o segundo e o terceiro pratos, a conversa gira em torno do imperador e da imperatriz, que estão visitando a prefeitura de Okinawa.

— Vocês não os veem muito? — pergunto a meus primos.

Masahito inspeciona sua taça de cristal e limpa uma mancha com o guardanapo.

— O dever máximo de Suas Majestades Imperiais é servir o povo.

— Sim, eles são considerados os pais de todo o Japão — Yoshi diz, baixando a voz para um sussurro. — O imperador não é um deus, mas também não é um homem. Nós podemos viver na terra, mas ele ainda vive acima das nuvens.

A sobremesa é servida: frutas no formato de uma flor-de-íris. Feita especialmente para mim. Outra forma de me desejar boas-vindas. Aproveito a homenagem. Mas o momento passa logo, percebo com espanto. Só sobrevivi graças aos meus primos.

Depois do jantar, drinques são oferecidos na sala de estar. É a minha deixa; o sono me chama. Minha doce cama está apenas a alguns minutos de distância. Levantamos da mesa e dou boa-noite para o meu pai. Minhas tias, tios e primos me observam enquanto vou embora. Não consigo evitar sentir o peso de seus olhares em minhas costas, a força de suas ressalvas. Estão perguntando a mesma coisa que eu: "Será que estou à altura da família imperial?".

FOFOCAS DE TÓQUIO

Japão avalia novo membro da família imperial

23 de março de 2021

Sua Alteza Imperial a Princesa Izumi (na foto) chegou ao Aeroporto Internacional de Narita ontem à tarde vestida casualmente, com uma calça legging e um suéter. A blogueira imperial Junko Inogashira estava presente. "A roupa certamente não seguia o protocolo. O pior é que a princesa não falou nem acenou para a multidão. Muitas pessoas a esperaram por horas e ficaram completamente ofendidas quando ela foi embora. Ouvi de um funcionário do aeroporto que, além disso, ela também foi grossa com seu guarda imperial quando eles pararam para usar o banheiro."

Será que a princesa já está deixando seu novo título subir à cabeça? O zelador Chie Inaro não concorda. Ele a encontrou durante a pausa para o banheiro mencionada acima. Em uma entrevista exclusiva para o *Fofocas de Tóquio*, Inaro só tinha boas coisas a dizer sobre a princesa. "É uma garota linda, muito linda, a epítome da graça. Ela usou o meu lenço para secar as mãos", ele se gabou,

mostrando o pano branco agora emoldurado. "Quero
guardá-lo, mas meu filho quer fazer um leilão. Ele acha
que vamos conseguir uma fortuna." De fato, até o momento
desta reportagem, o lance atual do lenço era de
dois milhões de ienes. Inaro planeja aplicar o dinheiro
para a aposentadoria.

Desde que chegou no aeroporto, a princesa não saiu
das propriedades imperiais. A Agência da Casa Imperial
se recusou a comentar como ela está se saindo.
Não podemos deixar de nos perguntar por que
essa princesa está sendo tão escondida…

9

Setenta e duas horas no Japão, e eu não estou nem perto de chegar à altura da família imperial. Na verdade, minha evolução é nitidamente nula.

Da minha cadeira, olho para Mariko. Ela me encara com seus olhos cor de mel, frios e avaliadores.

— Foco, Izumi-*sama*. — Sugerindo que estou fazendo qualquer coisa menos isso.

Seu olhar também indica que sou o equivalente humano de um cabelo encontrado na salada. Outros também estão presentes: o sr. Fuchigami, que sorri com benevolência, e um mordomo estranhamente eficiente e educado, que está reto como uma vara. A chuva bate nas janelas.

Na minha frente, há um jogo de jantar completo. Respiro fundo, sentindo o elástico da saia se esticar quando expiro. Esta manhã, Mariko me obrigou a vestir um conjuntinho de saia plissada.

Fico olhando para a mesa. É uma seleção de copos de cristal, talheres reluzentes e pratos de porcelana enfeitados com um crisântemo dourado. Movo a mão devagar pelo segundo garfo à esquerda. O sr. Fuchigami suga o ar por entre os dentes. Ele está com um terno sóbrio e o cabelo de mechas grisalhas perfeitamente penteado.

Mudo de direção. Mariko faz uma careta.

Se estivéssemos em *Downton Abbey*, Mariko seria Mary — grossa, um pouco fria e extremamente séria. Ela é a força motriz por trás das minhas longas aulas de etiqueta todas as tardes. Praticamos reverências e diferentes maneiras de dizer "obrigada". Também experimento vestidos e luvas. Com base em sua frieza, cheguei à conclusão de que ela não gosta de mim. Curiosidade: como membro da família real, não tenho direito de votar, carregar dinheiro ou ter redes sociais.

— Não vamos poder acompanhá-la no casamento — Mariko diz.

O primeiro-ministro Adachi vai casar em pouco mais de uma semana. Será meu primeiro evento público.

— Sim — o sr. Fuchigami concorda. Os dois estão mancomunados. — Você vai sentar com o seu pai. Por isso, deve aprender como se comportar à mesa.

— Não vai poder procurar seus familiares para pedir ajuda no dia — Mariko acrescenta.

Ela deve ter visto quando Yoshi me colocou debaixo de suas "pernas" no jantar de recepção. Apesar do meu sangue, não herdei nenhuma habilidade. Preciso de um incentivo. Estico a mão para o prato de biscoitos *senbei* disposto no meio da mesa. Eles são feitos de arroz e ainda estão quentes, recém-saídos do forno.

— Chega de biscoitos. — O prato é retirado da mesa. Minha boca permanece aberta enquanto Mariko mantém os biscoitos reféns. — Agora responda: qual é o garfo para peixe? — Ela acena para a mesa.

Mais uma vez, fico olhando para o jogo de jantar. Me concentro nos garfos: extra pequeno, pequeno, médio e grande. Começo por eliminação. O extra pequeno é para ostras. O pequeno é para saladas. Sobram o médio e o grande. Tenho cinquenta por cento de chance de acertar. Nada mau. Porém, em um momento ofuscante de clareza, a resposta me vem:

— Este aqui. — Pego o garfo, orgulhosa.

Mariko ergue as sobrancelhas.

— Tem certeza?

— Tenho? — respondo com uma pergunta.

— Acertou. — Ela não parece muito satisfeita, mas coloca o prato de *senbei* de volta na mesa.

O sr. Fuchigami limpa a garganta e se aproxima.

— Talvez devêssemos praticar um pouco de japonês. *Ogenki desu ka?*
— Ele manda de primeira.

Mariko cruza os braços, claramente pronta para aproveitar o espetáculo. O mordomo começa a retirar a mesa.

De etiqueta à mesa para estudos de língua japonesa. Ignoro o golpe. Além de curso intensivo de cultura e modos, tenho que aprender japonês. Comecei com os alfabetos hiragana e katakana e a memorização de frases comuns, como:

— *Genki desu.* — "Estou bem". A resposta perfeita para a sua pergunta: "Como você está?". Na verdade, as aulas têm sido um borrão de conjugação de verbos e aperfeiçoamento do "d" palatal. Para começo de conversa, o japonês é uma língua hierárquica. Existem diferentes níveis de formalidade, todos dependendo do orador e de sua relação com o interlocutor.

O sr. Fuchigami assente, aprovando a resposta.

— *O jōzu desu.*— "Muito bem". Ele acena para a mesa; com o *senbei*, há uma bandeja de frutas secas e uma seleção de castanhas. — *Nani ga meshiagarimasu ka?*

Inclino a cabeça, me esforçando.

— *Ano...* — Esta é uma expressão usada para preencher pausas, equivalente ao nosso "Hum". Eu uso com bastante frequência.

O sr. Fuchigami fica com pena.

— *Nani ga meshiagarimasu ka?* Você quer comer algo?

Me animo:

— *Hai. Ringo ga suki desu. Oppai tabetai!* — Tradução: "Sim. Adoro maçãs. Quero comer um monte."

Só que... o rosto do sr. Fuchigami fica da cor de um tomate e ele desvia o olhar. Mariko engasga. O criado derruba um copo de cristal, que não quebra, mas bate em um prato e arranca uma lasca da porcelana chinesa de valor incalculável.

— O que foi? — pergunto, assustada.

O sr. Fuchigami não consegue me encarar.

Mariko esfrega a sobrancelha.

— Você pronunciou "um monte" errado.

— "Um monte"? Não é "*oppai*"? — pergunto, repetindo mais algumas vezes para pegar o jeito. — *Oppai, oppai, oppai.*

Mariko arregala os olhos.

— Pare. De. Falar.

— Sua Alteza — o sr. Fuchigami diz devagar, com cuidado, baixinho. — A forma correta é "*ippai*". A palavra que você falou significa... — Ele não consegue dizer, e então vira para Mariko.

Mariko também não consegue dizer nada, mas ergue as mãos diante dos seios.

— Ah. — Meus olhos se arregalam. Acabei de cantarolar "tetas, tetas, tetas" para o camarista real e minha dama de companhia. — Ah! — Meu estômago revira. — Desculpe — murmuro.

O criado foi embora.

O sr. Fuchigami olha seu relógio.

— Preciso... tenho uma reunião. — Olho para o relógio antigo na parede, que tem animais do horóscopo em vez de números.

Teríamos aula por mais uma hora, até o almoço com meu pai.

— Desculpe — repito, enquanto o sr. Fuchigami faz uma reverência apressada e sai da sala.

Acho que esperar contato visual seria demais.

— Terminamos — Mariko diz abruptamente, saindo atrás dele.

Finalmente sozinha, levanto da mesa. Saio da sala de jantar e vou até a de estar, captando meu reflexo em um espelho preto antigo. Continuo com uma aparência ótima — minha maquiagem não saiu e todos os fios de cabelo ainda estão no lugar. Mas não é sempre assim? Bonita por fora, desmoronando lentamente por dentro?

Meus passos me levam até a entrada. Depois de calçar os sapatos, atravesso a porta e sento no degrau de concreto. Abraço as pernas. Estou triste e completamente insegura. O ar está fresco e cai uma garoa, mas permaneço seca, protegida pelo pórtico da varanda. Um movimento chama minha atenção — Akio. Tão bonito como sempre. O vento bagunça levemente seu cabelo úmido. Ele está vestindo uma espécie de casaco escuro. Em suma, está pronto para ser capa da *Vogue*. Não dou a mínima. Tão irritante.

Ele franze as sobrancelhas quando me vê, fazendo a carranca de sempre. Perdi a hora ontem e o passeio pelo santuário de patos selvagens e a pescaria tiveram que ser remarcados. Mais tarde, deixaram um relógio no meu quarto… a pedido de Akio. Cruzo os braços e respondo com outra carranca. Em contrapartida, a dele se intensifica. Tenho certeza de que está enviando forças do mal na minha direção. Eu também estou, cara. Eu também estou.

Me afasto dele e discretamente pego meu celular no sutiã. Sucumbo à minha necessidade patológica de dividir minha humilhação e mando uma mensagem para Noora.

> Eu
> **Hoje eu pronunciei errado uma palavra e acidentalmente falei pro camarista que quero comer tetas.**

Brinco com o celular enquanto espero a resposta dela, me perguntando o que a GGA tem aprontado. Queria poder espiar as redes sociais, mas minhas amigas têm contas fechadas, e o sr. Fuchigami me obrigou a deletar as minhas. Protocolos da realeza. Também estou proibida de consumir qualquer tipo de mídia dentro das propriedades imperiais. Nada de tabloides, jornais ou televisão.

Finalmente, o nome de Noora aparece na tela.

> Noora
> **Nhé. Poderia acontecer com qualquer um**

> Eu
> **Não sei se aguento isso**

> Noora
> **Discordo totalmente**

Noora
Lembra aquela vez que a Glory disse
que vc não ia conseguir comer uma
torta inteira do Black Bear e eu apostei
que conseguiria sim e vc conseguiu
mesmo?

                Eu
                E isso quer dizer que...?

Noora
Quer dizer que: eu acredito em vc.

                Eu
                Seeei, porque ser uma princesa
                é a mesma coisa que comer torta.

Noora
Não, mas mesmo assim vc é
maravilhosa. Os homens choram
a seus pés. As mulheres querem ser vc.
Os pássaros caem dos céus,
impressionados com a sua glória.

Noora
Ajudou?

                Eu
                Um pouco.

Noora
Bom.

Noora me anima. Ela nunca me deu conselhos ruins. Tá, só aquela vez em que me convenceu a raspar as sobrancelhas e fazer um desenho no lugar. Meu celular vibra.

Noora
Ainda tô esperando a foto daquele guarda

Glory
Idem

Hansani
Sim, por favor.

Ela adicionou as meninas à conversa. Muito discretamente, viro para trás e olho Akio. Ele está encarando o nada ao longe, com as mãos cruzadas para frente. Seguro o celular, tiro uma foto e mando para o grupo. Ele vira a cabeça.
— *Nani wo shite imasu ka?* Você tirou uma foto minha?
Levanto e ajeito a saia.
— Não. Claro que não. — Minha voz sai pesada, impregnada de um tom que diz "tá louco?".
A tela se ilumina e dou uma espiada.

Noora
Pqp. Pega ele agora.

Hansani
Eu afundaria com esse barco.

Glory
Aposto que o cheiro dele é delicioso e único, como se seu perfume fosse feito de lágrimas de pantera. #perfumedepantera

Silencio as mensagens. Akio resmunga. Esse homem é um poeta.

Ele se afasta. Não tão rápido. Lembro do relógio na minha mesinha de cabeceira e meu sangue ferve. Me aproximo. Ele está fingindo vigiar a propriedade, como se não tivesse me visto.

— Akio?

— Sua Alteza. — Tão rígido. Tão formal.

— Estava me perguntando... Como faz para ser um guarda imperial?

Ele faz uma careta, como se este fosse o pior momento de sua vida. Ainda não viu nada.

— Prefiro ser chamado de oficial de proteção máxima. Acredito que o sr. Fuchigami lhe informou minhas qualificações.

— Sim, mas ele mencionou principalmente suas credenciais como policial. — Piso no cimento com meu delicado sapatinho de salto quadrado. — É preciso frequentar uma escola de guardas imperiais... desculpe, oficiais de proteção máxima? — Arregalo os olhos e tampo a boca. — Você já matou alguém? E, se já, gostou? Aposto que já e aposto que gostou. — É sempre o tipo forte e calado que esconde o jogo. — Me conta, você tem um quarto secreto onde ninguém pode entrar?

— Claro que não — Suas mãos estão cruzadas à frente, e suas costas, perfeitamente eretas. — É um porão. É melhor para controlar a temperatura. Você sabe, dos cadáveres.

Estreito os olhos.

— Estou meio assustada, porque não sei se você está brincando ou não.

Ele dá um longo suspiro, impaciente.

— Acho que deveríamos estabelecer a cadeia de comando aqui. Eu sou, tipo, sua chefe? — Por favor, diga que sim. Por favor, diga que sim.

Um músculo na mandíbula dele se tensiona. Talvez ele tenha quebrado um dente. Se for o caso, conheço um dentista imperial excelente. O sr. Fuchigami me submeteu a um exame físico e odontológico completo ontem. Ainda estou com o curativo da coleta de sangue. Os programas de investigação aparentemente estão certos: o DNA não mente. Sou mesmo filha do príncipe.

— A sua segurança e proteção são prioridades — ele diz. — Vêm em primeiro lugar.

— O que significa que...

Agora tenho toda a sua atenção.

— Tecnicamente, eu sou o seu chefe.

Aff, que metido.

Contraio os lábios. Não ligo para nada disso.

— Alguém já te disse que charme não é o seu forte?

Sua paciência se esgota.

— Charme não protege a realeza.

Touché.

— Acho que começamos com o pé esquerdo. — *Eu me atrasei. Você mandou um relógio para o meu quarto. Estamos quites.* — Qual é o seu filme favorito?

— Por que você quer saber isso? — Seu olhar é penetrante, desconfiado.

A chuva voltou. Gotas pesadas batem no chão.

— Só acho que a gente deveria se conhecer melhor. Você me conta algo sobre si mesmo, e depois eu conto algo sobre mim. Sabe, é assim que se faz amigos. Que pessoas se *conectam*. — *Daí, quando eu descobrir todos os seus segredos e vulnerabilidades, posso usá-los para te destruir. Estou brincando. Mais ou menos.*

Seus lábios se contorcem. Akio volta o olhar para a propriedade. O silêncio se estende até que ele finalmente diz, meio ressentido:

— Gosto de *Duro de matar*.

Pisco duas vezes.

— *Duro de matar*? Bruce Willis de regata combatendo terroristas? — Pensei que ele fosse mais do tipo fã de *Psicopata americano*. Sabe, ternos, cartões de visita, uma predileção pela ordem e por guardar cadáveres em armários.

Ele suspira.

— Meus pais trabalhavam muito. Passava na televisão quando eu era pequeno. — Meu estômago se agita com compaixão. Ele assente.

— Terminamos, Sua Alteza?

Akio gesticula para a entrada. Ouço vozes em seu fone de ouvido, e rugas se formam ao redor de sua boca.

— Está tudo bem?

— Parece que há uma espécie de comoção no portão.

— Comoção?

— Repórteres querendo entrevistá-la. — As vozes no seu fone ficam mais altas. — Está pronta para entrar? Preciso ir para lá.

Dou de ombros. Me parece desnecessário, já que não consigo nem ver o portão do palácio, mas concordo:

— Claro. — É fácil aquiescer quando você não tem opção. Além disso, aparentemente ele é meu chefe.

Ele toca dois dedos no meu cotovelo, me conduzindo para dentro. Sinto uma pequena faísca. E daí se ele parece o filho do The Rock com o Daniel Dae Kim que foi criado em uma floresta japonesa? Tenho certeza de que essa atração não é recíproca. Já tive crushes não correspondidos demais para perder meu tempo com mais um. Escolho focar toda a minha energia em odiá-lo. Ainda bem que ele facilita meu trabalho.

— Ei — digo para Akio. — Pensei uma coisa.

— Um passatempo perigoso — ele murmura.

Decido ignorar o comentário. "Não alimente os ursos" é um ditado em Mount Shasta.

— Qual é meu codinome? Eu devo ter um codinome, certo? Queria poder escolher.

Ele afasta os dedos do meu cotovelo. Que pena.

— Sim. De fato, você tem um codinome.

— Sabia! — Dou uma voltinha, toda alegre. — Qual é? Cobra? Tempestade? Ou talvez Pégaso?

— Estávamos te chamando de "Borboleta".

Hum.

— É legal, acho. — Um pouco fofo demais, mas tudo bem.

— Mas então os tabloides lhe deram a alcunha "Borboleta Perdida", e tivemos que pensar em outro.

Olho para ele com interesse.

— Eu que fiz a sugestão — ele diz.

— O que você sugeriu? — Olho para Akio com olhos brilhantes.

As possibilidades são infinitas: Luz do Sol, Dama da Noite, Flor de Cerejeira. Meus pensamentos são como um trem desgovernado. Talvez ele goste de mim. Talvez não seja tão malvado quanto parece. Talvez eu o tenha julgado mal e este só tenha sido um começo ruim para uma amizade que vai se transformar em amor e durar para sempre. Nossa história vai inspirar canções folclóricas que serão cantadas diante de fogueiras.

É a primeira vez que vejo Akio sorrir. Seu sorriso é meio maldoso, meio satisfeito, como se ele tivesse ganhado uma aposta consigo mesmo.

— Rabanete.

10

Tenho um almoço com meu pai no palácio, só nós dois. Minha conversa com Akio ressoa em minha mente como um miasma, mas, apesar de tudo, o clima é bom. Casual. O jogo de jantar é informal, sendo o *ohashi* o único utensílio. Me animo e relaxo um pouco. Prepararam uma surpresa: *ayu*, um peixe parecido com truta, pescado no rio Nagara, na região de Gifu. É servido inteiro sobre uma cama de arroz, o cereal que antes era moeda de troca e agora é sagrado.

— Está fresquinho — o chef avisa com um sorriso orgulhoso. — Foi pescado esta manhã.

— É considerado uma iguaria — meu pai diz quando o chef sai.

Ainda não provei. Estou observando como meu pai vai comer o peixe.

Ele traz a tigela para perto do rosto, depois usa o *ohashi* para pegar o peixe e dar uma mordida, começando pela cabeça. Fico olhando a cena. Entendi. Então é assim que se come. Pego meu *ohashi* e copio seus gestos.

Cravo o dente no peixe. Espero a ânsia de vômito aparecer, mas não aparece. A pele é crocante e salgada, mas o interior é macio e doce, e tem gosto de melancia. Minhas glândulas salivares entram em ação. E assim, como num passe de mágica, estou dentro. Se *ayu* estiver no cardápio, vou querer dois.

Mandamos ver.

Meu pai explica como é realizada a pescaria, transformando suas palavras em uma pintura. A tela tem tons de roxo e azul, as marcas da noite. Um único fogo de artifício se eleva sobre o rio, sinalizando o início da pesca noturna. Neste momento, as torres do Castelo de Gifu ficam em relevo. Os pescadores usam saias de palha, túnicas índigo e chapéus pontudos. Em cestos de bambu especiais, levam corvos-marinhos, pássaros de penas escuras e bicos em forma de gancho, em uma espécie de coleira. Eles deslizam pela água em longos barcos de madeira, com tochas acesas na proa. Os pássaros mergulham para pescar e depois armazenam os peixes na garganta, mas não conseguem engolir por causa da coleira.

— A relação entre o corvo-marinho e o pescador é muito importante — meu pai diz. — Para os tratadores, os pássaros são como família. Na natureza, eles vivem de sete a oito anos, mas, com os pescadores, podem viver muito mais. O recorde é trinta anos.

Minha tigela está vazia. Meu estômago, cheio. Minha alma deseja poder estar nas margens do rio Nagara à noite. Limpo a boca com o guardanapo.

— Gostaria de ver isso um dia.

— A alta temporada é no verão. Vou pedir para o sr. Fuchigami programar... — Ele para de falar de repente.

Então nós dois nos damos conta ao mesmo tempo: eu não vou estar aqui. Em duas semanas, já terei partido.

Depois do almoço, saímos para caminhar um pouco. O sol aquece minha cabeça. Cabelo escuro é o pior. O cascalho sob meus pés ainda está molhado e pequenas poças reluzem no gramado. O clima do Japão é tão inconstante. Tipo, se decide, né? Uma temperatura por vez.

— Está dando tudo certo com sua dama de companhia? As aulas estão indo bem?

Abandonando o paletó e a gravata, meu pai arregaçou as mangas. Ele fica mais relaxado ao ar livre. Lembro que adora montanhas, trilhas e coisas assim. Este é seu lugar favorito.

— Sim — digo.

A verdadeira questão é: será que *eu* estou indo bem? Fico pensando nisso enquanto lambo um resquício de Nutella que ficou no meu polegar, a última gota da minha mais nova obsessão. Depois do almoço de ontem, o chef serviu *dorayaki*: Nutella entre duas panquecas bem fofinhas. Bum. Explosão de sabor. No instante em que provei um pedaço, ascendi para um plano superior. Desde então, o chef tem me abastecido com frequência, e eu o amo por isso.

— Foi assim que você foi criado? Sabe... os professores vinham até o palácio e você tinha aulas de etiqueta como as que estou tendo?

— Não. Eu frequentei a Escola Gakushūin. Meus colegas de classe, todos os cinco, foram criteriosamente escolhidos. — Fico me perguntando como deve ter sido saber que todas as pessoas da sua idade que te rodeiam foram escolhidas especificamente para isso. Ele espera um pouco, então diz: — Dei uma olhada na sua agenda. O sr. Fuchigami está mantendo você bem ocupada. Espero que não esteja sendo rigoroso demais.

A luz desaparece sob as árvores arqueadas, nos deixando na sombra. Minha cabeça quente suspira de alívio.

— Sou muito grata pela oportunidade de aprender. — Às vezes, quando estou falando com meu pai, não pareço eu mesma. Não uso o mesmo tom que usaria com a minha mãe. Se eu estivesse com ela, estaríamos nos acabando em piadas escatológicas. Pelo menos eu estaria. Mas sei que no fundo ela adora. Ela vive uma vida dupla. Bem, é meio que necessário, sendo vizinha de Jones.

O caminho fica mais largo e o cascalho se abre em um círculo. Chegamos a uma clareira. Um prédio reluz ao sol, coberto de vidro por todos os lados.

— Suponho que compartilhe do apreço da sua mãe por plantas. Pensei que gostaria de ver a estufa. — Sim, sim, sim! Diante do meu sorriso, ele estica a mão e diz: — Por favor, vá na frente.

Não precisa pedir duas vezes. A porta é pesada e abre com um rangido. Mamãe tem estufas no campus, mas são feitas de hastes de plástico e lona. Esta estufa é linda, uma obra de arte digna... bem, digna de um príncipe. Ventiladores giram preguiçosamente, permitindo que o ar quente circule. Sinto duas manchas rosadas se formarem em minhas bochechas. Há três filas de longas mesas de madeira.

O lugar cheira a terra molhada, assim como minha mãe quando chega em casa do trabalho com as unhas sujas de terra. Estou com saudade. Temos trocado mensagens e nos falado pelo telefone, mas não é a mesma coisa. A gente se acostuma a ver certas pessoas todos os dias.

Caminho entre duas fileiras, observando os vasinhos de plantas com folhas largas. Seus caules tortos exibem delicadas flores vermelhas, brancas e cor-de-rosa.

— Orquídeas — digo, emocionada. — A flor favorita de mamãe.

Meu pai fica um tempo refletindo. Ergue a sobrancelha.

— É mesmo?

Eu o observo com atenção. Será que é só uma coincidência ou ele cultiva essas orquídeas para ela? Sua expressão me diz que ele não quer falar sobre isso.

— Me conte mais sobre a sua escola — peço, mas pode apostar que, assim que tiver uma chance, vou mandar uma mensagem para ela. Algo mais ou menos assim: *PSC, meu pai, seu ex-amante e príncipe herdeiro, tem uma estufa cheia de orquídeas. Não é sua flor preferida? Pensei que você fosse gostar de saber.*

Meu pai aproveita a deixa e começa a falar sobre sua época escolar. O ar na estufa se enche com todas as coisas não ditas; ele não pode me contar sobre seu tempo com minha mãe, e eu não posso contar como realmente me sinto. Que não sei se tenho o necessário para ser uma princesa ou se pertenço a este lugar. As coisas difíceis terão que esperar outra hora para serem ditas.

O calor na estufa acaba me dominando. Nos acomodamos em duas cadeiras de madeira maciça na beira do gramado. Uma brisa fresca sopra em minhas bochechas. Minha mãe iria adorar. Este lugar é a cara dela. Gostaria de dizer isso em voz alta, mas me seguro. Ela é o elefante cor-de-rosa gigante deste complexo jardim — minha mãe, o antigo caso de amor dele. Será que meu pai também sente isso? Não gosto de não poder falar sobre ela, de tratá-la como um assunto proibido. Não ligo de parecer boba, mas a verdade é que amo minha mãe. Ela é uma das minhas pessoas favoritas.

— Você está quieta — ele comenta.

— Estava pensando na minha mãe... — Paro na mesma hora.

Meu pai se recosta na cadeira e suspira.

— Sim.

— Você não... Quero dizer, tudo bem se não quiser falar sobre ela.

— *Mas vamos falar sobre ela.* Sobre quanto você a amou e quanto ainda a ama. Vamos falar sobre como ela é maravilhosa e alegre, e de vez em quando um pouco triste também. Vamos falar sobre como vocês fazem a mesma expressão quando o outro é mencionado.

Ele olha para a estufa e pensa um pouco antes de dizer:

— A verdade é que eu amei a faculdade, os Estados Unidos *e* a sua mãe. É doloroso lembrar daquele período da minha vida. Desde o começo da nossa história, eu sabia que não iria durar. Tudo foi um lindo sonho. Mas, como todos os sonhos, tinha hora para acabar. E é assim que eu encaro isso agora, como uma fantasia.

Junto as mãos e cruzo os dedos para impedi-los de tremer. Ouvi em seu tom. Ele não consegue nem pensar na possibilidade de ter um relacionamento com minha mãe. *O sonho acabou.* Então, o que isso diz sobre mim?

— Mas eu estou aqui. — Sou a prova de que os dois existiram.

Ele sorri para mim.

— Sim, está. E você é um presente. É difícil conciliar esses dois eventos, você aqui e agora e o eu daquela época. Não sei se faz sentido.

— Faz, sim. — De um jeito estranho.

Ele toca o braço da cadeira.

— Pode ter um pouco de paciência comigo?

— Se prometer que vai fazer o mesmo por mim — respondo suavemente.

Ambos estamos em um lugar tangível agora.

— Claro — ele diz. E olha mais uma vez para a estufa. — Então, o que está na agenda para amanhã?

— Hum, acho que o sr. Fuchigami mencionou algo sobre sericicultura.

Meu perfil real está um pouco fraco. Preciso de um hobby. O sr. Fuchigami sugeriu ictiologia com foco em carpas. Sem chance. Falei que adoro confeitaria e ele achou comum demais. Amanhã, vamos tentar sericicultura. A verdade: não estou cem por cento certa sobre o que é sericicultura. Depois, vou sugerir falcoaria. A casa imperial tem um falcoeiro, e todo mundo sabe que missões épicas começam com aves de rapina.

— Boa sorte, apesar de eu achar que não precisará. O sr. Fuchigami disse que você foi esplêndida com a simulação do banquete esta manhã. Todos os olhos estarão voltados para você no casamento, e não para a noiva. — Ele sorri com orgulho novamente.

Está praticamente radiante. Não quero apagar sua alegria.

— Pois é — concordo, sorrindo também.

Ficamos ali, ele e eu, perto da estufa que pode ou não ter sido construída para a minha mãe.

11

Sericicultura deveria vir com vários avisos.

Aviso um: a atividade envolve ficar frente a frente com princesas gêmeas ultraperfeitas com as quais é impossível não se comparar.

Aviso dois: haverá fotos. A ocasião será documentada e divulgada para a imprensa (em outras palavras: não faça nenhuma merda).

Aviso três: haverá minhocas. Minhocas. MINHOCAS. Ninguém mencionou que sericicultura era a produção de seda por meio da criação de bichos-da-seda.

Fico parada diante de uma mesa. Akiko e Noriko estão do outro lado, me encarando feito gaviões. É realmente uma arte olhar com o nariz empinado desse jeito para alguém que tem a mesma altura que você. Entre nós está um pedaço de papel-manteiga cheio de folhas e cerca de mil corpinhos de bichos-da-seda se contorcendo. À nossa volta estão os supervisores imperiais: damas de companhia (a minha e as das gêmeas), camaristas, fotógrafos e um guarda ou dois. Akio incluso. Escolhemos o silêncio como forma de tratamento, e temos nos comunicado exclusivamente por meio de terceiros.

Um flash irrompe. Foto número quatro.

O Japão está de péssimo humor esta manhã. Uma tempestade varreu Tóquio na noite passada. Ventos uivantes e uma chuva forte ameaçaram arrancar os botões de cerejeiras de seus galhos e me mantiveram acordada, revirando na cama. Agora, o ar na sala aberta paira pesado como se estivesse fazendo cara feia. Além disso, o cheiro é azedo, como esteira de tatame úmida.

Noriko — ou seria Akiko? — sussurra algo para a irmã. As duas têm maçãs do rosto proeminentes, sorrisos sedutores e dentes alinhados. Franjas muito retas emolduram os rostos perfeitos.

Seus lábios se contorcem de rir. Meu Deus, até a risada delas é bonita, lembra o som de sinos dos templos.

— Prima — uma delas diz baixinho, de modo que só eu possa ouvir.

Outra câmera dispara. Me recomponho com um breve sorriso. Mariko está nos observando com... preocupação? Irritação? Difícil saber. Mas, enquanto a encaro, parece que ela pode ver através de mim.

— Só estávamos comentando como seu vestido é fofo — a outra ronrona.

Olho para baixo. Aliso o leve tecido cor-de-rosa sobre a minha barriga. Sinto as mangas apertando meus cotovelos.

— Ah. Obrigada...

— Sim — a dupla concorda, com um tom sarcástico e esnobe. — Você fica parecendo tão magra.

Enfio as unhas na palma da mão. Quero dar um soco no nariz delas. Será que é muito difícil remover mancha de sangue do linho? Um milhão de xingamentos enchem minha boca.

O criador de bichos-da-seda da casa imperial e seus assistentes entram na sala. Estão vestidos da cabeça aos pés em roupas cáqui, feito tratadores de um zoológico exótico, carregando cestos cheios até a borda de folhas de amoreira.

Um dos fotógrafos imperiais sussurra algo para o sr. Fuchigami. O camarista sorri.

— Ótima ideia. Vamos tirar uma foto das três princesas juntas.

Akiko e Noriko contornam a mesa tão sincronizadamente que dou um pulo. Daqui para a frente vou sempre chamá-las de "Gêmeas Iluminadas", em homenagem à sua aura Stephen King.

Um bicho-da-seda corajoso deixou a segurança do berço de folhas de amoreira e papel-manteiga e vem avançando lentamente na direção do meu dedo mindinho. Esse carinha tem cor de gesso e é um pouco peludo e gordo — seu corpo roliço lembra meu estômago no feriado de Ação de Graças. Esqueça a GGA e o Black Bear Diner, esses otários é que sabem como viver, se acabando de comer folhas enquanto são gentilmente aquecidos pelas luzes.

Outro flash. As Gêmeas Iluminadas posam recatadamente para a foto, mas a câmera pegou meu rosto virado para baixo.

— Sua Alteza — o sr. Fuchigami diz.

Levanto o queixo. As Gêmeas Iluminadas se aproximam.

— Fiquei te admirando durante o jantar — uma delas diz.

— Queria poder comer como você — a outra acrescenta.

Uau. Elas realmente abriram fogo. Ainda assim, dou um sorriso doce para a foto. *Flash.* Viro ligeiramente para a esquerda. A gêmea deste lado tem uma pintinha sob o olho, uma marca de beleza.

— Aposto que posso te fazer comer como eu — falo alto o suficiente para que ambas me ouçam.

Finalmente, uma delas diz:

— Oh, Aki-*chan*, nossa prima é engraçada.

Volto o olhar para os bichos-da-seda. O fugitivo desapareceu.

— Você deve ter aprendido isso com o seu pai — Akiko diz.

Não aprendi isso com meu pai. Não poderia ter aprendido isso com meu pai. Acabei de conhecê-lo. As Gêmeas Iluminadas estão me lembrando que sou o deslize do príncipe herdeiro. Estão aqui para dar um jeito de me despachar. Fico pasma. Qual é a delas? Não suportam dividir os holofotes? Estou pisando nos seus calos de salto alto? Enfim, agora tenho certeza absoluta de que este dia vai terminar com uma garota na cadeia. E essa garota serei eu. Eu mesma.

As cestas de folhas de amoreira são erguidas. As câmeras enlouquecem. Este é o momento pelo qual todos esperavam — vamos colocar os galhos em cima dos bichos-da-seda, alimentá-los e participar de um ritual de seis mil anos de idade. Essa foto vai constatar que sou apenas um aro na roda do vagão de um trem em perfeito funcionamento. É maravilhoso e um pouco assustador fazer parte de algo maior do que si mesma. Esta instituição, este título vão durar mais do que eu. Meus joelhos fraquejam. Me sinto pequena, não estou à altura da tarefa.

Sinto cócegas no braço. Olho para baixo. É o bicho-da-seda da Ação de Graças. Ele arqueia o corpo e se ergue como se fosse um cão de caça, farejando o cheiro de amora. Como não encontra nada, retoma o curso pelo meu braço. Racionalmente, sei que ele não pode me machucar. Emocionalmente, é uma declaração de guerra. Quero ele longe de mim. *Agora.*

Balanço o braço. Ação de Graças se recusa a se mover. Malditas patas pegajosas adaptadas ao longo de décadas para escalar árvores. Neste momento, odeio o processo de evolução mais do que tudo.

As gêmeas estão oferecendo galhos de amoreira para os bichos-da-seda, completamente relaxadas. Calmas até demais. Fico desconfiada, mas não tenho tempo para analisar se podem ser as responsáveis por isso (com certeza são). Ação de Graças está tentando se enfiar embaixo da minha manga. Ah, meu Deus. Se ele entrar no meu vestido, vou morrer. *Morrer.*

Lembro do acampamento de verão do sexto ano. Uma abelha entrou no meu moletom e eu entrei em pânico. Tirei a roupa, só que não estava usando camiseta nem sutiã por baixo. Acabei pagando peitinho para todo o refeitório do Camp Sweeney. Agora, sinto que estou prestes a viver situação semelhante.

Levanto a mão, pronta para dar um peteleco no precioso bicho-da-seda Koishimaru, uma espécie rara cultivada exclusivamente pela família imperial. Até onde sei, é ele ou eu. Não ligo se o casulo que ele tece é usado para restaurar artefatos antigos de valor inestimável ou se é considerado um tesouro nacional. *Sayonara*, bicho-da-seda.

Um corpo se coloca entre mim e Akiko. Uma mão desliza pelo meu braço, capturando o bicho-da-seda. Olho para cima e vejo Mariko, que veio para o resgate. Apertando os lábios, ela abre a mão e deposita o bicho-da-seda nas folhas da amoreira. Ação de Graças desaparece entre os seus. Mariko se mistura ao fundo novamente.

O sr. Fuchigami acena e diz algo em japonês. Os fotógrafos imperiais abaixam as câmeras e saem da sala. Estou um milhão por cento certa de que fiz besteira. O sr. Fuchigami confirma minha suspeita quando diz:

— Não se preocupe, Sua Alteza. Se não tivermos conseguido uma foto boa, podemos editá-la.

Arruinei o momento cuidadosamente preparado para a foto.

As Gêmeas Iluminadas são presunçosas. Agora entendo a dinâmica de poder aqui. Eu estou lá embaixo. O tempo passa devagar. Sinto o sangue deixar meu rosto e se acumular na ponta dos meus dedos dos pés. Lá vêm elas. Lágrimas quentes se acumulam em meus olhos. Como se o dia não pudesse ficar pior, começo a chorar bem na frente das Gêmeas Iluminadas.

Durante a tarde, fico na sala de estar observando Mariko feito uma gata enquanto ela remexe uma pilha de luvas. Recebo uma notificação. Ante o som do alerta, Mariko me encara com um olhar astuto. Ela tem um problema com meu apego patológico pelo celular. Meus olhos ainda estão um pouco inchados. Chorei no carro na volta ao palácio. Mariko e o sr. Fuchigami ficaram conversando em japonês. Aff. Desconfortável, no mínimo. Agora, Mariko está me evitando. Eu me encolho e fico totalmente deitada, com as pernas para fora do sofá.

> Número desconhecido
> **Pronta para deixar os holofotes celestiais?**

> Eu
> **Quem é?**

> Número desconhecido
> **Não reconhece seu primo favorito?**

> Número desconhecido
> **Estou arrasado. Ofendido. Profundamente magoado.**

Apesar da minha melancolia, sorrio. *Yoshi*.

>Eu
>Como conseguiu meu número?

Yoshi
O Google é o melhor amigo do homem.

>Eu
>Vdd?

Yoshi
Não. Eu pedi. Ninguém se opôs. É incrível o que a gente da realeza consegue.

Yoshi
Mas um aviso: é totalmente possível encontrar qualquer coisa na internet hoje em dia. Achando o tutorial certo no YouTube, eu poderia até fazer uma vasectomia em mim mesmo.

>Eu
>Você realmente faria isso?

Yoshi
Claro que não. Privar o mundo do meu esperma de alta qualidade? Improvável.

Yoshi
Você não respondeu minha pergunta.

> Eu
> Qual foi a pergunta exatamente?

Yoshi
Está pronta para deixar os holofotes celestiais?

> Eu
> Não sei o que isso significa.

Yoshi
Tóquio, querida. Estou falando sobre passar uma noite na cidade.

Olho para Mariko. Ela desapareceu e trouxe mais luvas. Meu Deus.

> Eu
> Não posso. Tenho que fazer uma prova de luvas.

Yoshi
Isso existe? Não importa. Não vou entrar nesse assunto agora. Nada de bom acontece antes das nove mesmo.

> Eu
> Não acho que seja uma boa ideia

Yoshi
Discordo. Esta é provavelmente a melhor ideia que já tive.

Olho para a janela e penso no convite. As árvores estão balançando ao vento, prometendo uma noite de clima agradável, mas é impossível fugir daqui. Toda a área é coberta por uma dúzia de guardas imperiais, incluindo Akio, e várias câmeras. Mas estou entediada e inquieta, além de um pouco triste.

Mordo o lábio. Todos os eventos fora do palácio devem ser previamente autorizados. Apesar de ninguém ter falado com todas as palavras, está implícito que não posso sair sozinha. O lugar de uma princesa é em uma torre altamente vigiada.

> Eu
> **Supondo que eu aceite o convite, como passaria pela segurança?**

> Yoshi
> **Deixa comigo. Só vem. Vamos quebrar protocolos e partir corações. Ter uma noite daquelas, de acordar sem saber onde está e o que rolou.**

> Yoshi
> **Topa ou não?**

Lembro da viagem de carro do aeroporto até Tóquio, em que tive a sensação de estar espiando por um buraco de fechadura. Yoshi está me oferecendo a oportunidade de destrancar a porta e abri-la. Não era o que eu queria, ver a cidade aos meus pés? Noora e eu faríamos isso juntas. Se ela estivesse aqui, não hesitaríamos em fugir pela noite com a promessa de uma aventura nos aguardando na esquina, então isso não é nada de outro mundo para mim. Em nome de todas as melhores amigas de todos os lugares, sou praticamente obrigada a aceitar. Além disso, preciso de um amigo. Digito minha resposta, com o peito cheio de expectativa.

> Eu
> **Topo.**

12

O sol se põe. São oito e meia. Falo para Mariko que estou cansada, exagerando nos bocejos e me espreguiçando. Não sou nenhuma atriz, mas ela cai na encenação. Fugir é bem mais fácil do que pensei; Yoshi me dá instruções detalhadas sobre o que não vestir: nada de cardigãs ou saltos quadrados. Estou vestindo jeans e uma camiseta dizendo: "Lute como uma garota" — roupas da Izzy. É bom vesti-las de novo.

Ele também me dá instruções claras sobre como atravessar a propriedade. A trilha leva a um pequeno muro de pedra, que eu pulo e pronto. Estou fora do território imperial, em uma calçada próxima a uma rodovia.

É noite. Os carros passam a toda velocidade. A trinta metros de distância, um guarda está de vigia. Meu coração para quando ele nota minha presença e retoma um ritmo acelerado quando o homem me ignora. Não sou ninguém para ele, só mais uma pedestre passando. Por que suspeitaria de mim, afinal? Acho que as pessoas partem do princípio de que todas as princesas vão ficar quietinhas no lugar. Grande erro. Vou para o lado oposto, tentando caminhar com naturalidade, de cabeça baixa. Paro na placa redonda com um círculo vermelho em volta do número quarenta, onde Yoshi disse que me encontraria.

Num piscar de olhos, um carro estaciona na minha frente. É uma lata-velha. O motor range e fumaça sai quando alguém abre a janela. Do banco de carona, Yoshi coloca a cabeça para fora.

— Entre — ele diz, com um sorrisão.

Está usando óculos escuros, uma jaqueta de seda multicolorida com um tigre holográfico e o cabelo todo arrepiado. É hipnotizante.

— Adorei o visual — digo, subindo no banco de trás.

— Não repara — Yoshi diz. — É só minha versão balada.

No banco do motorista, há um cara magrelo com jaqueta de veludo e um cigarro preso entre os dentes. O rádio está tocando jazz. Ele dá a partida e entra no tráfego.

— Este é Taka — Yoshi diz. Pelo espelho, o homem ergue o queixo para mim. — De dia, ele é motorista de Uber, de noite, ceramista. — Meu primo se inclina sobre o assento, tampa a boca e faz careta. — Não peça pra ver nenhuma de suas obras. São horríveis. — Ele fala alto o suficiente para que Taka ouça.

Taka resmunga e aponta para sua própria cabeça brilhante.

— Não sou careca. Eu que quis assim, ok?

Egos masculinos são tão frágeis.

Yoshi solta uma gargalhada.

— Você é um filho da puta esquisito, Taka.

Taka sorri. Seus dois dentes da frente são de ouro. Cai bem nele.

— Hum, há quanto tempo vocês são amigos? — pergunto, colocando o cinto de segurança.

E eu achando que Noora dirigia mal. A cidade passa num borrão: hotéis da rede The Ritz Carlton e *hostess clubs* — casas noturnas japonesas para o público masculino —, lojas de quimonos e butiques vendendo bolsas de couro.

Os óculos de Yoshi refletem a luz neon.

— Nos conhecemos ontem à noite. — Quando faço uma careta, ele diz: — Não se preocupe, você está em boas mãos. Além disso, já estamos aqui. Agora que abrimos o quimono, não dá mais pra fechar.

Certo. É melhor eu avisar alguém sobre a minha localização, só para garantir. A GGA tem uma política bem rígida de não permitir julgamentos. Mando uma mensagem para o grupo.

Eu
Saí com meu primo e um motorista de Uber esquisitão. Se eu morrer, por favor, coloquem na minha lápide: "Morta por um urso" (ou algo igualmente épico).

Elas respondem com um joinha. Tudo certo. Agora posso relaxar e curtir. A noite está límpida, e a cidade, iluminada, e logo paramos do lado de fora de um restaurante. Taka estaciona em uma vaga quase apertada demais para o carro, mas de algum jeito consegue entrar. Yoshi abre a porta para mim, me oferece a mão e me gira em uma pirueta. Taka acende outro cigarro.

Ainda estou um pouco zonza quando sigo os dois até um restaurante do outro lado da rua. A fachada não tem nada de mais — tijolos aparentes, duas lâmpadas iluminando uma placa branca simples com um kanji, luminárias vermelhas penduradas sob os beirais e menus exibindo os preços. Uma janela grande mostra a cozinha. Um homem de jaqueta azul e uma bandana *hachimaki* está suando sobre panelas fumegantes e uma grelha em chamas.

Yoshi vai na frente e atravessa as portas duplas. Entramos. As luminárias vermelhas também estão presentes lá dentro, lançando uma névoa quente e carmesim no ambiente. Hip-hop toca baixinho, vozes se misturam e garrafas tilintam. O lugar está lotado e os clientes acabam nos notando. Nossa presença irradia ondas imperiais e depois se aquieta. Fomos reconhecidos. Engulo em seco e começo a recuar, mas Yoshi me imobiliza.

— Estamos em um *izakaya*, o tipo de bar mais democrático que você pode encontrar em Tóquio. — Como se para ilustrar, a multidão volta sua atenção para a conversa, para a bebida, para a comida barulhenta. Ninguém se importa.

Sentamos no bar, eu entre Yoshi e Taka. Mais adiante, há um grupo de executivos. À nossa esquerda, há um grupo de garotas de cabelo rosa-choque, vestidas com saias xadrez e a mesma camiseta branca com o rosto de um homem. Ele tem uma feição delicada, meio élfica, com um queixo pontudo e o mesmo cabelo rosa-choque das garotas.

Pego o cardápio. Está em japonês. Planejo apontar para qualquer coisa, dizer "*hai*", e torcer pelo melhor, mas Yoshi arranca das minhas mãos.

— Você não precisa disso. — Ele deixa o menu de lado e faz o pedido por nós. Começamos com coragem líquida: uma garrafa índigo é disposta na nossa frente. — Primeira regra do saquê. — Yoshi pega a garrafa e um dos copos de cerâmica. — Nunca sirva para si mesma. — Ele serve uma dose para Taka e outra para mim.

Eu retribuo, servindo uma para ele.

Cheiramos o copo. Notas adocicadas se destacam. Brindamos.

— *Kanpai*!

Então bebemos. O vinho de arroz desce frio, mas aquece minha barriga. Dou mais uns goles e logo meus membros também esquentam. Comemos vieiras e sashimi de olho-de-boi, depois bebemos mais saquê. Quando chega o *yakitori*, um espetinho de frango grelhado, nossa garrafa está vazia e minhas bochechas estão pegando fogo.

O grupo de executivos ficou barulhento, suas gravatas foram afrouxadas. Yoshi pisca para as garotas de cabelo rosa-choque, que caem na risada. Meu Deus, como será ter tanto poder sobre o sexo oposto?

Depois, comemos *gyoza*. Os pasteizinhos de carne de porco com molho de pimenta queimam minha boca, mas cortam o efeito do saquê e eu fico brevemente sóbria — bem quando o grupo de executivos nos envia uma rodada de *shōchū*, uma bebida mais encorpada que o saquê, mas igualmente deliciosa. Brindamos a eles, ao bar, à noite, a Tóquio. Meu estômago está quase explodindo quando o chef coloca o *agedashi*, tofu frito, na nossa frente. Por fim, Taka pede tripas de lula fermentadas. Eu não provo, mas dou risada enquanto ele manda ver.

Yoshi paga a conta.

— O que vamos fazer agora? — pergunto.

Não estou pronta para encerrar a noite. Me sinto leve. *Livre*. Minhas bochechas estão doendo de tanto rir. As possibilidades são infinitas. Taka sugere irmos até uma escola local, onde um cultista da montanha que segue uma mistura de budismo e xintoísmo vai caminhar sobre brasas. Fico interessada.

Yoshi vira o resto de sua bebida e Taka acaricia a barriga.

— Não. Tenho uma ideia melhor. — Meu primo me lança um sorriso nem um pouco tranquilizador.

Seguimos Yoshi enquanto tropeçamos até a porta ao lado, para um bar de karaokê. O grupo de executivos se junta a nós, assim como as garotas de cabelo rosa-choque. Yoshi as abraça.

Um dos homens caminha ao meu lado. Seu colarinho está aberto, e ele é jovem e bem gato, com uma mecha de cabelo escuro que cai sobre seus olhos. Ele quer praticar inglês.

— *Sūpā* — diz, apontando para o outro lado da rua.

— Supermercado — respondo.

— Superumerukado — ele repete devagar. — *Ohime* — fala, apontando para o meu peito.

— Izumi — me apresento.

Ele balança a cabeça.

— Não. *Ohime*.

— Significa "princesa" — Taka diz atrás de mim.

— Princesa — o homem repete.

As restrições de antes ameaçam voltar, mas Yoshi parece achar que está tudo bem. Ninguém tentou sacar uma câmera e tirar fotos da gente. Então me deixo levar, permitindo que o álcool mascare minhas inibições, minhas dúvidas.

O bar de karaokê está mais barulhento que o *izakaya*. As paredes são de vidro e parece que viemos parar em uma espécie de filme futurista vampiresco. Subimos um lance de escadas estreitas para o andar das cabines particulares e nos acomodamos em assentos de vinil. Nossas bebidas chegam: saquê com kiwi amassado, martini com raspas de chocolate e algumas garrafas de cerveja.

Yoshi conta que morou um tempo fora das propriedades imperiais e foi incrível. Então pergunta minha cor favorita, meu signo, onde eu cortei o cabelo e qual é meu tipo sanguíneo.

— B positivo — digo.

Esse também é o lema da minha vida: ser positiva. As garotas de cabelo rosa-choque estão cantando uma música de Hideto Matsumoto, o homem nas camisetas. Yoshi explica que Hideto foi um famoso astro do rock e ícone rebelde que cometeu suicídio aos trinta e três anos, deixando para trás todo um culto de fãs como legado. Cinquenta mil pessoas compareceram ao seu funeral.

— Não somos nada compatíveis. Meu tipo é A. — Ele faz beicinho. — E você não fala nada de japonês? — Yoshi pergunta, cutucando o rótulo de sua cerveja.

Engulo em seco, saboreando o chocolate do martini.

— Não muito. Estou aprendendo agora.

Velhas inseguranças fazem cócegas na minha nuca. É uma sensação muito estranha ser capaz de passar despercebida neste bar mas ainda ser uma forasteira. Me reconheço nos rostos de todos — em seus olhos e cabelos escuros, na cor de pele —, mas não em seus modos, costumes. Não pensei que seria assim no Japão. Pensei que tudo seria familiar, como vestir um casaco velho. Reconheço algumas coisas, mas há outras que nunca vou ser capaz de entender. Esta noite, pisei fora do palácio e dentro de Tóquio, mas aqui não é meu lar.

Dou a Yoshi um breve resumo da minha família. Conto como já estava perdida antes mesmo de nascer. Ele fica olhando para o gargalo da garrafa de cerveja.

— Pesado, mas eu entendo. — Seus olhos encontram os meus. — Acho que você e eu somos muito parecidos. Não consigo me imaginar trocando de família, mas consigo me imaginar perfeitamente trocando de circunstâncias. Nunca me senti em casa sendo um príncipe.

Eu também não me sinto em casa desde que me tornei uma princesa, penso. Assinto, porque não tenho nada a dizer. Yoshi entende como é ser parte de algo mas não pertencer completamente. Me pergunto se este será meu destino aqui também. Será que estou perseguindo uma miragem? Será que estou fadada a permanecer à deriva?

Taka pega o microfone e começa a cantar uma música lenta e um pouco melancólica que parece uma canção de ninar. O grupo de executivos tira o paletó e puxa as superfãs de Hideto para dançar. Confete cai do teto.

— Sinto falta do meu apartamento na cidade — Yoshi diz.

Dou um sorriso gentil. Conheço muito bem essa sensação de querer algo diferente, um lugar para chamar de seu.

— Eu teria gostado de conhecê-lo.

Ele dá de ombros.

— Não era grande coisa, mas era meu. Eu podia ir e vir à vontade. Não tinha nenhum mordomo pendurado em mim, espiando tudo que eu faço, me arrastando de evento em evento. E você?

— Eu o quê?

— Sinto falta do meu apartamentinho de merda. E você, do que sente falta?

Álcool sempre deixa as pessoas mais honestas.

— Mount Shasta — deixo escapar, percebendo que é verdade.

Sinto falta da minha casa, das minhas amigas, da minha mãe e do meu cachorro fedorento — sinto falta do conforto do que é familiar. Só damos valor ao que temos quando perdemos. Descrevo Mount Shasta para Yoshi, a vida tranquila de cidade pequena, como lá tudo se move mais devagar.

— Então vai pra casa — ele diz, cutucando o rótulo da cerveja. — Parece um ótimo lugar.

— Não é tão fácil assim. — Minha garganta está seca, então bebo um pouco. — Não sei. Não ligue pra mim. — Faço uma careta e olho para as minhas pernas. Estou cortando o clima.

Yoshi dá risada.

— Somos uma dupla patética, não somos?

— Súper. — Olho em silêncio para a mesa cheia de copos vazios.

— Não se preocupe, já estive nessa situação antes — ele diz. — Sei exatamente o que devemos fazer para mudar isso.

— O quê?

— Cantar. — Yoshi dá tapinhas nas minhas costas. — Vamos cantar.

Em seguida, ele vai até a máquina de karaokê e faz sinal para que eu me junte a ele. Analisamos as opções. Fico animada quando encontro algo que reconheço, algo que sei de cor. Se alguém está se perguntando se eu sei toda a letra de "Regulate", do Warren G, incluindo a parte do rap, a resposta é sim.

Sim, eu sei.

Mais confetes caem do teto e ficam presos no meu cabelo. Yoshi e eu afogamos nossas mágoas, e nossa conversa prévia se dissolve na noite. Eu cantei rap a plenos pulmões em uma balada de Hideto Matsumoto. O tempo é uma coisa nebulosa. Não há relógios no karaokê. Taka dança uma música lenta com uma das garotas de cabelo rosa-choque e Yoshi tira um cochilo. Os executivos cantam uma música do Bruce Springsteen, que dedicaram a mim não sei por quê. Tentei explicar que o cantor é de New Jersey, mas eles insistiram na homenagem. Quem sou eu para discutir? Fico de pé e cambaleio.

— Banheiro — digo para Yoshi quando ele abre um olho.

— Andar de baixo, à esquerda. — Ele acorda. — Quer que eu vá com você?

Balanço a cabeça e saio, me apoiando na parede. Uau, estou bêbada. Devagar, caminho na direção que ele apontou. Minha visão está embaçada. Por um milagre, consigo chegar no banheiro — uma cabine cromada mal iluminada. De volta ao corredor, não lembro de onde vim. Esquerda ou direita? Tenho cinquenta por cento de chance de acertar. Viro para a esquerda e entro em uma porta preta.

A batida da música se extingue. No mesmo instante, percebo que cometi um erro. Por centímetros não consigo segurar a porta, que bate. Estou do lado de fora. O beco é estreito e tem algumas lixeiras e caixotes empilhados contra uma parede. Meu estômago revira com o cheiro. Agora sei para onde vão todos os resíduos de peixe do lugar. Tento abrir a porta, mas é claro que se trancou. Tudo bem, é só dar a volta até a frente do karaokê. Sem problemas. Tudo certo. Só que... há uma cerca de arame rodeando o local. Há um portão largo o suficiente para as caçambas passarem, mas está trancado com cadeado. Olho para o céu em busca de uma resposta. Há mais arame acima. Acabei em uma espécie de gaiola de lixo. Que ótimo. Estou presa.

Pego o celular no bolso de trás da calça e ligo para Yoshi. Ele não atende. Espero um minuto ou dois. Tento de novo. E de novo. E de novo.

— Por favor, atende. — Fico inquieta.

Arrepios percorrem meus braços. Um pouco de confete cai do meu cabelo. Ele não está atendendo.

A porta se abre. Yoshi jamais chegaria tão rápido.

Estou certa. Não é ele. É o jovem executivo com quem eu estava falando em inglês antes. Ele também deve estar perdido. O pessoal do bar deveria fazer algo a respeito, tipo deixar um guarda na porta, ou um tanque cheio de tubarões, ou um urso acorrentado para indicar que o perigo mora deste lado.

O cara fica se balançando para a frente e para trás, então solta um arroto e abre o zíper. Viro o rosto enquanto ele cambaleia até uma das lixeiras e se alivia. Ele termina com uma sacudida e tropeça para trás, quase em cima de mim. Faço um barulhinho e ele vira.

— Sain — diz.

Levanto as mãos.

— Não sei o que isso significa.

Ele chega mais perto:

— Sain.

Ele ri, e sua risada ecoa pelas paredes do prédio. Estou bastante consciente de que estou presa com um estranho bem maior e mais forte que eu. Um alerta soa na minha cabeça. *Perigo. Perigo. Perigo.* Minha respiração fica mais rápida. Ele está me cercando. Posso sentir o cheiro de cerveja em seu hálito e ver a comida entre seus dentes.

— Opa. — Recuo mais. Encosto na lixeira. Estou encurralada. — Você está meio que invadindo meu espaço pessoal, cara. — Levanto os braços.

Ele se inclina. Solto um gemido, fecho os olhos e me preparo.

Ouço a porta, um zumbido de movimento, pés se arrastando. E logo não sinto mais o calor do corpo do homem. Abro um olho, depois outro. Coloco a mão no peito.

É Akio. Ele está de moletom cinza, jeans e tênis. E absolutamente furioso, segurando o homem pelo pescoço contra a parede de tijolos. Uma coisa é ler as qualificações de Akio no papel, outra bem diferente é vê-las ganhando vida.

Sinto um formigamento na pele. Certo, eu não deveria achar isso atraente. Péssima hora para isso.

Akio rosna algo em japonês. Não entendo uma palavra, mas deve ser uma ameaça.

O rosto do homem fica todo manchado, vermelho, roxo e um pouco azul. Suas mãos se agitam ao lado do corpo.

— Sain — ele engasga, erguendo e abrindo a mão.

Um pedaço de papel e uma caneta caem. Não preciso ser fluente para entender a situação — ele queria um autógrafo. Um autógrafo, só isso. Mas alguém realmente deveria ter uma conversa séria com ele sobre limites.

A boca de Akio se transforma em uma linha branca e tensa. Ele solta o cara, que cai no chão, segurando o próprio pescoço. Meu guarda-costas se agacha e fala algo baixinho para o executivo, que em seguida pega a carteira do bolso da calça. Akio saca a identificação, tira uma foto do documento e a devolve para o homem.

Akio levanta. Nossos olhares se encontram.

— Acho que ele não vai causar nenhum problema, mas agora tenho seu nome e endereço.

Ainda estou em choque.

— O que está fazendo aqui? Como me encontrou? — pergunto de olhos arregalados, mas ele não tem tempo de responder.

As caçambas ainda cheiram a peixe podre e eu definitivamente comi e bebi além do meu limite. Não tenho escolha. O proprietário pregou uma placa de despejo no meu estômago e o aluguel está atrasado. Todos foram colocados para fora. Me inclino para a frente. E, sem cerimônias, vomito.

13

Estou em um veículo imperial, completamente equipado com motorista e vidros escuros. Sentada no banco de trás, espero por Akio, que entrou em uma loja de conveniência. Estamos em uma rua tranquila. Há um jornal amassado na calçada. O meu rosto está nele. Abro a porta e pego o jornal na mesma hora em que Akio reaparece com uma sacola preta na mão.

Volto para o carro e ele entra.

— Falei para ficar no carro. — Em seguida, ele dá uma batida na divisória, sinalizando para o motorista que estamos prontos.

O carro dá partida.

Minha boca está seca e provavelmente estou com um bafo de dragão, mas ainda assim digo:

— Isso costuma funcionar com você? Dar ordens e esperar que as pessoas te obedeçam cegamente?

— Sim — ele diz, sem hesitar.

— Isso é ridículo — bufo, tremendo.

O aquecedor está ligado, mas não consigo me esquentar de jeito nenhum.

Akio solta um suspiro, então tira o moletom. A camiseta branca que ele está usando por baixo levanta um pouco e vislumbro seu abdome flexionando e relaxando. Nossos olhares se encontram. Ele puxa a camiseta para baixo. Fico vermelha.

— Aqui. — Ele me oferece o moletom.

— Estou bem. — Levanto o queixo e cruzo os braços.

— Certo. Então vou usá-lo para limpar o vômito nas minhas calças.

Estremeço. Seu jeans tem manchas de vômito. Quando foi que comi algo laranja?

Ele deixa o moletom de lado, o que considero um desperdício de uma peça de roupa em perfeito estado. Não há necessidade nenhuma de punir o moletom e reduzir sua existência a um pano de chão. Tenho certeza de que ele preferiria vir para mim a ter esse destino. Então visto o casaco, que tem um cheiro muito bom. Não de perfume, mas de roupa limpa, amaciante. Um belo contraste com o meu cabelo, impregnado com o fedor de caramujo frito do *izakaya*. Eca.

A sacola preta faz barulho quando Akio pega uma garrafa de rótulo azul contendo um líquido claro.

— Beba.

Está fria e o rótulo diz...

— Pocari Sweat?

— É um isotônico. Tem eletrólitos.

Abro, cheiro o conteúdo e bebo um gole. É bom, tem gosto de toranja. Não sabia que estava com tanta sede. Em pouco tempo, esvazio metade da garrafa. Akio pega um pacote triangular embrulhado em plástico. Dentro, há um bolinho de arroz enrolado em gengibre.

— Você deveria comer algo também.

Dou uma única olhada na comida e meu estômago revira — ele ainda não está pronto. Talvez nunca mais esteja.

— Não, obrigada.

Akio dá de ombros e coloca o bolinho de volta na sacola. Ficamos em silêncio. Bebo o resto do Pocari Sweat e fico olhando as luzes neon da cidade suavizarem seu rosto.

— Como você me encontrou? — pergunto.

— Você nunca esteve realmente perdida. Pelo menos não para mim — diz Akio.

Enigmático demais. Esfrego os olhos. A noite está cobrando seu preço. Estou sóbria, exausta e nem um pouco a fim de resolver charadas.

— Coloquei um rastreador em você — ele acrescenta.
Fico boquiaberta e endireito a postura de uma vez.
— Você colocou um *rastreador* em mim?
Ele assente com naturalidade. Minha indignação fica ainda maior.
— Onde? — pergunto, erguendo a voz.
Seus olhos estão brilhando.
— No seu celular.
Solto o telefone como se fosse uma batata quente. Então o pego e o jogo nele.
— Tira.
Ele olha para o teto com um olhar aborrecido.
— É protocolo padrão.
— Tira. Agora. — Sacudo a mão na frente dele.
Akio pega o celular e tira a capinha. Saca uma espécie de ferramenta bem pequena do bolso e abre o aparelho com ela. Então remove um minúsculo disco de metal das entranhas do telefone, coloca a capa e o devolve para mim. Por fim, ergue a sobrancelha.
Arranco o aparelho de seus dedos.
— Isso não foi legal. Você ultrapassou os limites — digo, brava. — Tem mais algum rastreador?
— Não que eu saiba.
Meu celular vibra. Yoshi.

Yoshi
Aonde vc foi?

Yoshi
Por favor diga que está bem.

Yoshi
**Sabia que eu deveria ter te
acompanhado ao banheiro.**

Yoshi
Meu Deus, vc caiu na privada?

Digito uma resposta que diz mais ou menos: "Está tudo bem, te vejo amanhã", e termino agradecendo pela noite incrível. Achei desnecessário mencionar a história da gaiola de lixo e o resgate imperial. Ainda não estou pronta para reviver a humilhação.

Encaro Akio por um momento. Com a raiva ainda fervilhando intensamente dentro de mim, digo:

— Sabe, talvez o rastreador não tenha sido suficiente. Que tal uma coleira eletrônica? — Invenções horrendas, terríveis. — Quem sabe facilite as coisas. Assim, você pode simplesmente apertar um botão sempre que achar que estou fazendo algo errado.

Ele range os dentes.

— E aí? — pergunto.

— Você está mesmo esperando uma resposta? Pensei que fosse uma pergunta retórica. — Ficamos nos olhando. Ah, cara, queria que meus olhos pudessem disparar raios laser. Ele passa a mão na cabeça, irritado. — Desculpe.

Meu queixo cai. Fico esperando que a terra me engula completamente, que sombras estranhas cortem o céu sinalizando o fim dos tempos. Akio acabou de pedir desculpas? Levo um tempo para registrar. Sim, pediu.

Aliso meu jeans e olho para o parque pelo qual estamos passando. Um casal se beija sob uma cerejeira florida, e a luz de um poste contorna a silhueta deles. Flores pairam ao redor como se fossem enfeites. Os botões acabaram de abrir e já estão morrendo. *Mono no aware* — é uma frase japonesa que expressa o amor pela impermanência, a natureza efêmera de todas as coisas.

— Escapar do palácio, usar o banheiro e sair pela porta errada dificilmente podem ser considerados o fim do mundo — digo.

— Você está certa. — A voz dele é uniforme, tranquila. — Mais uma vez, desculpe. Não estou bravo com você. Estou bravo comigo mesmo. Você poderia ter se machucado, e teria sido culpa minha.

— Esquece isso — é tudo o que eu digo.

Quando eu tinha cinco anos, decidi que não precisava mais de rodinhas traseiras na bicicleta. Então, sem o consentimento ou a ajuda da minha mãe, fui lá e tirei. Pedalei por sublimes cinco segundos sem usar um capacete e sofri uma queda épica. Precisei levar dois pontos na nuca. O sangue foi copioso e glorioso, assim como a apreensão da minha mãe. Sua única defesa contra tal imprevisto foi ficar com raiva, e ela tinha todo o direito.

Ficamos um tempo sem falar nada. Estou entediada olhando pela janela, mas não quero encarar Akio. O jornal roça minha perna. Meu rosto no primeiro dia, no aeroporto, está estampado na capa. A curiosidade leva a melhor.

— O que é isso? — atiro o jornal em Akio.

Ele não tem escolha a não ser pegá-lo.

Surpreso, observa o jornal por um momento.

— É uma foto sua no aeroporto, quando chegou ao país.

Akio deve ter sido treinado na arte de se esquivar de assuntos.

— Muito útil. Mas o que está dizendo aí?

— Acho que não devo falar.

É tão ruim assim? Agora preciso saber.

— Você me pediu desculpas. Se quiser compensar, me conta o que está escrito.

— Vai me perdoar se eu ler?

Assinto.

Akio passa a mão no rosto.

— O nome do jornal é *Fofocas de Tóquio*. Não é muito respeitável.

— Bom saber.

— Para que fique registrado, eu não concordo com isso.

— Bom saber também. Agora leia.

Ele suspira, resignado.

— É uma matéria sobre a roupa que você estava usando no aeroporto. Uma blogueira imperial foi entrevistada. A opinião dela é que você deveria ter se vestido melhor. — Ai, essa doeu. — Além disso, ela fez alguns comentários sobre a sua atitude, dizendo que você foi grossa com o guarda imperial que a acompanhava durante a parada para o banheiro e que se recusou a acenar para a multidão do lado de fora. Ela descreve você como uma garota esnobe e difícil. — Putz. Essa doeu mais. Muito mais. — No entanto, parece que um zelador gostou de você. Ele está vendendo o lenço que você usou. O dinheiro vai ajudar na aposentadoria. A matéria termina questionando por que você não tem feito aparições públicas e sugere que a estão mantendo escondida de propósito.

Só então volto a respirar. É pior do que pensei. Na verdade, eu não estava nem pensando sobre como seria retratada nos tabloides. Fui proibida de ler qualquer tipo de mídia, e ando tão focada no relacionamento com meu pai... Estou pasma.

— O Japão me odeia? — pergunto.

— Como eu disse, esse jornal não é respeitável. — Akio dobra o papel em um quadrado perfeito e o coloca no assento ao lado. — As pessoas estão sempre torcendo pela queda dos que estão acima.

— Não pedi isso. Nada disso.

— Entendo. — Será que estou detectando uma suavização na expressão rígida de Akio? — Mas não podemos mudar as circunstâncias do nosso nascimento, não é?

Suponho que não. Além disso, eu não mudaria nada nem voltaria atrás. Até agora, tem valido a pena, apenas pela oportunidade de conhecer meu pai, mas todo desejo tem seu preço. Este, em específico, está sendo cobrado em forma de escrutínio público. Encosto a cabeça no apoio do banco.

— Sabe, sou muito boa em um monte de coisas. Soletrar, por exemplo. Na verdade, já fui campeã de jogo da forca nos Estados Unidos. — Diante do seu silêncio, explico do que se trata.

— Você foi campeã de um jogo que ensina as crianças que se não soletrarem corretamente, elas podem ser condenadas à morte?

Abro os olhos e o encaro. Seus lábios se curvam para cima apenas uns milímetros. Akio está fazendo uma piada. Sorrio.

— Você está certo. Nós, como sociedade, provavelmente não analisamos isso muito bem.

Sua risada é baixa e rouca. Será que estamos começando a nos entender? As surpresas não acabam. Pelo visto, existe um coração batendo dentro daquele peito frio e definido.

— Não podemos usar uma varinha mágica imperial para fazer as pessoas dizerem coisas boas sobre mim? — pergunto. — Ou, melhor ainda, talvez eu pudesse dar uma entrevista para esclarecer as coisas.

— Às vezes, o silêncio é a sua melhor arma. É um provérbio japonês famoso.

— Sério?

Ele dá risada de novo.

— Não. Acabei de inventar.

Cruzo os braços.

— Sarcasmo, sério? Você precisa mesmo disso?

— Não sei. Provavelmente. — Ele me olha nos olhos. — O que eu sei é que esses tabloides não estão à sua altura. Não merecem seu tempo nem sua atenção.

Toco meu peito.

— Uau, Akio, acho que essa é a coisa mais legal que você já me disse. — Ele não fala nada. Desvio o olhar. Estamos passando por um túnel, e há ladrilhos brilhantes por todos os lados. Não tem muito para ver lá fora, mas de repente acho a vista fascinante. — Não tenho certeza.

— Do quê?

Meu sorriso é triste.

— Se os tabloides estão à minha altura ou não. — Na maioria das vezes, me sinto tão insignificante.

Akio se inclina para a frente e me olha nos olhos de novo. Abre as pernas e apoia os cotovelos nos joelhos.

— Não estão. Confie em mim.

Faço um gesto mostrando indiferença, mas, por dentro, sinto a onda crescente de ressentimento contra Akio perder a força. O túnel se estende à frente. Olho para cima, batendo os dedos no assento. Será que me atrevo a falar mais? Da última vez que tentei fazer amizade com ele, fui chamada de rabanete.

— Desculpe — ele diz, baixinho. — Sabe, uma vez um superior comentou que não sou a pessoa mais fácil de lidar.

Olho para ele.

— Não me diga.

Quase vejo um sorriso.

— Tenho tendência a ser rígido demais.

Saímos do túnel. Reconheço os muros de pedras antigas que contornam o palácio imperial. Estamos quase em casa. Cutuco a unha do dedão.

— Desculpa ter vomitado em você. — Se ele pode ser melhor, eu também posso.

Vou começar acertando meu despertador para trinta minutos mais cedo. E vou parar de compará-lo mentalmente a vampiros e serial-killers.

— Já vi coisa pior — ele diz.

— Na polícia?

Ele abaixa a cabeça e não diz mais nada. Não vou pressionar. Talvez um dia ele queira me contar.

— Não é justo. Você me viu na pior. Acho que o único jeito de equilibrarmos as coisas novamente é se eu souber algo constrangedor sobre você.

Ele pensa um pouco, depois olha para mim com os olhos meio fechados.

— Não sei se deveria confiar em você.

— Se não consegue confiar em uma princesa que vive se atrasando e ainda foge do palácio, em quem você poderia confiar?

— Bem observado — ele diz com naturalidade. — Que tal isto: quando eu era pequeno, meus colegas de classe me chamavam de *Kobuta*. — Diante da minha expressão indiferente, ele explica: — Significa leitão. Eu tinha bochechas muito rechonchudas.

Enfio os dedos no banco de couro.

— Uau. Eu com certeza vou ter que ver uma foto disso.

Ele dá de ombros.

— Eu adorava biscoitos. Não tenho vergonha do meu passado.

O carro para e o portão do palácio abre.

— Minha mãe me chama de Zoom Zoom. — Acho justo que eu também compartilhe meu apelido.

Ele dá um meio-sorriso.

— Combina com você.

Sacudo um pouco no banco. O carro recomeça a andar. Só temos mais alguns minutos juntos. Será que posso confiar nele? Será que devo?

— Não sei se sirvo para ser princesa.

— Entendo. Você está em ótima companhia, então. Não sei se sirvo para ser guarda imperial. — Ele está sério.

Há uma espécie de vulnerabilidade em sua confissão. Não tenho certeza, mas talvez eu seja a primeira pessoa para quem ele diz isso.

O carro para e nos afastamos um do outro. Não sei por quê, mas é como se tivéssemos sido pegos no flagra. O motorista abre a porta. Desço para o ar frio da noite. Me sinto subitamente sozinha, perdida de novo. Viro, segurando a porta aberta.

— Obrigada por me salvar.

O pomo de adão na garganta de Akio se mexe. Ele abaixa a cabeça, num gesto respeitoso que vi outras pessoas fazerem para meu pai.

— É o meu trabalho. — Desencosto do carro e vou em direção à porta do palácio. Antes de entrar, ouço Akio dizer: — Mas... de nada.

14

Enfim tenho um dia de folga. Coisa rara. Sem precedente. Inconcebível. O sr. Fuchigami diz que posso ir a qualquer lugar de Tóquio. E sei exatamente onde quero passar o dia: nos Canis Imperiais. Honestamente, ir aos canis é algo necessário. *Extremamente* necessário. Mesmo que Akio tenha dito que o *Fofocas de Tóquio* não está à minha altura, tem sido difícil tirar aquela matéria da cabeça, e é mais difícil ainda não pensar em tudo o que posso fazer de errado. A partir de amanhã, começa uma série de eventos, e vou acompanhar meu pai em diversos passeios públicos. Câmeras e a imprensa estarão presentes nessa espécie de iniciação suave antes do casamento do primeiro-ministro. Meus nervos estão à flor da pele. O que vão dizer sobre mim? Que sorri demais? Ou que sorri muito pouco? Preciso urgentemente de um montinho de cachorros imperiais.

Estamos a caminho do canil. É um belo dia, o sol está reluzindo, não há nenhuma nuvem no céu. As flores de cerejeira finalmente desabrocharam e enfeitam os galhos. Mariko está ao meu lado, exalando um cheiro tipo eu-preferiria-estar-em-qualquer-outro-lugar. Há um removedor de pelos enfiado em sua bolsa e um pacote de lenços de papel, porque cachorros a fazem "espirrar". Akio está na nossa frente, distraído e um pouco desligado hoje. Mais ranzinza que o normal. A cada dois minutos, seu celular vibra e ele desliza o dedo para ignorar as notificações, mas não desliga. Já mencionei sua carranca? É digna de nota.

Me pergunto se não é uma namorada. Ele nunca comentou que era comprometido. Imagino que espécie de mulher Akio namoraria, sua equivalente feminina. Conheço o tipo. Já vi nos quadrinhos e nos filmes de ação. Linda. Perigosa. Se diverte com jogos de guerra. O celular dele vibra de novo.

— Tem algo errado? — finalmente pergunto.

Ele balança a cabeça uma vez.

— Não, Sua Alteza. — Ele segura o aparelho com firmeza.

Mariko fala com ele em japonês. Faço uma careta para ela. Não gosto quando faz isso, e ela faz com frequência, de propósito, para me deixar de fora das conversas. O pior é quando eu sei que ela está falando de mim, porque ouço meu nome intercalado entre palavras que soam raivosas. Desta vez, meu nome não surge, mas entendo outra palavra: *okāsan*. "Mãe".

A resposta de Akio é curta, concisa.

A boca de Mariko se contrai de preocupação.

Agora eu *preciso* saber o que está acontecendo. Cutuco minha dama de companhia. Ela afasta o cotovelo de mim e o esfrega como se eu a tivesse machucado.

— O que está acontecendo? — pergunto em voz alta.

— Está tudo bem — Mariko diz.

Claramente, não está.

Encaro Akio.

— Tem algo errado com a sua mãe?

Sua postura está rígida.

— Não é nada, Sua Alteza. Minha mãe precisa de um remédio e meu pai não pode deixá-la sozinha agora para ir à farmácia. Ele está pedindo que eu vá comprar, mas avisei que não posso deixar o trabalho.

— Ah. — Afundo no assento, pensando. Não há dúvidas do que precisa ser feito. — Onde é a farmácia?

— Perdão? — Akio retruca.

— A farmácia. Qual é o endereço? — repito.

Ele franze os olhos, balançando a cabeça.

— Nome e endereço, por favor — insisto.

Ele fala baixinho, mas consigo ouvir a resposta. Antes que eu esqueça as informações, abaixo a divisória que separa o assento do motorista.

— Tivemos uma mudança de planos — digo alto. — Vamos para a... — Dou o endereço da farmácia. — E depois para... — Viro para Akio. — Qual é o endereço da sua casa?

— Eu não acho...

Mariko se intromete:

— Ele mora em Kichijōji, perto do templo. — Sob o olhar perplexo de Akio, Mariko diz: — Se é para lá que a princesa quer ir, é para lá que vamos.

Akio avalia a situação e, após alguns minutos, fala:

— Dez minutos na farmácia e dez minutos na casa dos meus pais. Depois, para os canis.

Dou de ombros.

— Como quiser. — Lembro da nossa conversa na varanda do palácio. *Tecnicamente, eu sou o seu chefe.* — Afinal, você é o chefe.

Logo, estamos em frente à farmácia. Akio me faz prometer duas vezes que não vou mudar de ideia, então sai apressado.

— É muito gentil da sua parte fazer isso — Mariko diz, um pouco a contragosto. — Nossos pais se conhecem. Minha mãe trabalhava como dama de companhia quando o pai dele era guarda imperial. O que está acontecendo com ela... — Ela se interrompe. — É tão injusto.

Engulo em seco. É a primeira vez que ela diz algo legal a meu respeito, e acabo ficando emocionada.

— Obrigada por dizer isso.

Mariko bufa, me lembrando de que não gosta de mim.

— Ah, bem. Qualquer coisa para evitar os canis, sabe...

A porta do carro abre, e Akio está de volta com uma sacola na mão.

Meia hora mais tarde, estacionamos na frente de uma casinha entre duas torres de concreto. Um homem alto com cabelo grisalho e ralo espia pelas cortinas. O pai de Akio. Eles têm os mesmos lábios finos e olhos encapuzados. É bom saber que essas sobrancelhas preocupadas são de família.

A tela do celular de Akio se ilumina.

— Meu pai está vendo o carro e sabe que você está aqui. Está oferecendo sua hospitalidade. Não se preocupe, vou inventar uma desculpa.

Akio sai do carro. Eu o sigo depois de esperar Mariko por um instante, mas ela sacode a cabeça. Beleza, pode ficar no carro, se quiser.

Akio não me nota. Vou me ferrar. Ele realmente acredita que, sempre que dá uma ordem, será cegamente obedecido. Ele passa pelo portão e eu o seguro antes que feche. Nossos passos ressoam no ladrilho coberto de musgo. Ele vira de repente.

— Você não ficou no carro.

— Sim, Akio, eu adoraria conhecer seus pais e ver a casa onde você cresceu. Obrigada por perguntar. — Dou um sorriso, piscando.

— Minha mãe está doente.

— Isso eu entendi. É contagioso? Estão preocupados comigo? Ou com ela?

Ele balança a cabeça.

— Não, mas...

— Então, por favor... — Estico a mão e aumento o sorriso. — Vai na frente.

Ele dá um suspiro muito alto antes de virar. Seu pai nos cumprimenta na porta, fazendo uma reverência, então sai para preparar um chá depois de me acomodar na sala de estar. Quando sento, Akio desaparece no corredor com a sacola branca.

Claro que não fico parada onde me deixaram. A sala é mobiliada com simplicidade — um sofá azul-marinho e cadeiras de madeira. Prateleiras abarrotadas com vários livros revestem uma parede inteira, e as lombadas chamativas dão cor ao ambiente.

Vou até as fotos penduradas no corredor. É uma linha do tempo da vida de Akio. Tem fotos de quando ele era recém-nascido, criancinha, na pré-escola, e é verdade: suas bochechas pareciam a de um esquilo guardando nozes para mais tarde. Sua pequena carranca se contrapõe à fofura. Então ele sempre foi assim. Em seguida, me deparo com uma grande foto de sua cerimônia de entrada no ensino fundamental. Sua mãe está de quimono, seu pai, de terno, e ele exibe um *randoseru* novinho em folha, uma mochila de material rígido. Continuo vendo as fotos e concluo que ele é filho único. Ahá! Sabia. A gente reconhece os nossos de longe. Provavelmente é por isso que brigamos tanto. Estamos acostumados com as coisas do nosso jeito. Pelo menos acho que aprendi a dividir. Noora concordaria totalmente. A última foto é recente. Ele está todo confiante em seu uniforme de guarda imperial. Seus pais estão ao seu lado, radiantes de orgulho.

No fim do corredor, há duas portas. Ambas entreabertas. Em uma delas, vejo as costas de Akio. Ele acomodou seu enorme corpo em uma cadeira ao lado de uma cama. Está falando baixinho enquanto segura a mão de sua mãe. Ele vira por um momento, e eu sigo para o outro quarto depressa.

Há um futom, uma televisão e uma escrivaninha, além de pôsteres colados nas paredes. Aeromodelos cobrem todas as superfícies disponíveis. Toco a ponta de um deles, fazendo a hélice girar.

— Este era o meu quarto. — Tomo um susto com a voz de Akio.

— Era? — As prateleiras têm uma fina camada de pó.

— Moro na propriedade imperial. No alojamento de funcionários.

Assinto vagamente, apesar de estar surpresa. Pelo visto, não me preocupei muito em conhecer meu guarda pessoal. Mas nada de chorar pelo leite derramado, não é mesmo?

— Aeromodelos, hein?

Ele não fala nada. Certo, próximo assunto então.

— Sua mãe está bem?

— Está. — Ele entra no quarto. A porta está parcialmente fechada. A casa está tão silenciosa que parece até que estamos sozinhos, como se fôssemos as únicas duas pessoas no mundo. — Ela tem demência precoce. — Akio para a hélice com o dedo. — Meu pai se aposentou da guarda imperial para cuidar dela. Agora ele passa os dias como enfermeiro, preenchendo os buracos da sua memória.

— Sinto muito.

Ele dá de ombros, como se não fosse nada. Nada mesmo. Mas imagino que seja um fardo terrível de se carregar.

— Ela tem dias bons e dias ruins. Às vezes, fica perambulando por aí. Por isso, ele não gosta de deixá-la sozinha. — Ele fica em silêncio por um instante. — Obrigado por isso.

É minha vez de dar de ombros.

— Imagina. Sou uma enorme fã de mães, no geral. — Bem, de mulheres, na verdade, porque somos incríveis. Ele dá um sorriso muito discreto. É bom ver isso de novo. Ser capaz de alegrá-lo um pouquinho significa muito para mim. Olho para o chão. — Sabe, pensei que talvez fosse sua namorada que estivesse ligando.

Ele parece achar graça ao responder:

— É mesmo?

Ouso encará-lo. Sim, ele está achando graça.

— Não que eu me importe, claro. Mas acho que eu deveria saber se você tem outros compromissos que podem te distrair do trabalho. — Mordo o lábio.

Corro os olhos pelo quarto, fingindo naturalidade.

— Uma namorada não seria uma distração. Eu não permitiria — ele explica. O que provavelmente é verdade. — Mas, só para constar, não tenho namorada.

Meus lábios se contraem, mas contenho o sorriso.

— E você? Tem alguém nos Estados Unidos? — Seu tom é leve, casual. — Alguém que possa te distrair de suas obrigações imperiais? Acho que eu também deveria saber, só por precaução, por motivos de segurança.

Nada mais justo.

— Não. Até já namorei, mas terminamos um ano atrás. Ele tirava selfies demais na frente do espelho. — Para constar, uma selfie só já é demais.

Ele faz uma cara estranha.

— Nunca tirei uma selfie no espelho.

— Bom saber.

Dei uma volta completa no quarto. Paro de frente para Akio de novo. Na parede atrás dele, há uma colagem de fotos suas em diferentes idades, com amigos e professores.

— Eu nunca nem tirei uma selfie — ele diz.

— Melhor ainda. — Se bem que meu celular está cheio de selfies. Em quase todas, estamos Noora e eu fingindo pegar Mount Shasta entre os dedos e fazendo gracinhas. Observo um avião verde, com corpo prateado e listras amarelas nas asas.

— É um Mitsubishi A6M Zero, usado na guerra. A maioria das aeronaves desse modelo foi usada em missões *kamikaze* no final.

Estou familiarizada com o termo. *Kamikaze*. "Vento divino." Minha mente se enche de imagens de aviões rodopiando no céu feito marimbondos furiosos até eventualmente explodirem com o impacto, com os pilotos ainda lá dentro.

— Você faria isso?

Ele pisca.

— Morrer pelo meu país? Sim, claro.

Deve ser um pré-requisito para ser guarda imperial. A ideia de Akio levando uma bala no meu lugar é insuportável. Minha garganta fica seca. Não quero mais falar disso.

— Mariko disse que seus pais trabalharam com os dela.

— A maioria das posições imperiais é como um legado, passado de geração em geração.

— Como a monarquia — observo.

— Sim.

Outra coisa que temos em comum. Nascemos para cumprir papéis determinados. Nossos destinos são pré-traçados.

Estamos bem próximos. Akio me encara por um longo tempo. Fico me perguntando se ele também sente essa onda de eletricidade. Começo a ficar um pouco constrangida.

— Tem alguma coisa na minha cara? — Passo a mão na bochecha, procurando migalhas ou maquiagem borrada. O que estou dizendo? Mariko nunca permitiria algo assim.

Ele balança a cabeça.

— Não.

— Então o que está olhando? — Estamos ainda mais perto, nossos peitos quase se tocando. Minhas mãos não param quietas. Nossas respirações estão sincronizadas.

— Só estou tentando te entender.

Só isso?

— Boa sorte. Homens mais aptos do que você tentaram e falharam.

— Mentira. Para uma princesa, eu beijei uma quantidade considerável de sapos. Falo, baixinho: — Me avise quando tiver uma resposta.

— No começo, pensei que você fosse meio idiota. — Uau. Direto.

— Mas eu estava errado... Acho que você é muito responsável com as coisas que lhe são importantes. Acho que você age com o coração.

Ficamos nos olhando.

Alguém pigarreia na porta. Assim como naquela noite no carro, nos afastamos. A onda de eletricidade se dissipa. O pai de Akio fala em japonês.

— O chá está pronto — Akio traduz, seco.

O chá é servido na sala de estar: *ocha* verde brilhante em uma xícara de porcelana azul. Enquanto bebemos, lanço olhares para Akio, fico vermelha e viro o rosto. Suas últimas palavras ficam ressoando na minha cabeça.

Acho que você age com o coração.

FOFOCAS DE TÓQUIO

Flagra: A Borboleta Perdida e seu pai, o príncipe herdeiro, passeiam pela cidade

2 de abril de 2021

Enquanto Suas Majestades Imperiais o Imperador e a Imperatriz Takehito estão fora do país em uma visita oficial ao Vietnã, seu filho, Sua Alteza Imperial o Príncipe Herdeiro Toshihito, tem feito aparições pela cidade em uma série de eventos públicos não oficiais com sua filha, Sua Alteza Imperial a Princesa Izumi.

Na segunda-feira, os dois participaram do 42º Festival Ásia-Pacífico e do bazar beneficente em Tóquio. Enquanto perambulava pelo local, a princesa tomou a frente e cumprimentou Sua Excelência o Embaixador Sam Sorm no estande de artesanatos da Embaixada Real do Camboja — literalmente, um passo em falso. Pelo visto, ninguém informou a princesa de que ela deveria ter esperado seu pai, o príncipe herdeiro, cumprimentar Sua Excelência antes de tudo. Provavelmente, a princesa estava apenas honrando uma de suas tradições estadunidenses: "Primeiro as damas". Não é isso que os ocidentais costumam dizer?

Na quarta-feira, os dois compareceram à inauguração de uma galeria. Na ocasião, a princesa Izumi puxou conversa com a polêmica artista Yoko Foujita, ferrenha oponente da família imperial. Os assessores da Casa Imperial rapidamente interromperam a conversa, mas o *Fofocas de Tóquio* conseguiu obter uma foto exclusiva do momento (detalhe em anexo).

Finalmente, na quinta-feira, pai e filha foram vistos na partida de beisebol de abertura da temporada. Eles estavam na cabine imperial, usando bonés iguais e dividindo um copo da sobremesa *kakigōri* (abaixo, S.A.I. a Princesa Izumi *apontando* para os jogadores). Mais tarde, os dois cumprimentaram os times, e a princesa pareceu priorizar um dos jogadores por tempo demais.

O casamento do primeiro-ministro Adachi se aproxima — toda a família imperial comparecerá ao evento oficialmente, com exceção do imperador e da imperatriz. Quem não está na lista de convidados? A irmã do primeiro-ministro, Sadako Adachi. Os dois estão no meio de uma guerra ferrenha desde que Sadako escreveu uma contundente denúncia de que o primeiro-ministro seria infiel e teria ligações com a *yakuza*. Há rumores de que o primeiro-ministro demitiu um funcionário apenas por ter mencionado sua irmã. Uma pena que repórteres não terão permissão para entrar no casamento e na recepção. Assim como o resto de Tóquio, só poderemos assistir do lado de fora. Mas que espetáculo o evento promete ser…

15

— Aqui. — Mariko coloca cuidadosamente um último grampo de pérola no meu cabelo, depois dá um passo para trás para me observar. Minha dama de companhia bloqueia o espelho grande e balança o rosto, satisfeita. — Está pronta.

Ela se afasta e eu vejo meu reflexo. Bem, Mariko certamente fez sua mágica de fada madrinha. Minhas unhas foram lixadas, lustradas e pintadas com uma cor clara. Chega de rosa brilhante para mim. Minha franja recebeu um corte reto na altura das sobrancelhas. Meu cabelo está preso em um coque baixo, adornado com pérolas de água doce. Meu vestido longo cor de jade é de seda e reluz.

Mariko me entrega uma bolsa de mão da mesma cor. E bem leve.

— Batom e pó, caso você fique suada. Ah, também coloquei seu celular aí. Mas, por favor, deixe-o no silencioso.

Ergo a sobrancelha no meu modo de dizer não-estou-acreditando. Na maior parte do tempo, ela esconde meu telefone até que eu termine as tarefas do dia.

Ela me leva até a porta da frente e me dá mais instruções.

— Não esqueça de deixar seu pai ir na frente sempre que vocês entrarem em algum lugar. Só fale com quem você já se encontrou ou conhece. Queria que tivéssemos tido tempo de analisar fotos de todos os convidados para classificá-los de acordo com suas filiações políticas, mas procure apenas não demonstrar nenhum favoritismo. E não aponte para ninguém.

Nos últimos dias, Mariko foi bastante eficiente em notar qualquer erro meu, tenha sido no bazar beneficente, na inauguração da galeria ou no jogo de beisebol. Meus pecados são inúmeros.

Continuo andando, e um nó de tensão se forma entre as minhas sobrancelhas. Seria melhor se meu pai estivesse aqui, mas ele tem vários eventos para cobrir esta noite. Vamos nos encontrar só no casamento. Akio será meu acompanhante. Falando nele...

Está no meio da sala todo de black tie, com as mãos para baixo. Parte da minha ansiedade se dissipa. Uau. Akio em traje de gala. Aplausos.

— Precisa de mais alguma coisa? — Mariko pergunta.

— Não. Muito obrigada. — Mantenho o olhar em Akio.

— Só não esqueça de sentar ereta. Se precisar de um momento a sós, peça licença e vá ao banheiro... — ela continua.

Akio sorri para mim. Sorrio desajeitadamente para ele.

— Avisarei quando estivermos voltando para casa — ele diz, sem tirar os olhos de mim.

Depois de um instante, Mariko diz:

— Claro. Vou deixar o quarto pronto para quando ela voltar.

Akio assente, e ela, pedindo licença, vai embora. Apenas duas lâmpadas iluminam o cômodo, deixando-o com um ar aconchegante.

— O carro deve chegar logo. Vou ligar para ver onde eles estão — ele fala.

— Não — interrompo-o. — Espere um minuto, por favor. — De repente, estou nervosa de novo.

O casamento do primeiro-ministro é um grande evento. A imprensa estará do lado de fora e, do lado de dentro, terei que lidar com minha família e a nata da sociedade japonesa. Serei minuciosamente avaliada. Observo com atenção a bainha do meu vestido. Está muito longo? Será que não vou tropeçar? As coisas ficaram reais demais.

Respiro fundo, tentando desapegar. Penso em Mount Shasta, esperando que isso me ancore ao presente. Então lembro o que estou perdendo este fim de semana.

— Amanhã à noite é o baile de formatura. — Alguns dias atrás, as meninas me mandaram fotos provando os vestidos. O tema é anos oitenta.

— É mesmo?

Fico surpresa que ele não esteja me puxando porta afora. Não estou com pressa nenhuma. Aparentemente, ele também não.

Estou agitada, incapaz de filtrar meus pensamentos.

— Sabe o que vou perder por não ir à formatura? — Além do ponche morno, da iluminação ruim e daquele momento constrangedor em que você topa com seu ex-namorado e a garota com quem ele te traiu? — O baile. Você dançaria comigo? — Estou um pouco envergonhada. Mas também me sinto meio corajosa, e linda, pelo menos.

Ele vira o rosto e esfrega o queixo.

— Não sei se é uma boa ideia.

— Por favor. Só uma música. — Quero ficar mais um tempo no conforto deste quarto seguro e quentinho, longe dos olhares indiscretos. — Pelo baile que estou perdendo. Só isso.

A verdade: eu provavelmente dançaria com Noora. Já fizemos isso antes. Então Hansani e Glory se intrometeriam. Porque está implícito: somos o verdadeiro amor umas das outras.

— Não temos música.

— Ah, dou um jeito. — Pego o celular, avalio as opções, aperto o play e aumento o volume no máximo.

Coloco a bolsa e o aparelho na mesinha de centro e cruzo as mãos na minha frente. Agora é com Akio. Não vou obrigá-lo a dançar comigo se ele realmente não quiser.

E então, de repente, ele está na minha frente, colocando as mãos na minha cintura. Sinto um leve tremor antes que ele me segure firme. Posiciono as mãos em seus ombros. Balançamos para a frente e para trás, os dois todo duros, parecendo crianças.

— Nunca tinha ouvido essa música antes — ele murmura.

— Não é muito conhecida. É o Coro dos Homens Gays de Mount Shasta.

— Não parece um coral completo.

Franzo o nariz.

— Na verdade, são só duas pessoas, Glen e seu parceiro, Adrian. Ambos são lenhadores e acreditam que Bette Midler é um tesouro nacional.

Eles brigam com qualquer um que diz o contrário. — O álbum inteiro é de covers de seus maiores sucessos. No momento, estamos ouvindo "The Rose".

— É bonito. Gosto da voz deles, especialmente da mais grossa.

— Sim, é de Adrian. Ele praticamente sustenta a dupla. — Akio me lembra um pouco Glen, um tipo meio rústico.

Ficamos em silêncio, ouvindo a música. Nos aconchegamos mais perto. De alguma forma, minha cabeça vai parar em seu peito e suas mãos se entrelaçam na minha lombar. Passo a língua nos lábios, curtindo esse suave brilho de felicidade.

— Já descobriu mais alguma coisa sobre mim?

Ele faz um barulho que vem do fundo da garganta.

— Bem, deixa eu ver... Você tem mania de falar com as mãos. Seus dedos são muito efusivos. Você também cantarola enquanto come, é como se não conseguisse controlar o contentamento que a comida te proporciona. Gosto do fato de você se alegrar com coisas tão simples.

Quero dizer que eu também descobri coisas sobre ele. Akio é estoico, mas não frio; longe disso. Ele ama profundamente. Eu vi como se inclinou em direção à mãe, o jeito carinhoso com que tocou sua testa, como lhe ofereceu um copo d'água.

— Akio? — A música recomeça. Coloquei para tocar de novo. Esperta. — Já que estamos nos dando tão bem, tem *uma* coisa que eu queria falar com você. — Damos meia-volta. Espero um pouco. — É meu codinome, Rabanete.

— Você não gosta dele?

— Não. Não gosto. Na verdade, odeio. — Odeio especialmente porque a raiz irrita o trato digestivo.

— O rabanete é um vegetal maravilhoso — ele diz. — O meu favorito.

Que bom que ele não pode ver meu sorriso.

— É verdade?

— Antes não. Mas passei a gostar. O rabanete é subestimado, mas é muito saudável e cheio de vitamina C. — Minha pulsação acelera e dispara. A dele também. Posso sentir. — Mas podemos mudar, se quiser.

— Não. Acho que tudo bem. — Olho para ele. Apoio o queixo em seu peito e toco a gola de sua camisa. — Quando a gente se conheceu, pensei que você não gostasse de mim.

Paramos de dançar. Nossos pés e peitos estão unidos. Seu olhar é doce e cauteloso.

— Eu provavelmente gosto de você até demais.

Congelo. Seus olhos estão semicerrados, obscuros. Eu poderia beijá-lo agora. Eu *deveria* beijá-lo agora. Fico na ponta dos pés. Ele inclina a cabeça. Estamos tão perto.

Mas então ele se afasta. Balança a cabeça, limpa a garganta.

— Temos que ir. Não quero te atrasar.

Engulo em seco.

— Certo. Claro. — Que merda foi essa? Minha cabeça está dando voltas. — Obrigada pela dança.

— Claro.

Dou um breve sorriso, hesitante.

— Estou muito menos nervosa agora.

— Não precisa ficar nervosa. Qualquer pessoa que conseguir falar com você pode se considerar sortuda. — Sua postura é rígida, mas suas palavras são suaves.

Solto um sorriso genuíno. Ele vai até a porta e a abre para mim. Eu saio. Sou apenas uma princesa a caminho do baile.

16

Do lado de fora do New Otani Hotel, há um desfile de veículos luxuosos e brilhantes. Homens de fraques e mulheres envoltas em casacos de pele descem de Jaguars, Bentleys e Maybachs. Cerca de duzentas e cinquenta pessoas da nata da sociedade japonesa foram convidadas. Curiosos compareceram em massa. Atrás de uma barricada, eles agitam bandeirinhas *Hinomaru*, com o círculo vermelho do Japão, e tiram fotos dos convidados.

    O Rolls-Royce imperial desliza ao longo do meio-fio e para. Akio levanta do banco da frente, com o fone de ouvido e a cara fechada de sempre. A porta abre, e ele estende a mão para mim. Encaixo meus dedos enluvados nos dele e me permito ser puxada para fora do carro. Me sinto em um filme antigo. É tudo muito *O grande Gatsby*.

    Câmeras surgem. *Clique. Flash. Tchac.*

    — Não gosto dessa multidão — Akio diz.

    Guardas imperiais me cercam. Abrimos caminho. Chega de fotos por ora. Sou um pedacinho de seda no meio de uma rajada de vento. Cruzamos portas duplas de vidro. Mais flashes. As portas fecham. A multidão silencia, redirecionando seu foco para o Tesla que estaciona em seguida trazendo uma atriz de cinema famosa. Do lado de fora do salão, um harpista toca a corda errada e arregala os olhos, assustado com a expressão de eu-devoro-pequenos-aldeões de Akio.

    Cruzamos a soleira, passando por uma mesa com uma pilha alta de envelopes ornamentados. Nos casamentos japoneses, dinheiro é a lei.

O primeiro-ministro e sua noiva distribuirão presentes, e cada assento terá uma linda sacola de papel feita à mão, cheia de pequenos mimos para os convidados.

Um braço se entrelaça ao meu, me roubando de Akio.

— Aff, finalmente você chegou — Yoshi resmunga. — Até agora a noite está horrível. Tio Tadashi me encurralou e não parou de falar de seu galo premiado. — Minhas sobrancelhas vão parar no couro cabeludo. — Ele só sabe falar de suas galinhas e galos. — Yoshi olha Akio como quem diz: "Por que você ainda tá aqui?". — Pega leve, cara. Meu Deus, isto é uma festa. Tenta parecer feliz.

Akio não responde, apenas faz uma reverência e desaparece na multidão. Copos tilintam. Mulheres dão risada. Um homem de fraque toca um piano Bösendorfer. Os pais de Yoshi, tia Asako e tio Yasuhito, se aproximam.

— Dá pra acreditar? — tia Asako pergunta, tocando os diamantes em volta do pescoço. — Um primeiro-ministro descendente do clã Tokugawa casando com uma *narikin*? Nunca pensei que veria isso.

Tio Yasuhito grunhe em concordância. Eles continuam a falar sobre a noiva, que além de ser uma *narikin*, uma nova rica, é muito mais jovem que o primeiro-ministro. Do outro lado da sala, uma mulher lança um olhar de reprovação para Yoshi. Ela parece brava, mas é bonita e usa um vestido preto elegante.

— Quem é aquela? — sussurro, cutucando Yoshi.

Ele pega duas taças de champanhe de uma bandeja e oferece uma para mim.

— *Aquela* é Reina, minha guarda imperial.

Tio Yasuhito ouve e diz:

— Yoshi que a contratou.

— Insisti em contratar uma mulher porque sou feminista demais. — Ele estufa o peito. Está usando black tie como todo mundo, mas há um certo brilho em suas lapelas. — Ela tem os terninhos mais encantadores do mundo e faz atividades manuais nas horas vagas, principalmente álbuns e colagens. É capaz de matar um homem de dez maneiras diferentes usando um pedaço de papel. Ela me dá medo, e eu adoro isso. — Ele treme de brincadeira.

— Yoshi está meio apaixonado por ela — tia Asako diz, indulgente. Ele lança a Reina um sorriso cintilante e ela responde com uma careta.

Tia Asako assente para uma mulher do outro lado do cômodo. A mulher responde o cumprimento, então retoma a conversa com um homem muito mais velho em trajes militares. Pai e filha? Eles têm os mesmos lábios finos e sobrancelhas grossas.

— Os Fukada — tio Yasuhito fala, percebendo minha dúvida. — Ele é um general da Força Terrestre de Autodefesa. Sua filha é o filho que ele sempre quis ter.

— Parece que eles caçam pessoas por esporte — comento, enquanto o champanhe esquenta minha barriga e minhas bochechas.

Os três dão risada e eu me sinto bem, como se fizesse parte do grupo.

Na frente do pai-e-filha-caçadores-de-gente-por-esporte está um grupo de meninas, com as Gêmeas Iluminadas no centro. Elas me encaram, sussurram algo com as amigas e depois dão risada. Sem dúvida, da minha cara.

Yoshi solta um suspiro.

— Opa, você despertou a atenção da panelinha Gakushūin. Cuidado, desvie o olhar devagar. A lua está cheia, o que significa que os poderes delas estão no auge.

Faço o que ele diz. Gakushūin. Lembro de meu pai e o sr. Fuchigami mencionarem esse nome. É para onde Mariko vai.

— Gakushūin? — pergunto, mais alto do que gostaria.

Tia Asako toca sua pulseira, uma confecção de diamantes e safiras que complementam seu vestido.

— É a escola mais exclusiva do Japão, talvez do mundo.

Tio Yasuhito assente.

— Todos os jovens membros da realeza e descendentes de famílias proeminentes frequentam essa escola. Yoshi foi o primeiro de sua turma, quando se formou.

— Você também teria estudado lá. — Tia Asako me olha de cima a baixo. — Onde você estudou? Ouvi dizer que há instituições particulares maravilhosas na Califórnia.

— No Colégio Mount Shasta.

Seu sorriso desvanece.

— É uma escola pública?

— Sim — digo, sem hesitar.

Ela dá de ombros.

— Bem, se alguém perguntar, diga que estudou no exterior.

— Cuidado, mãe. Seu elitismo está aparecendo — Yoshi bufa.

— O que foi? — Tia Asako coloca a mão no peito e vira para o marido, enquanto Yoshi me afasta deles. — O que foi que eu disse?

— Em nome da minha família, peço desculpas — ele fala.

— Tudo bem. — Tudo mesmo. Não tenho vergonha das escolas em que estudei.

— Não está nada bem. Não tente esconder seus sentimentos. Você está claramente abalada. — Yoshi me lança um sorriso torto, que eu correspondo.

Estou tão feliz por ele estar aqui comigo.

Ele me leva para o meio da multidão. Contornamos um desajeitado *yokozuna*, um campeão de sumô. Yoshi sorri para os convidados enquanto os descreve para mim, enchendo meus ouvidos com um quem é quem completo: o presidente do Banco de Tóquio, um fabricante de vinagre de arroz, dois irmãos donos de uma das maiores e mais antigas destilarias de uísque em Hokkaido, o Velho Oeste do Japão.

Há membros das famílias Kuge e Kizoku, a antiga nobreza do Japão, formada por condes e condessas antes da Segunda Guerra Mundial. Perderam seus títulos, mas não sua posição social nem sua arrogância. Eles se ressentem de meu avô, pai, tio e agora de minha prima Sachiko, por se relacionarem com plebeus — e, por tabela, de mim também. Yoshi não fala nada, mas posso ler nas entrelinhas. Saquei tudo. Mesmo sendo descendente de japoneses, sou americana demais. Não tenho sangue azul suficiente em minhas veias.

Também há capitães da indústria, como um famoso fabricante cuja empresa de tecnologia começa com a letra S, e um titã dos automóveis cujo nome de família começa com a letra T. No topo, estão os ministros de Kasumigaseki, a colmeia burocrática de Tóquio.

Chegamos às mesas redondas com toalhas de linho branco e arranjos de flores baixas — lírios e ramos de pinheiro simbolizando os brasões das duas famílias. Os lugares estão marcados. As pessoas se movem, examinando os cartões. Yoshi e eu nos separamos. Ele vai ficar com a parte estendida da família imperial em outra mesa. Os membros mais proeminentes da sociedade têm a honra de sentar com a noiva e o noivo. A organização é hierárquica, ou seja, o príncipe herdeiro, sua filha, meu tio e suas filhas (as Gêmeas Iluminadas) sentam com o primeiro-ministro e sua noiva. Minha tia, a mãe das gêmeas, deveria estar aqui, mas não veio. Vou tentar lembrar de perguntar a Mariko se ela está doente.

Desabo em uma cadeira preta laqueada, me esforçando para não virar cinzas sob os olhares fulminantes das gêmeas. Coisas que eu gostaria de poder dizer a elas: "Vocês não acham que isso é um pouco clichê, serem más com a forasteira? A hostilidade é uma praga terrível entre jovens mulheres. Quando torturar outras pessoas se tornou um rito de passagem?".

O primeiro-ministro entra com meu pai ao lado. A noiva vem atrás. Em um vestido de seda branca coberto com pérolas, a nova esposa do primeiro-ministro é a definição de unicórnio banhado em purpurina. Sua tiara de diamantes cintila à luz das velas quando ela senta.

Meu pai me cumprimenta.

— Você está linda.

— Obrigada. Você também está lindo... hum, quero dizer, ótimo.
— Fico envaidecida com a atenção dele. Sorrimos um para o outro. O salão todo aguarda o príncipe sentar para se acomodar.

Discursos são proferidos. Meu pai brinda aos noivos. Todos falam em japonês e eu não entendo quase nada. Quando ele termina, as Gêmeas Iluminadas sussurram alto o suficiente para que eu ouça.

— Ele esqueceu de mencionar a irmã de Adachi — Akiko diz.

Noriko estala a língua.

— Ele deveria ter falado algo sobre ela não estar presente. É um infortúnio ela não poder se juntar a nós.

Meu pai cometeu um erro. Fico me perguntando como é que isso pode ter acontecido, mas ao mesmo tempo me conforta. Acho que todos somos passíveis de erros.

O jantar é servido. É uma dança elegante, coreografada por garçons em luvas brancas e fraques. Mais discursos são proferidos. Meu pai conversa com o primeiro-ministro. Eu converso com a noiva. Ela é ex-diplomata, mas agora planeja ficar em casa em tempo integral e apoiar o marido. Tomamos uma sopa clara com *gyoza* e um creme saboroso com enguia e cogumelos, peixe grelhado e arroz branco com feijão-vermelho. Mariko me disse que o educado é não deixar comida no prato. Isso eu consigo.

Meu pai limpa a boca com um guardanapo branco.

— Izumi-*chan*, você parece contente esta noite.

— Estou — respondo.

Uma dança. Um casamento. Uma garota em um vestido de baile. O que poderia dar errado?

— O Japão está te fazendo bem.

— Está. — Um garçom retira nossos pratos. Meu estômago está quase explodindo. — Não quero que acabe.

— Sua Alteza. — O primeiro-ministro chama minha atenção. Ele é mais velho, e seu cabelo preto tem mechas grisalhas. Sua primeira esposa morreu de doença cardíaca. — Muito obrigado por comparecer. Minha esposa e eu estamos honrados com a sua presença.

Tecnicamente, não tive muita escolha. Mas estou feliz de estar aqui.

— O evento está maravilhoso. Obrigada por me receberem. — Lembro dos comentários de Akiko e Noriko. — É uma pena que sua irmã não tenha vindo. — Meu sorriso é radiante, expectante. Estou pronta para receber uma resposta calorosa do primeiro-ministro. Talvez ele responda com uma anedota divertida sobre a irmã. Talvez meu pai me agradeça por ter vindo em seu resgate. Talvez eu tenha um futuro na diplomacia. — Aposto que o senhor gostaria que ela estivesse aqui.

Meu pai quase engasga com o arroz. A conversa ao meu redor morre. Olho em volta, sem entender. Noto algo suspeito nas bocas de Akiko e Noriko, como pontas afiadas de facas. O primeiro-ministro abaixa a cabeça e cerra o punho no guardanapo. Em seguida, começa a falar em japonês — suavemente, a princípio, e então mais alto, à medida que ele se exalta. Sua esposa se apressa para acalmá-lo.

Fico ali sem entender.

— O que...

— *Izumi*. — O tom de voz do meu pai é duro, uma clara reprovação. Ele nunca falou assim comigo. — O primeiro-ministro e sua irmã não têm uma boa relação. — Ele abaixa a voz e fala quase em um sussurro: — Ela o acusou de coisas horríveis. Nós não... falamos dela. *Nunca*.

Meu pai entra na batalha para tentar conter o primeiro-ministro, que continua a vociferar e a apontar para mim. Agora sei o verdadeiro significado da palavra "catástrofe". O salão parece ir diminuindo. Os convidados desviam olhares. O primeiro-ministro continua a bravata. As gêmeas estão gargalhando atrás de seus guardanapos. Não há absolutamente nada que eu possa fazer. Enfim, ele para de falar, mas ainda treme de raiva.

— Sinto muito, primeiro-ministro Adachi — digo. Ele está silenciosamente furioso agora. Tudo o que consigo ver é o topo de sua cabeça. Ele me ignora. Fui ostracizada. Toco o braço do meu pai, mas ele não me olha. É verdade que os golpes mais inesperados são os que mais doem. Algo se quebra dentro de mim. — Minhas sinceras... — Levanto da mesa. — C-com licença. — Tropeço nas palavras, no meu vestido. A humilhação cresce no meu peito, rasgando-o e abrindo um caminho ardente até a minha garganta. Lembro do conselho de Mariko. — Banheiro. — Consigo dizer.

— *Gaijin* — Akiko solta quando eu passo por ela.

Noriko repete, caso eu não tenha ouvido de primeira:

— *Gaijin*.

Minhas primas armaram para mim.

De cabeça baixa, eu fujo.

17

Minha fuga é lendária. Sou a Cinderela fugindo do baile, só que não vou deixar para trás sapatinho de cristal nenhum, e não vou esperar que um príncipe me salve.

Meus olhos ardem do esforço que estou fazendo para não chorar. Me recuso a dar essa satisfação às Gêmeas Iluminadas. Vou desabar no carro, no meu quarto, no banheiro — em qualquer outro lugar com um pouco mais de dignidade.

Akio me acompanha. Não reclamo de como ele se posiciona, me protegendo das pessoas conforme saímos. Queria poder agradecê-lo, mas se fizer isso vou quebrar e derramar todas as minhas entranhas para fora. Envergonhei meu pai. A mim mesma. O Japão.

O caminho do salão até o carro é um borrão. Felizmente, o Rolls-Royce imperial está à minha espera. Assim que entramos, ele dá partida.

Akio me oferece um lenço.

— O que aconteceu?

Seco as lágrimas. Não quero dizer em voz alta — o quanto sou uma imbecil. Meu Deus, pensei... pensei que tinha tudo sob controle. Burra. Sou tão burra.

— O que significa *"gaijin"*?

— Quem te chamou disso? — ele rosna.

— Não importa. — Mais uma vez, não quero que saiba que minha família me odeia. É constrangedor demais. — O que significa?

Ele desabotoa o paletó. Seus lábios se contorcem.

— Significa "estrangeiro". E não de um jeito bom.
— Entendi. — Minha mandíbula trava.
— Me diga quem te chamou disso e vou resolver a situação.
Fico emocionada com a vontade dele de me defender.
— O que você vai fazer? Bater nas outras duas princesas porque elas foram más comigo? Você é um fofo, mas prefiro lutar minhas próprias batalhas. — Só não sei que tipo de armadura me restou. As Gêmeas Iluminadas conseguiram encontrar meu ponto mais frágil e me dilacerar com suas unhas pintadas de bege. — Além disso, elas não estão erradas...

É verdade. Eu *sou* uma estrangeira. Se não tivesse chegado ao Japão somente na semana passada, saberia sobre a irmã do primeiro-ministro. Saberia como me vestir melhor para pegar um voo. Saberia que devo caminhar atrás do meu pai em um bazar beneficente idiota. Saberia quais artistas se opõem à família imperial. Saberia que assistir a partidas de beisebol e cumprimentar jogadores são um ato de diplomacia, e que apontar é grosseiro.

Akio solta um grunhido que eu não sabia que humanos eram capazes de fazer. Me aproximo e pego sua mão.

— Está tudo bem. — Só que não está nada bem. Sinto uma dor profunda. A decepção nos olhos do meu pai, o tom que ele usou comigo. A lembrança me dá um nó no estômago. Os homens podem não assumir que choram, mas as princesas choram, sim.

Akio segura minha mão com firmeza e depois se afasta. Suspira e esfrega os olhos.

— Este não é um bom momento... — Seus olhos escuros me mantêm no lugar. — Você me faz desejar todas as coisas que não posso ter.

— Eu? — Fungo, me sentindo um pouco melhor.

Me inclino para ele, na esperança de que pegue minha mão de novo. Talvez ele segure meu rosto e diga que vai ficar tudo bem.

— Sua Alteza — ele diz, muito sério.

— Akio — imito seu tom, brincando.

Mas então percebo que sua linguagem corporal não está correspondendo à minha. Sinto a primeira pontada de rejeição. Me recosto no banco. Agora estamos ambos rígidos. Desconfortáveis.

— Cem anos atrás, os médicos imperiais não podiam nem tocar o imperador e a imperatriz sem luvas. — Ele fecha as mãos. — Quando um príncipe ou uma princesa cavalgava pelas cidades, os aldeões não podiam encarar. Eles não eram considerados dignos de olhar para os filhos de deuses e deusas.

Tenho um pressentimento assustador, desagradável e profundo sobre o que ele está querendo dizer com essa história.

— Isso é um pouco ultrapassado, não acha? Não é mais assim hoje em dia.

Sua expressão é comedida.

— Você está certa, não é. Mas essa ideia ainda persiste. É um tabu.

— O que está dizendo? — Minha voz diminui.

— Acho que você sabe.

— Acho que preciso que você diga em voz alta.

Quando Forest me traiu, eu o obriguei a me contar todos os detalhes sórdidos, apesar de já saber de quase tudo. Queria ler nas entrelinhas, ver se eu conseguia descobrir o que eu tinha feito para afastá-lo. Por que a gente sempre se culpa?

— Nossa dança… foi um erro. — Ah, agora entendi. Vejo em seus ombros, na tensão de sua mandíbula. Arrependimento. Minha visão embaça. — Eu me deixei levar. Foi culpa minha. Passei dos limites. — Tão nobre da parte dele levar a culpa. — Isso não vai… isso não pode acontecer de novo.

Cerro os punhos. Queria pular fora do carro neste instante. O que eu não daria para ser transportada num passe de mágica para o meu quarto. Lágrimas começam a escorrer, mas eu ignoro. Estrago todo o trabalho que Mariko fez no meu rosto. Olho para a janela, para a noite escura e sem estrelas, torcendo para que o tempo passe mais rápido.

— Por favor, não fique triste — ele diz, baixinho.

Izumi vai ficar triste, sim. Com licença, mas Izumi vai ficar extremamente triste. Não consigo fazer nada direito. Sou faixa preta em humilhação.

— Diga alguma coisa — Akio pede quando chegamos ao portão.

Dizer alguma coisa? Tipo o quê? A viagem sinuosa até o palácio leva uma eternidade. Enxugo o rosto com as luvas. Pena que não posso usá-las para limpar toda a merda que fiz.

Assim que vejo o palácio, avanço para a porta do carro. Quando o veículo para, puxo a maçaneta e saio correndo, mas Akio vem atrás de mim.

— Sinto muito — ele diz.

Eu viro.

— Não. — Tento trazer leveza ao meu tom, até mesmo dar uma risadinha. Nenhum dos dois dá certo. — É culpa minha. Eu interpretei errado os sinais. Que burra, não é?

— Izumi...

O vento agita meu vestido.

— O correto é *Sua Alteza*, não é?

Akio pisca, surpreso, mas prefiro sua raiva à sua pena. Suavizo o tom.

— Não quero deixar brecha para nenhum mal-entendido.

Ele respira fundo.

— Precisa de algo mais?

Meu queixo treme.

— Não. Obrigada.

— Então, boa noite. Se estiver tudo bem por você, vou esperar aqui e garantir que entre em segurança.

É totalmente desnecessário. Ainda assim, assinto de modo brusco.

Dez passos vacilantes depois, estou entrando. Espero o carro se afastar, mas não ouço nada. Ele ainda está lá fora. Sinto um furacão na barriga e afundo no chão.

Deus. Eu sou uma idiota.

18

Acordo com alguém me sacudindo com mãos pequenas mas fortes. Que merda é essa? Minhas pálpebras remelentas abrem.

— Izumi-*sama* — Mariko diz. — Você precisa levantar agora.

Sento, com os olhos molhados. Que droga, parece que fui atropelada por um caminhão. Nada como chorar até dormir.

— O que...

— O príncipe herdeiro está te esperando. — Mariko está muito aflita.

Perambula pelo quarto, agitada, com os braços cheios de roupas e chinelos. Jogo as pernas para fora da cama.

Ela me veste em menos de quinze minutos. Não consigo ajudar muito. Meus braços e pernas estão rígidos, como se eu fosse uma boneca de madeira.

— Você nem lavou o rosto? — Ela estala a língua, me censurando.

Começa a limpar minhas bochechas com uma toalha fria. Apesar de seus movimentos serem gentis, eles me despertam como um tapa na cara. Depois de um pouco de maquiagem e uma escovada no cabelo, ela me empurra para fora do quarto.

O corredor parece mais claro que o normal, mas pode ser por causa da minha ressaca de choro. Lágrimas são mesmo uma merda. O sr. Fuchigami e um bando completo de camaristas estão reunidos do lado de fora do escritório do meu pai. Criados e motoristas também estão à espreita, carregando bagagens com o monograma imperial para um carro.

— Bom dia — digo com cuidado.

— Sua Alteza. O príncipe herdeiro está no escritório — o sr. Fuchigami responde, solene.

Engulo em seco e assinto. Posso ouvir meu coração batendo acelerado quando bato na porta e deslizo para dentro.

Meu pai suspira ao me ver.

— Izumi, entre, por favor. Sente-se.

Caminho arrastando os pés e desabo em uma cadeira, com um baque suave. Meu pai está sentado em sua escrivaninha, de terno e gravata, impecável, embora pareça um pouco cansado. Pelo visto, ambos tivemos uma noite difícil. Minha cabeça está latejando e tenho quase certeza de que meu rosto ainda está inchado. Não tive coragem de me olhar no espelho.

— Parece que fui chamada à sala do diretor. — Junto as mãos à minha frente. — Se é por conta do casamento do primeiro-ministro...

— Precisamos conversar... — Falamos ao mesmo tempo. Paramos. Nos encaramos.

— Você primeiro — meu pai diz, abrindo as mãos.

Cravo as unhas nas palmas. Tento olhar para o meu pai, mas meu rosto se recusa, preferindo ficar voltado para baixo.

— O casamento do primeiro-ministro... Me desculpa. — Minhas bochechas esquentam conforme lembro do que aconteceu, das Gêmeas Iluminadas rindo de mim, de como envergonhei meu pai, do doloroso fora de Akio.

Meu pai não diz nada. Me obrigo a levantar o rosto e me arrependo. Seus lábios estão contraídos. Ele tamborila em sua escrivaninha envernizada.

— Felizmente, a imprensa não foi autorizada a participar do evento. Não consigo nem imaginar quais seriam as consequências se isso saísse nos jornais. Imagens de você fugindo do casamento estariam em todas as capas. As especulações... se eles descobrissem que você ofendeu o primeiro-ministro... — Ele balança a cabeça. — Teria sido desastroso.

— Desculpa — repito. Será que existe uma palavra para "mais fundo do que o fundo do poço"? — É que Akiko e Noriko disseram que você não tinha citado a irmã do primeiro-ministro no seu discurso, daí pensei que talvez eu devesse mencioná-la... só estava tentando ajudar — concluo, baixinho.

Ele balança a cabeça.

— A contenda foi pública e muito feia. Tenho certeza de que você entendeu mal o que elas disseram.

— Mas... — digo, perplexa.

Ele se recosta na cadeira, sinalizando que a conversa terminou.

— Não importa como aconteceu. Como membros da família imperial, é esperado que sejamos irrepreensíveis.

— Entendo — falo, calmamente, apesar de não estar nem um pouco calma.

Pedi desculpas e tentei me explicar. Será que tive mesmo alguma chance neste mundo? Eu não sabia de nada, e mesmo assim estou sendo culpada. Ele esfrega o rosto, aparentemente sem palavras.

Cabeças passam pela janela; manobristas carregam malas. Espio pelo vidro.

— Alguém está indo viajar?

Ele se empertiga.

— Sim. — Ainda está abatido. *Nós estamos* abatidos. — Eu estou de partida.

— Você está de partida? — Ah. Uau. Um minutinho para eu juntar os cacos do meu coração. — Quando? Para onde vai?

— Era para eu ter partido esta manhã, mas adiei para falar com você. Essa viagem não estava programada. O imperador, meu pai, não está se sentindo muito bem. — Ante meu olhar preocupado, ele acena com a mão. — Não é nada grave. Acredito que só esteja cansado, por viajar demais. Pediram que eu fosse substituí-lo.

Balanço a cabeça, entorpecida.

— Como... Quanto tempo você vai ficar fora?

Ele suspira.

— Dezesseis dias.

Essa conta é fácil. Vou embora em alguns dias. Abro as mãos.

— Acho que isto é uma despedida então. — Começo a levantar.

— Izumi. Espere. Pare.

Afundo de volta na cadeira e ergo a cabeça.

— Estou fazendo tudo errado. — Ele pega uma caneta de prata pesada e brinca com ela. — Não quero que isto seja uma despedida. — Ele limpa a garganta. Fico imóvel. — Me pergunto se não poderíamos estender nosso tempo juntos. — Seus olhos encontram os meus. — Gostaria que você ficasse.

Contenho um suspiro. Não estou sendo chutada para fora? Essa decisão é inesperada... e nada fácil para mim. Eu e as meninas tínhamos grandes planos para essa primavera, como tomar café da manhã no Black Bear Diner e nadar feito ursos polares no Castle Lake, antes de seguirmos direções diferentes: Glory vai para a Universidade de Oregon, Hansani, para Berkeley, e Noora para a longínqua Columbia. Eu pretendia ficar perto da minha mãe, na Faculdade de Siskiyous. Só nos restam poucos meses juntas, depois de uma vida inteira lado a lado.

Faço uma careta.

— Não posso perder a formatura. Você poderia ir me visitar, que tal? — solto.

Não sei o que minha mãe acharia disso. Talvez fique surpresa. Todo mundo gosta de surpresas, não é?

Ele abaixa a cabeça.

— Preciso conferir minha agenda.

— Claro — digo, apressada. — Se tiver tempo — adiciono, soando arrogante.

— Vou falar com minha secretária. — Ele espera um pouco, então bate a caneta na mesa. — Você não respondeu minha pergunta. Ficará aqui?

— Não sei. — Hesito, ainda abalada com os acontecimentos das últimas vinte e quatro horas. Tem sido uma montanha-russa. Será que continuo no carrinho, sem saber onde vou parar? Neste momento, só estou tentando recuperar o fôlego.

Ele me olha atentamente.

— Izumi-*chan*, posso perguntar por que veio ao Japão?

Entrelaço os dedos e fico olhando para a espada de samurai atrás de sua escrivaninha. A lâmina está reluzindo. Consigo ver parte do meu reflexo, a suave elevação dos meus olhos. Há um dragão enrolado no cabo. A princípio, pensei que eu tinha vindo aqui para conhecer meu pai. Só que foi mais que isso.

— Queria descobrir quem eu sou, de onde venho. — *Encontrar meu lugar.*

— Sua história é importante — ele diz. Depois reflete por um momento, e conclui: — Fique. O sr. Fuchigami sugeriu Kyoto, e acho que é uma ótima ideia. Você vai poder conhecer o interior e continuar com as suas aulas. Quando eu voltar, vamos ao aniversário do imperador juntos. É feriado nacional e um grande evento. Você poderia conhecer seus avós.

Fico girando os polegares, seduzida com as promessas, mas ainda estou chateada. Não posso evitar que o sr. Fuchigami e meu pai façam planos para mim pelas minhas costas. De repente, entendo a vontade de Yoshi de se distanciar da família imperial. É difícil não se sentir como um peão em um tabuleiro de xadrez. Assistentes ditam seus passos. Homens decidem o que é melhor para você.

— Preciso falar com a minha mãe.

Pondero sobre Kyoto, uma parte do país que eu não conheci ainda. Sei que minha busca não acabou. Essa é uma oportunidade importante demais para deixar escapar só porque estou brava. Sabe, dizem que não é bom tomar decisões com raiva e tal.

— Certo — ele fala devagar.

Claramente estava esperando que eu ficasse mais animada. Acho que não tem muita experiência com adolescentes. Tudo o que posso dizer é: "Bem-vindo à selva, cara".

— Isso é tudo? — Fico de pé.

— Sim. — Ele também levanta. — Vou para o aeroporto em... — Ele verifica as horas. — Uma hora.

— Te aviso sobre a minha decisão.
Nos encaramos.
— Tudo bem.
— Então tudo bem — imito-o.
Vou até a porta com a postura ereta, implacável.

De volta ao meu quarto, um café da manhã completo foi servido ao lado das janelas que vão do chão ao teto. Pego meu celular e sento em uma mesa antiquada. Ligo para minha mãe e espio o que há sob o domo de prata — um lombo de carne *Wagyu* com ovos mexidos, trufa preta e cebolinha. Deve estar uma delícia, mas não sei onde foi parar meu apetite.
— Zoom Zoom! — Ela atende no primeiro toque. Sua voz soa alegre.
— Mãe — digo.
— Ah, não. O que aconteceu?
Só pelo meu tom de voz ela sabe que tem algo errado. Cara, que saudade dela.
— Meu pai pediu para eu ficar mais tempo no Japão e quer que eu vá para Kyoto — conto de uma vez.
Do lado de fora, um grou mergulha no ar e pousa na água. Não faço questão nenhuma de procurar Akio.
— Mãe? Está aí?
— Estou. — Ela está desconfortável. — Só precisava de um minuto. Seu pai quer que você fique?
— Sim. — Meu estômago se agita.
— Sei. Bem... e o que você quer?
— Acho que quero ficar? — Será que devo contar sobre o casamento? Sobre meu pai? Sobre nosso desentendimento? A desastrosa história já está na ponta da língua, mas então imagino sua reação, sua preocupação. Seria muito difícil para ela saber que estou sofrendo a um oceano de distância.
— Eu ficaria mais tranquila se você não tivesse falado em tom de pergunta.

Passo o dedo pelo vidro, seguindo o pescoço do grou. "Por que veio ao Japão?", meu pai perguntou.

— Quero ficar. Sei que vou acabar perdendo mais aulas, mas não tive tempo suficiente aqui ainda. — Paro. Espero um pouco. Me recomponho. Posso ouvir a respiração dela. Queria poder vê-la. Mapear sua expressão.

Ela funga.

— Ah, meu Deus. Você está chorando? Se quiser que eu volte, eu volto. Por que está chorando? É por causa da escola? Acha que vou perder a formatura? Prometo que volto até lá. Não chora. Por favor, não chora.

— Ah, não é nada disso. — Ouço um barulho, e então uma assoada de nariz discreta. — Não estou pensando nas aulas nem na sua formatura, embora eu fosse amar te ver de beca. Só quero que você seja feliz. — Ela suspira. — Acho que só estou tendo dificuldade de dividir você. Não estou conseguindo desapegar. Essa coisa de maternidade é difícil, sabe?

Não faço a menor ideia, mas posso imaginar.

— Sei.

Mais uma fungada.

— Estou sendo boba. Vá para Kyoto.

— Tem certeza?

— Tenho. Você tem a minha bênção.

Suspiro de alívio.

— Obrigada.

— Sem problemas. — Sua voz está mais leve agora. — Olha, eu quero encorajá-la a ser independente, mas talvez você pudesse ligar com mais frequência, que tal?

— Pode deixar. Vou ligar. — De repente, estou faminta. Pego o pesado garfo de prata, experimento o ovo e olho para o grou. Ele levanta uma perna, dá um passo lento e comprido e depois sai da água. — Sabe, essa coisa dos filhos evitarem os pais é diretamente proporcional à segurança que eles sentem na relação.

— Então fiz um bom trabalho?

— Com certeza. O melhor. — Lambo o garfo, me sentindo mais calma, mais confiante.

Meu destino está definido. Sei para onde estou indo, pelo menos por ora. Recosto na cadeira e fico olhando o grou dar mais uma volta e depois desaparecer entre as árvores.

19

Mensagens

9h17

Eu
A caminho de Kyoto. Acho que vou ficar fora por um tempo.

Noora
Que inveja. Acabei de comer uma pizza inteira de calcinha e sutiã.

Glory
Eita.

Hansani
É muita coisa pra processar de uma vez.

Eu
Saudades de vcs.

Noora
Idem. O Japão roubou minha melhor amiga. É pior que hemorroida no verão.

Glory
Isso não é um ditado.

Noora
Bem, estou inventando meu próprio
ditado e adoraria receber o seu apoio.

> Eu
> Enfim… vcs estão bravas?

Hansani
Claro que não.

Glory
Nem. Alguns cavalos devem correr
livres.

Noora
Só não esquece da gente, tá bom?

> Eu
> Blz. Posso falar só mais uma coisa?

Noora
Sim.

> Eu
> Se vcs fossem árvores, sabem que
> espécie seriam?

Glory
Se isso for um trocadilho…

Eu
Do carvalho!

Noora
Eu quebraria qualquer galho por vc.

Glory
Parem, por favor.

Hansani
O que aconteceu com o guarda-costas gato?

Eu
Aff, nem pergunta. Paguei de trouxa. Agora está o maior climão. Quem mandou eu ser cara de pau?

Noora
Não se preocupa, estou aqui. Nossa amizade tem raízes fortes.

Glory
Vcs duas precisam de ajuda.

Sorrio para a tela do celular, recosto no assento de veludo macio e fico ouvindo o *clique-claque* do trem em direção a Kyoto. Estamos em um vagão privativo — eu, Mariko, o sr. Fuchigami e uma equipe de segurança chefiada por Akio. Quanto ao meu guarda imperial, ele não tem aparecido muito. Claro que não pulo toda vez que uma porta abre nem me encolho no assento só para evitá-lo. Isso seria patético. Eu não sou uma pobre coitada. Brincadeira. Sou, sim. Sou muito.

O aparelho vibra na minha mão. É uma mensagem do meu pai: "Tudo certo?". Digito uma resposta de três letras: "Sim". Em vez de eu mesma contar que iria para Kyoto, pedi ao sr. Fuchigami que falasse com meu pai. Agora nos comunicamos exclusivamente por mensagens de texto. Me chame de srta. Rancor, se quiser. Ele pode ter apresentado Kyoto como uma oportunidade para eu aprender mais, mas é difícil não pensar que estão tentando me esconder. Sabe aquela coisa que as famílias imperiais fazem de levar membros indesejados para o campo para depois abandoná-los?

Largo o celular e observo a paisagem rural do Japão passando pela janela a trezentos e vinte quilômetros por hora. O monte Fuji aparece e desaparece, assim como roupas em varais de metal, casas cobertas por cartazes de festa, velhos campos de beisebol, uma fazenda de avestruz e, agora, quilômetros de arrozais cultivados por pessoas usando chapéus em forma de cone e casacos de palha. O Japão está em sua melhor forma esta manhã, ensolarado e fresco, com poucas nuvens. É o primeiro dia oficial da primavera. As flores de cerejeira desapareceram com o vento ou afundaram no solo. *Takenoko*, a estação do bambu, vai começar em breve.

O sr. Fuchigami está sentado na minha frente. Balança a cabeça para a janela.

— Está vendo como as aldeias se amontoam?

De fato, reparei nisso. Elas estão agrupadas, cercadas por arrozais ou plantações.

— Poucas pessoas vivem em altitudes elevadas. As montanhas são consideradas domínio dos deuses — ele explica. O xintoísmo é a religião oficial do Japão. Meu avô, o imperador, é o líder, o símbolo do Estado e a mais alta autoridade. — Mesmo hoje, é considerado tabu viver tão alto.

Ao ouvir a palavra "tabu", lembro da minha última conversa com Akio. Levanto bruscamente.

— Com licença. — Me afasto, em direção à porta.

No banheiro, lavo as mãos e penso em jogar um pouco de água no rosto para ver se consigo resfriar a persistente combustão de constrangimento, mas Mariko passou meia hora me maquiando esta manhã. Espero uns minutos, permitindo o movimento do trem me sacudir. Tem algo reconfortante nesse balanço. Mas não posso ficar aqui para sempre.

Aperto o botão e abro a porta. Saio de cabeça baixa. Não olho para onde estou indo e dou de cara com um corpo rígido. Filhodafruta. É Akio. Infelizmente, meu guarda imperial está tão bonito quanto sempre, mas um pouco mais taciturno. Melhor ainda.

— Sua Alteza — ele diz de um jeito seco. Tão formal. — Não tinha te visto.

Não consigo olhar para ele direito. Não quero. Afinal de contas, os olhos são as janelas da alma.

— Certo. Vou fazer questão de te avisar sobre todos os meus futuros movimentos. — Isso saiu um pouco grosseiro.

Bastante, na verdade. Mas a melhor defesa é o ataque. E isso é tudo o que sei sobre esportes.

Seu olhar incerto estuda meu rosto.

— Se quiser outro guarda imperial, vou entender. Uma substituição pode ser...

— Não acho que seja necessário. — Levanto um ombro, me esforçando para transmitir através da linguagem corporal que o que aconteceu entre nós não significa nada. — Não há motivos para que não possamos trabalhar juntos. Já esqueci o que houve. — Mentira. Mentira deslavada. Não esqueci. Não consigo esquecer. *Ainda tenho o seu moletom. Ainda posso sentir suas mãos na minha cintura, seus dedos se cravando no meu quadril.* — Foi um erro. Um mal-entendido.

Ele contrai os lábios.

— Certo.

A porta do vagão se abre.

— Izumi-*sama*, o almoço está prestes a ser servido. — É Mariko.

— *Sumimasen*. — Akio se curva, enquanto pede licença. — Preciso conduzir uma reunião de segurança.

Tento sorrir, mas tenho quase certeza de que é um fracasso desastroso. Akio me encara por um minuto agonizante, então se afasta. Mariko fica olhando. Me parabenizo por manter os olhos focados na janela. Um passo de cada vez.

— Está tudo bem? — Ela franze a testa, me olhando com atenção. — Você parece um pouco abatida.

— Tudo ótimo — respondo com firmeza.

Ela respira fundo.

— Akio está impossível hoje.

— Pois é. — Endireito a postura. — Está com fome? Estou faminta.

Deixo Mariko para trás. O almoço é servido à minha frente em uma bandeja de *bentō*, um tipo de marmita japonesa. Akio fica parado no fundo do trem. Não, não vou olhar para ele. Mas será que estou sentindo o peso do seu olhar ou é só o meu desejo falando mais alto? Minha nuca esquenta. Olho para trás. Ah, ele está me encarando, inexpressivo. Digo a mim mesma que é o trabalho dele. Só isso. Não há nada para interpretar ali.

Preciso de uma distração. Eu poderia passar o tempo fazendo minha lição de casa. Consegui dar um jeito de terminar minhas aulas virtualmente. Mas, em vez disso, pego minha bolsa — uma bolsa de grife que parece um grande envelope com alças — e procuro meus fones de ouvido. Conecto-os no celular e ouço hip-hop e "The Rose", a música que dancei com Akio.

A música abafa o som do trem, o farfalhar do sr. Fuchigami virando seu jornal, a conversa de Mariko ao telefone e, o mais importante, meus pensamentos.

Solto um suspiro de frustração, amasso um pedaço de papel-manteiga e o atiro para o lado. Está tarde, quase meia-noite. As luzes estão baixas. Estou tremendo na sala fria. Construído no final dos anos 1800, o Palácio Imperial Sentō foi reformado, mas seu antigo charme foi preservado — telhas que terminam em curvas elegantes, enormes portas de madeira, piso de tábuas da rara madeira *keyaki* e painéis dourados separando os quartos. Se eu quisesse encontrar minha alma japonesa em algum lugar, seria em Kyoto. Aqui não há tabloides nem eventos chiques nem distrações.

Minhas mãos estão sujas de tinta, e o tapete *Nabeshima* azul está todo coberto com os meus sacrifícios. Estou praticando kanji em uma mesa alta há horas. Todos na casa se retiraram faz muito tempo. Estou sozinha com os meus fracassos. Pego outra folha de papel *washi*, coloco-a sobre um pano e a pressiono com uma pedra polida.

Mergulho o pincel na tinta. Preparar a tinta — moer o pó, misturar as cores (dourados, prateados, azuritas) e adicionar a cola — pode levar horas. Algum dia talvez eu seja capaz de fazer isso. Mas é preciso ter a habilidade de um mestre, e eu sou só uma novata. Essa habilidade pode ser adquirida através do *kata*, a arte de repetir algo inúmeras vezes até virar sua segunda natureza. A caligrafia faz parte da identidade imperial. Portanto, faz parte da minha identidade agora.

Levo o pincel para baixo, criando o primeiro traço da palavra "montanha", *yama*. Acabo fazendo uma mancha gigante. Derrubo o pincel e a tinta respinga por todo o papel. Mais uma derrota.

— Você está pensando demais. — diz Mariko. Seu pijama listrado está abotoado até o pescoço.

Tomo um susto.

— Achei que não tinha mais ninguém acordado. — Ela hesita na porta. Dou um suspiro tímido. — Está com fome? — Gesticulo para o prato de *dorayaki* no canto da mesa.

— Um pouco. — Ela senta comigo. Ficamos comendo em silêncio por um tempo. O rosto sério de Mariko brilha à luz baixa. — Posso ver? — Ela pega o papel com a caligrafia que eu arruinei.

Me contorço, enquanto ela avalia meu trabalho sem nem tentar esconder seu descontentamento. Queria ter o poder de botar fogo nas coisas com o olhar.

— Sabia. Você está pensando demais. Por causa disso, sua mão fica pesada. Está forçando as linhas, em vez de deixar que as linhas sejam a força. Veja.

Ela mergulha o pincel na tinta e dá a primeira pincelada no mesmo papel.

— Não pense no ideograma que está desenhando. Só pense na linha, no movimento. É como uma dança, entende? Se focar demais os passos finais, vai perder o momento presente. — Ela faz outro traço, e mais um, e então o ideograma está completo.

É lindo, digo a ela que dá vontade de pendurar na parede.

Mariko balança a cabeça.

— Ainda tenho muito o que aprender, mas está aceitável. Não precisa ser perfeito. Kanji é uma expressão da alma.

Mexo na borda do papel.

— Há tanto o que aprender que fico meio perdida.

Ela assente.

— Entendo. Quando vim para o Japão, foi muito intimidador.

Fico olhando para ela, surpresa.

— Você não nasceu aqui?

— Não. Nasci na Inglaterra. Meu pai é japonês. Minha mãe é chinesa. Nos mudamos para cá assim que fiz cinco anos.

— Não sabia disso. — Como é que eu não sabia disso?

Ela franze as sobrancelhas.

— Você nunca perguntou.

— Aposto que você era fluente em japonês mesmo assim.

— Eu falava um pouco. Mas toda a minha educação foi em inglês. Quando chegamos, meus pais me matricularam na St. Peter's International School de Tóquio. Tive que aprender tudo do zero. Pior, virei motivo de piada. Crianças podem ser tão cruéis.

Penso em Emily Billings imediatamente. Qualquer coisa boa que alguém já me disse é apenas uma poeira em comparação com aquele momento único da minha vida. Engulo em seco.

— Como você lidou com isso?

Ela encara a mesa.

— Tem coisas que a gente simplesmente suporta. No final do ensino infantil, eu já era quase fluente.

Um sorriso começa a surgir nos meus lábios.

— O jardim de infância ensina mesmo tudo que a gente precisa saber.

— E o sumô. Eu costumava assistir com a minha babá, e decorei os nomes dos lutadores. — Ela bate no papel. — *Montanha* era um dos meus favoritos. — Ela suspira. — Na maior parte do tempo consigo me camuflar. Mas, de certa forma, sempre serei uma forasteira.

— Eu ofendi o primeiro-ministro — confesso. — Comentei sobre a ausência da irmã dele no casamento. E quando eu estava saindo, minhas primas me chamaram de *"gaijin"*.

— Putz. — Em solidariedade, ela faz uma careta.

— Pois é.

Me debruço na mesa. Olho o papel *washi*. "Montanha" foi minha última tentativa. Mas, antes disso, tentei "céu", "meio" e "sol". Me concentro no ideograma do "sol", o símbolo nacional do Japão. O primeiro imperador do país, Jimmu, nasceu envolto em raios dourados. Era filho de Amaterasu. Como algo poderia dar errado quando já se nasce iluminado?

Ela limpa a garganta.

— Essas garotas... A mãe não é muito presente e o pai faz todas as vontades, como se coisas materiais pudessem compensar a ausência materna.

— Por favor, não me faça sentir pena delas.

— Não é isso. Elas são terríveis. Pode acreditar. Não me surpreendo que tenham dito algo assim. Elas não atacam, a menos que se sintam ameaçadas de verdade.

Fico um pouquinho melhor. Ela aponta o queixo para o papel *washi*.

— Eu não perderia nenhum segundo pensando nelas. Em vez disso, concentre-se no kanji.

— Ser rigorosa é seu jeito de demonstrar afeto? — Olho de soslaio para ela. — Saiba que prefiro outros métodos.

Mariko não responde, apenas ergue as sobrancelhas. Por fim, coloco um papel em branco na minha frente, mergulho o pincel na tinta e retiro o excesso. Mantenho a mão leve e paciente, pensando apenas no aqui e agora, na linha que estou desenhando, e não na palavra. Levo apenas um ou dois segundos, mas, quando me afasto, um sorriso escapa. Está um pouco tremido em cima e muito grosso embaixo. Apesar de um pouco fraco, há uma promessa de força. Definitivamente, posso melhorar. Mas gostei do resultado. Afinal, é uma expressão da minha alma: confusa e bagunçada.

Mariko examina o trabalho.

— Ainda precisa de dedicação, mas está melhor.

De repente fico animada.

— Ai, meu Deus! Acabei de perceber uma coisa.

— O quê? O que foi?

Dou um sorriso malicioso.

— Você gosta de mim.

— O quê? — Ela faz uma careta. — Eu não...

— Você gosta de mim — digo, assentindo com firmeza.

— Para de falar isso.

— Você gosta de mim e quer ser minha amiga.

— Se alguém te ouvir, vai achar que está louca. — Mariko franze os lábios, cruza os braços e bufa. — Eu respeito seu esforço. Não é fácil. Você está enfrentando o desafio. Isso é... admirável, talvez.

— Aham — falo, olhando de soslaio.

Mariko não sabe nem o que dizer. Seu suspiro é longo e arrastado, melindrado.

— Quer ajuda para praticar seu kanji ou não?

— Sim — digo, radiante. — *Amiga* — cantarolo.

FOFOCAS DE TÓQUIO

A Borboleta Perdida passeia por Kyoto

21 de abril de 2021

Apesar da fadiga ter interrompido a viagem de Sua Majestade Imperial ao sudeste asiático, os preparativos para seu aniversário de 87 anos estão a todo vapor. Todos os membros da família imperial estarão presentes. Uma audiência foi agendada, na qual Sua Alteza Imperial a Princesa Izumi será oficialmente apresentada a seus avós pela primeira vez.

Recentemente, correspondentes do *Fofocas de Tóquio* e alguns moradores viram S.A.I. a Princesa Izumi passeando por Kyoto, principalmente à noite (detalhe: a princesa foi vista em um templo e em uma casa de gueixas na semana passada).

Enquanto S.A.I. a Princesa Izumi passeia por Kyoto, suas primas gêmeas parecem sobrecarregadas com seus deveres imperiais, cumprindo funções oficiais em nome da mãe, Sua Alteza Imperial a Princesa Midori, que não é vista fora da propriedade há semanas.

E quanto a seu primo de segundo grau, S.A.I. o Príncipe Yoshihito? Nosso informante do palácio disse que os dois se tornaram próximos. Em um furo de reportagem exclusivo, S.A.I. o Prince Yoshihito foi visto recentemente embarcando no trem imperial. Seu destino? Kyoto.

20

Segundo Shirasu me contou, Kyoto já foi uma cidade de comerciantes. O bambuzal em que nos encontramos está em sua família há cinco gerações. Eles têm fornecido bambu para a família imperial durante todo esse tempo.

Shirasu é cheio de rugas e seu corpo franzino parece um daqueles papeizinhos de adivinhas esvoaçando do lado de fora do templo que visitamos mais cedo. Meu nariz ainda está ardendo por causa do incenso. Viemos até aqui de carro — uma hora de estradas de terra cobertas por florestas antigas, com a névoa rolando em volta dos nossos calcanhares. Este lugar é quase pré-histórico. Ao descer do carro, esperava ver um tigre-dentes-de-sabre se esgueirando da vegetação rasteira. Em vez disso, foi Shirasu quem veio nos cumprimentar. Ainda assim, é como se tivéssemos voltado no tempo. Sua casa é simples, com telhado de palha. Ele insiste que não precisa de mais nada. Adentramos no bambuzal de vinte mil metros quadrados. Ele tagarela animadamente em um inglês básico.

— Meu pai pensou em vender o bambuzal anos atrás. Viajamos para Tóquio para fazer negócio com uma empresa grande. — Ele esqueceu o nome da tal empresa. Suas costas são curvadas pela idade. — Naquele dia, as primeiras bombas caíram na cidade. — Ele simula a explosão com as mãos. — Sumiu tudo. Me escondi debaixo da mesa. Meu pai não teve tanta sorte. — Ele conta que o pai morreu por causa de um ferimento na cabeça.

Também fala sobre os pequenos incêndios que surgiram, derretendo maçanetas e garrafas, e que ele brincou nas cinzas com outras crianças enquanto esperava o transporte de volta para Kyoto. Sua mãe o trouxe de volta para o bambuzal. Eles nunca mais falaram em vendê-lo novamente. Ela cuidou dos negócios até que Shirasu tivesse idade suficiente para assumir. O nome de seu pai está inscrito no Parque Yokoamicho em Tóquio. Prometo visitá-lo algum dia para prestar minhas homenagens.

Nas últimas duas semanas, memorizei os kanjis mais comuns, passei por cada centímetro cultural de Kyoto — casas de chá, teatro *Kabuki*, confecções de sombrinhas — e fiz aulas noturnas de etiqueta com Mariko. Por favor, repare como cruzo as mãos na frente do corpo, como meus passos são bem mais curtos do que antes, como sorrio sem mostrar muito os dentes, como cubro a boca para dar risada, e como, em vez de apontar, agora gesticulo com a palma da mão aberta. Como se não bastasse, estou praticando japonês com Mariko e com o sr. Fuchigami. Já consigo me comunicar, mesmo que precariamente. Ainda não cheguei lá, mas definitivamente estou muito melhor. As coisas mudaram rápido. *Eu* mudei. O ressentimento em relação a meu pai também diminuiu. Sou mulher o suficiente para admitir que errei. Kyoto tem me feito bem e sou grata por isso.

— Alguns bambus podem crescer trinta metros em dois meses! — Shirasu exclama.

Olho para os caules imponentes. São densos e foram plantados distantes uns dos outros. Seria fácil me enfiar pelas brechas e me perder. Faixas de luz cintilam através das fendas, espessas e quentes como mel. O vento sussurra em meus ouvidos. Lembro dos ensinamentos xintoístas, que dizem que os deuses habitam as colinas e árvores. Posso sentir a presença deles.

— O segredo é ter paciência. — Shirasu para no lugar. A seus pés, há um buraco. — Bambu leva tempo para crescer, espalhar raízes. Demora três anos para emergir. Mas depois disso... — Ele faz o mesmo gesto que fez quando falou das bombas. Se ajoelha. — O melhor bambu fica debaixo da terra. — Ele tira uma pazinha do bolso. Suas mãos são nós retorcidos. Ele remexe a terra até retirar um bulbo branco feito lírio. Com a unha do polegar, mostra que está maduro. — Macio. Como maçã — diz, entregando-o para o filho.

O pequeno camponês absorve as palavras do pai como se fossem sagradas. Um dia, ele vai assumir o bambuzal. O menino coloca o bulbo em uma cesta.

Shirasu faz uma reverência e me convida a desfrutar de sua propriedade.

— *Dōzo*. — "Fique à vontade", ele diz.

Assinto.

— *Dōmo arigatō gozaimasu*. — "Muito obrigada", respondo.

Ele deseja que voltemos em breve. Talvez em junho, para ver as rãs cor de esmeralda grudadas nos caules e para participar do Gion Matsuri, um festival em que as mulheres vestem quimonos de verão, e as lojas ficam todas decoradas. Há desfiles à noite e a música se espalha pelas ruas.

Deixo Mariko e o sr. Fuchigami para trás e me aventuro pela floresta. Aqui, os bambus são mais altos, ainda esparsos, e as folhas largas eclipsam o sol. Shirasu mantém as plantas com dois metros de altura, só que, por algum motivo, elas cresceram livremente nessa área. Ouço passos atrás de mim: Akio. Ele é minha sombra. Paro e passo as mãos em um caule, tentando sentir alguma divindade dentro.

Vejo Akio pelo canto do olho. Sua expressão é tensa, a boca bem fechada. Pequenas gotas de suor reluzem em sua testa.

— Você está bem? — Será que está doente?

É difícil imaginar meu guarda imperial convalescendo de um vírus inoportuno.

— Sim. — Ele está rígido.

— Se você diz. — Continuo caminhando.

Os bambus ficam mais altos ainda. As folhas se agitam, cercando nossos ombros. A névoa chega até os meus tornozelos. É como se a terra estivesse expirando.

— A floresta está ficando um pouco densa, não acha? — Akio parece sufocar.

Eu o observo com atenção, então entendo: ele é claustrofóbico. O vento sopra forte. Uma folha toca a nuca de Akio. O medo transparece em seus olhos. *Paf.* Puta merda. Akio agarrou o bambu atrevido e o partiu em dois. Caramba, ele é forte. E está tendo um chilique, lutando contra o bambu.

— Opa. — Me aproximo dele. — Calma. O bambu do mal já era. — Toco seu ombro. Ele paralisa. — Chega. O sol já vai se pôr, grandão.

Ele vira para me olhar, depois olha minha mão em seu ombro. Eu a retiro bruscamente, como se tivesse me queimado. Ainda há uma fagulha entre nós.

Ele solta o bambu.

— Você acabou de citar *Os vingadores*?

— Sim. — E não me envergonho disso.

Ele seca as mãos e murmura consigo mesmo:

— Se eu fosse um herói, não seria o Hulk.

Minhas sobrancelhas quase saltam do rosto.

— Não?

— Não. Obviamente, eu seria Tony Stark, o Homem de Ferro.

Dou risada. Ele não. Suspiro.

— Está falando sério?

Sua expressão é neutra.

— Bem, eu com certeza não seria o Hulk nem o Gavião Arqueiro.

— É, o Gavião Arqueiro é o pior. — Ele até tem uma história de amor bacana. Mas arco e flecha? Fala sério. — E o Doutor Estranho? — Me arrependo assim que pergunto.

Akio bufa.

— Um cara branco que usa o antigo misticismo chinês?

— É mesmo um pouco problemático. Podia ter mais representação asiática. — Pelo menos um pouco. Pelo menos uma. Um herói asiático. Não é pedir muito.

Rimos juntos. Olho para baixo. Fico me balançando.

— Então você não gosta de espaços apertados, hein?
Ele balança a cabeça.

— Minha família me levou para conhecer um bambuzal quando eu era criança. Não era uma fazenda como esta, estava mais para uma atração turística. Fiquei perdido por horas. Não conseguia encontrar a saída. — Ele ergue o braço e passa a mão pelo meu cabelo. Resisto à tentação de ceder ao seu toque. — Folha — diz, tirando uma folhinha e largando-a.

Certo. Melhor mudar de assunto.

— Acho que é melhor a gente ir. — Não espero a resposta dele e começo a andar.

Akio me segue. Não quero que as coisas fiquem assim, tensas e confusas entre nós.

Paro abruptamente. Quase trombamos. Recuo, sem querer tocá-lo de novo.

— Akio...

— Sua Alteza...

Falamos ao mesmo tempo. Ele estende a mão para mim.

— Por favor.

Agora que consegui uma oportunidade, não sei o que dizer. Engulo em seco. Queria poder interpretá-lo melhor. Queria mais ainda poder tocá-lo.

— Desculpa pelo modo como agi no trem. E no carro, quando te pedi para me chamar de "Sua Alteza".

— Eu entendo. — Ele assente, como se nada fosse.

— Só não quero que ache que realmente penso em você dessa forma. Não me acho superior a você. Não foi minha intenção.

— Deveria ser. — Ele diz com sinceridade.

Fungo. Sou tão chorona.

— Também andei pensando que você estava certo.

— Sobre o quê?

— Sobre nós. Sei que não pode rolar nada. Foi um erro bobo. — Respiro fundo. Permito que as lágrimas sequem. — Além disso, se ficássemos juntos, as pessoas pensariam que sou superficial por ficar com alguém tão bonito. — Levanto o nariz. Aprendi a me preocupar com a minha imagem pública.

A risada dele é seca.

— As pessoas pensariam que traí a monarquia e que sou um oportunista sem-vergonha.

Touché.

— Definitivamente não é o que queremos.

— Então é isso. — Nossos olhares se encontram por um momento, e logo se afastam.

— É isso.

Por que parece que estou perdendo algo de novo?

— Mas ainda podemos ser amigos, não é? — Senti falta de conversar com ele.

Ele se mexe um pouco. Se aproxima. A tensão diminui, como uma mola se recolhendo lentamente. Ele estende a mão, dizendo:

— Amigos.

Aperto a mão dele. Nossos dedos se fecham. Apertamos firme. Por tempo demais. Devagar, nos soltamos. Pode ser a última vez que nos tocamos. Quero lembrar de sua pele áspera, de seu calor.

Caminhamos juntos pela floresta.

— Você lembra o caminho? — Akio pergunta.

Ah, ele ainda está com medo. Que fofo.

— Claro — digo para acalmá-lo.

Sua testa está franzida de nervosismo.

— Podemos esquecer o meu pequeno ataque de pânico? O constrangimento é pior do que o incidente em si.

Finjo fechar os lábios com um zíper. Depois o abro.

— Não vou contar pra ninguém, mas preciso dizer que acho essa coisa de *guarda imperial vulnerável* muito cativante. Te torna mais humano.

— Ah, é? — Sua boca se curva em um sorriso relutante.

— Ah, sim, é o meu tipo favorito. Em segundo lugar, está o *guarda imperial ranzinza e lacônico*.

Ele dá risada. A tensão de seu corpo dissipa. Missão cumprida. Consegui animá-lo. É o que amigos fazem.

Sigo na frente, puxando conversa. Pergunto sobre sua mãe.

— Ela está bem na medida do possível. Telefono sempre que posso, mas não tenho conseguido visitá-la... — Ele para de falar, mas entendo o que fica no ar: eu o afastei dela.

Queria poder fazer algo por Akio. Poderia pedir uma substituição e liberá-lo de suas obrigações. Mas não quero perdê-lo. Sou egoísta, eu sei. Contra a minha própria vontade, começo a sugerir:

— Se quiser... — Eu realmente vou oferecer. — Se quiser ir pra casa, tudo bem por mim.

Ele olha para mim muito sério.

— É isso o que quer?

— Não — respondo rápido demais. — Mas eu entenderia. Ficaria triste de vê-lo indo embora. Me acostumei a ter você por perto.

— Não quero ir. — Ele suspira forte. — Também me acostumei com você.

Molho o lábio.

— Combinado então. Você fica.

— Eu fico.

Ele diz como se fizesse um voto. Morro um pouquinho por dentro.

Avistamos o sr. Fuchigami e Mariko e interrompemos a conversa. No caminho de volta ao palácio, Akio se senta na frente. Eu vou no banco de trás com os dois.

— Mariko, você tem papel e caneta?

Ela fica curiosa, mas não faz nenhuma pergunta. Apenas pega um bloquinho de anotações e um lápis em sua bolsa. Parte de seu trabalho é estar preparada. Ela tem todo tipo de coisas maravilhosas na bolsa: agulha e linha, balas, absorventes e até dinheiro. A família imperial não carrega dinheiro nenhum. Tudo é pago pela Agência da Casa Imperial. Mas ando com um cartão de crédito de emergência da minha mãe. Só por precaução.

Rabisco algo no papel e o dobro ao meio.

— Sr. Fuchigami. — Entrego-o ao camarista.

Ele o abre. Quando lê o que escrevi, suas sobrancelhas de lagarta se erguem.

— Isso não é nada comum.

Não consigo ler seu tom. É algo entre como-você-ousa e eu-respeito-este-ato-de-bondade-a-contragosto. Poderia ser ambos.

— *Onegai shimasu* — digo. "Por favor." Fecho os olhos. Meu coração está preso em algum lugar perto das minhas amígdalas. *Faça uma coisa por mim. Por Akio. Por sua família.*

Ele enfia o bilhete no bolso.

— Vou ver o que posso fazer.

— *Arigatō*. — Faço uma reverência para ele.

21

Mariko desengata um discurso sobre bons modos durante a maior parte do trajeto de volta ao palácio. Tudo porque Shirasu não fez uma reverência completa de quarenta e cinco graus ao se despedir. Ela já está nessa há noventa minutos. Deve ser um recorde. De verdade. Chegamos na propriedade imperial, e os portões fecham firmemente atrás de nós. Os jardins são rebuscados e bem cuidados, enfeitados com árvores de bonsai, tudo no estilo da antiga Kyoto.

— Tenho quase certeza de que ele não tem as costas boas — digo, solícita.

Sinceramente, não consigo prestar muita atenção na conversa, porque estou trocando mensagens com minha mãe e a GGA. Minha mãe mandou seu diário "Como você está?". Respondo com um "Ótima" e uma foto linda do bambuzal. Noora está engajada em uma espécie de campanha para normalizar homens que usam shorts curtos. Respondo com dois joinhas.

— Mesmo assim — Mariko diz. Posso ouvir a irritação em sua voz. — Você não acha que ele deveria ter...

Olho para fora e dou um berro. Há uma fila de carros estacionados com os porta-malas abertos. Criados de luvas brancas carregam malas com monogramas. No meio da bagunça, está Yoshi, imperioso e resplandecente à luz do sol.

— O que ele está fazendo aqui? — Mariko questiona, perplexa. — Isso não estava programado.

Ela consulta seus documentos no celular. Os itinerários da realeza são compartilhados — o que significa que, todas as manhãs, a Agência da Casa Imperial envia um e-mail detalhando os movimentos de cada membro da família.

Solto o cinto de segurança e pulo do carro. O sr. Fuchigami sibila por entre os dentes. Lanço um "sinto muito" ao sair do veículo. Corro para Yoshi e paro de repente. Ele sorri e abre os braços. Eu me jogo em seu peito e ele me dá um abraço forte e sufocante.

— Adorei a resposta americana entusiasmada — ele diz, ainda me abraçando. Depois acrescenta calorosamente: — Manifestações públicas de afeto não são comuns no Japão, mas estou feliz de saber que você não perdeu o espírito. — Ele me aperta mais um pouco antes de me soltar.

Dou uma espiada nele. Sua jaqueta combina com a gravata cruzada e ambas têm fios de ouro e... estou vendo purpurina em seu cabelo?

— O que está fazendo aqui? — pergunto, enquanto Mariko e o sr. Fuchigami descem do carro. — Você não me disse que viria.

Temos trocado mensagens, claro. Eu contei tudo sobre o casamento do primeiro-ministro e as Gêmeas Iluminadas. Ele se compadeceu da minha situação e me contou que Noriko fez xixi nas calças no jardim de infância porque estava com vergonha de pedir para ir ao banheiro, e que Akiko vivia comendo cola. Tiveram que marcar uma reunião para discutir o problema — camaristas, professores e uma variedade de especialistas em comportamento foram chamados para opinar.

— Vim te visitar, óbvio. Não é justo que você esteja se divertindo sozinha aqui no interior. — Ele olha para baixo. Resmunga e aperta o nariz com o polegar e o indicador. — Por favor, me diga que você não está usando meia-calça bege. A situação é muito mais grave do que eu imaginava. Parece que cheguei na hora certa. — Ele sorri com a minha risada.

Meu Deus, como é bom vê-lo.

— Sua Alteza. — O sr. Fuchigami se aproxima de nós, abotoando o paletó. — Não estávamos esperando o senhor.

Mariko faz uma careta. Ela com certeza ouviu o comentário sobre a meia-calça. Todas as manhãs, minha dama de companhia escolhe minhas roupas meticulosamente.

Yoshi estremece diante do camarista.

— Essa é a graça. Era pra ser uma surpresa. Esse é o meu jeito encantador de ser.

— Seu camarista, o sr. Wakabayashi, o acompanhou? — o sr. Fuchigami pergunta, imperturbável.

Yoshi abana a mão.

— Ele está em algum lugar... — Então para, olhando além da fila de carros. Reina e Akio estão a centímetros de distância um do outro, discutindo algo. — Seu protetor está tão perto da minha guarda-costas. Sobre o que será que estão falando?

— Eles provavelmente estão discutindo a nossa segurança. — Meu sorriso é tão grande que até dói.

— Não — ele diz com naturalidade. — Reina provavelmente está planejando o meu funeral. Ela está brava comigo. Só porque falei com ela através da porta do banheiro, enquanto ela estava usando. Não sei por que não gosta disso. Eu acho que nos aproxima, sabe?

— Não. Sei não. — Mas meio que sei, sim.

A GGA não tem o menor pudor quando se trata de banheiros. Alguns dos nossos melhores momentos aconteceram ali.

Ele dá de ombros. Seu sorriso aumenta, e uma espécie de malícia dança em seus olhos.

— Vamos sair pra jantar hoje. Vamos em algum lugar luxuoso e ridiculamente caro, onde atiram pétalas de rosas aos nossos pés. — Ele pega o celular e procura as opções. — Já comeu *kaiseki*?

— Nem sei o que é isso.

— Então você precisa experimentar. Só vai precisar usar algo mais elegante. — Ele dá uma conferida em mim. — O chef que estou pensando não brinca em serviço. Ele se leva muito a sério.

Mariko se intromete:

— Talvez um quimono de seda serviria?

Yoshi se vira para ela com um olhar diabólico.

— Um quimono de seda vai servir muito bem. Sabe, acho que nunca fomos formalmente apresentados. Prima, por que você nunca me apresentou para a sua adorável dama de companhia? — Ele faz uma reverência para ela.

Mariko fica vermelha. É tão fácil cair na lábia de Yoshi.

— Vou precisar de pelo menos uma hora para prepará-la — ela diz em um tom agradável que nunca usou comigo.

Yoshi faz outra reverência, olhando-a como se ela tivesse inventado o bolo.

— Claro, serei seu servo no que for preciso. Sabe, se meu coração já não estivesse comprometido com uma certa mulher que esconde armas pelo corpo...

Ah, meu Deus, chega.

— Yoshi — digo, tentando me comunicar através do olhar.

— Certo. Beleza. — Ele se vira para mim. — Me distraí por um segundo. Ainda bem que Reina não é ciumenta. Se bem que eu queria que fosse. — Ele fica olhando para ela por um momento, ansioso, depois volta a atenção para o celular. — Vou fazer uma reserva para nós. — Ele corre na direção de um criado que está descarregando uma mala cheia de furos e grita: — Cuidado com isso, tem um animal vivo aí dentro.

Jantamos em Gion, o distrito das gueixas, coração de Kyoto e centro espiritual. O local abriga antigas casas de chá, mestres fabricantes de espadas e mulheres de quimonos. O restaurante é apenas para convidados e acomoda até sete pessoas, mas o chef prefere receber somente cinco por vez. Seu nome é Komura e, assim como na fazenda de Shirasu, as duas filhas do chef o ajudam em seu ofício. As irmãs acendem velas e espalham castiçais de bronze pelo salão. O restaurante é uma casa reformada, as paredes são de ébano e estão manchadas por anos de fumaça da fornalha — fenômeno também conhecido como *kurobikari*, "brilho preto". O lugar é um tesouro escondido entre um salão de jogos de *pachinko* e uma loja de antiguidades.

Nos acomodamos em uma mesa baixa de madeira grossa, cuja superfície está desbotada, gasta e polida, aperfeiçoada durante anos por mãos, pratos e xícaras de chá.

Yoshi sorri e seus olhos brilham.

— Me conte tudo. Está gostando de Kyoto? Odiando?

Ele está usando um terno de cetim e gravata de mesma cor. Seu cabelo está penteado para trás. Muito estiloso. Só está faltando o furão branco em volta de seus ombros. O famoso estilista Tomo Moriyama vai fazer um desfile com animais vivos no lançamento de parte de sua coleção de outono durante a Tóquio Fashion Week, e Yoshi ficou com uma das primeiras "amostras". O chef não permitiu que ele entrasse no restaurante com o animal. Por sorte, Yoshi trouxe uma espécie de coleira para a criatura, e um de seus guarda-costas está passeando com ela agora.

Respiro fundo, o que não é fácil, porque minha cintura está espremida. Mariko definitivamente fez sua mágica de fada madrinha de novo. Meu quimono é de seda azul-petróleo, costurado com fios prateados que imitam as ondas do mar e bordado com lírios multicoloridos. Meu cabelo está preso em um coque baixo, enfeitado com um alfinete de crisântemo.

— Kyoto é um sonho — digo, baixinho.

Embora a atmosfera do restaurante seja tranquila, com iluminação suave, almofadas para nos recostar, vozes baixas e uma única tapeçaria de seda pendurada na parede, essa situação pode ser considerada um campo minado cultural, cheio de armadilhas para me pegar. Qualquer coisa pode explodir na minha cara. Corrijo a postura, a forma como seguro meu *ohashi*, e repasso mentalmente que devo fazer uma reverência para agradecer a equipe do restaurante ao final da refeição, dizendo: "*gochisōsama deshita*". Meu sorriso é genuíno.

— E vai ficar melhor ainda, agora que você está aqui — digo.

Bebemos vinho doce. Em seguida, as irmãs trazem a segunda entrada: *hassun*, pequenos aperitivos dispostos como pequenas joias no prato. Ficamos parados e em silêncio, mas assim que elas saem, Yoshi diz:

— *Oishisō*.

— *Oishisō* — repito. "Delicioso."

Yoshi retoma a conversa:

— Queria muito vir te visitar. Um antigo colega de escola mora aqui. Seu nome é Jutaro. É um ex-aristocrata que faz uns bicos como vendedor de javalis.

Vai saber o que isso significa. Sorrio.

Yoshi espera que eu comece. No Japão, o convidado, no caso eu, deve comer primeiro.

— *Itadakimasu* — digo, em agradecimento à refeição, mantendo as costas eretas enquanto dou uma mordida no camarão.

No *kaiseki*, o foco está na essência da comida, que reflete os ritmos das estações. A refeição é fortemente influenciada pela natureza. Estamos em maio, então nosso menu será inspirado na primavera e terá bambu.

Yoshi me observa entusiasmado enquanto se serve.

— Olha só isso. Você mudou.

Deixo meu *ohashi* de lado.

— Não mudei. Ainda estou em desenvolvimento.

— Não estamos todos? — Ele bebe um pouco de água, me olhando por cima do copo. — Você mudou. Estou maravilhoso, como sempre, mas você está melhor ainda. Mudar não é a pior coisa do mundo. Quem sabe você não me dá umas dicas? Queria melhorar minha imagem pública. Me ensina.

As irmãs retiram nossos pratos e servem brotos de bambu cozidos em água mineral. Seguro a tigela laqueada com as duas mãos.

— Imagem pública? — pergunto, dando pequenos goles.

Olho para Akio, parado perto da entrada com Reina. Discretamente, ele retira o celular do bolso, dá uma olhada e faz uma cara furiosa. Nossa, ainda bem que não sou a mensageira. Só que então ele direciona seu olhar descontente para mim. O que foi que eu fiz? Mesmo quebrando a cabeça, não consigo pensar em nada.

Ah, tem uma coisinha. O favor que pedi ao sr. Fuchigami. Mas por que Akio ficaria bravo com isso?

Yoshi acena a mão e diz:

— Sei que você me ama, então talvez isso seja um tanto surpreendente. Mas eu sou meio que o rebelde da família.

Finjo estar surpresa.

— Não me diga?

Ele faz carinho na minha mão.

— Por favor, não pense mal de mim. É a imprensa. Sou injustiçado. Os caçulas são sempre mal compreendidos. Se as pessoas pelo menos vissem como sou por dentro. Sou muito sensível, sabe... Só não gosto de regras. Nem de ser príncipe. Queria me ver livre da minha gaiola de ouro. Isso me torna um clichê ambulante tão terrível assim?

— Temo que sim.

— Certo. Quanto à minha imagem pública, gostaria de continuar sendo tratado com adoração divina. Mas também gostaria que as pessoas tivessem um pouco de medo de mim. Como se eu pudesse soltar uma série de pragas se for contrariado.

— Ah. Você quer ser visto como um babaca imaturo que tem acessos de raiva?

Um sorriso se insinua em seu rosto.

— Você está certa. Isso também não é legal. Obrigado por manter minha cabeça no lugar. Preciso que algum lugar seja nomeado em minha homenagem. Talvez um hospital ou uma biblioteca. Algo que diga: "Um doce e generoso coração bate dentro deste grande peito másculo".

Dou risada. O terceiro e o quarto pratos são servidos: sashimi, amêijoas em conserva e pato *Kawachi* assado.

— Yoshi — digo, sentindo o ritmo suave da noite.

A refeição se desdobra como um leque lentamente, e cada fragmento revela uma nova parte da imagem.

— Izumi — ele fala.

— Estou tão feliz por você estar aqui. Estou tão feliz com sua amizade. Obrigada.

Ele me olha um pouco cauteloso. Talvez as coisas sérias não venham com facilidade. Da última vez que conversamos abertamente, estávamos afogados em álcool. Agora, somos apenas nós: duas pessoas sóbrias na mesma mesa em um restaurante silencioso. Depois de um tempo, porém, ele confessa, baixinho:

— Também estou feliz por estar aqui.

Depois do jantar, esperamos do lado de fora enquanto Yoshi atende uma ligação de seu amigo Jutaro (o ex-aristocrata que faz bico como vendedor de javali). Decido caminhar um pouco, minhas pernas estão ligeiramente duras de tanto tempo que passei sentada de joelhos, na postura *seiza*. Há um laguinho de peixes com uma cachoeira tilintante.

— Recebi uma mensagem interessante durante o jantar.

Tomo um susto com a voz de Akio.

— Ah, é?

Ele vem até mim devagar.

— Parece que um médico imperial visitou minha mãe.

— É mesmo?

Ele limpa a garganta.

— E tem mais.

— Não me diga.

Ele me encara, e seus cílios longos criam meias-luas em suas bochechas. É tão injusto. Mariko tem que usar curvex e passar muito rímel para conseguir o mesmo efeito em mim. As melhores coisas são sempre desperdiçadas nos homens.

— Parece que ela vai ser tratada no hospital imperial de agora em diante.

— Que notícia maravilhosa. — Sorrio para ele.

O sr. Fuchigami conseguiu.

— Tenho uma dívida com você — ele diz com uma voz baixa e hipnótica.

Mostro indiferença, abanando a mão.

— Deixa disso. Como eu já disse antes, sou a maior fã de mães.

— Sinto que você me deu tanto. Não sei como retribuir.

Olho para o céu. Sempre fico desconfortável com elogios, apesar de ter uma necessidade patológica de recebê-los.

— O céu está tão estrelado hoje.
— Sua Alteza — ele diz baixinho.
Olho para ele.
— Sim?
Ele se aproxima.
— Tenho uma dívida com você.
O silêncio paira no ar entre nós. A noite está fria, mas me sinto quente feito uma rocha fritando no sol. A porta do restaurante abre. Yoshi sai e fica olhando de Akio para mim.
Akio se afasta.
— Está combinado, então — ele diz, abrindo a porta do carro.
Seu sorriso ilumina a noite. Emana dele em ondas e me cativa, me forçando a retribuir.
Tento impedir meu coração de acelerar.
— Perfeito — digo com uma voz rouca, apesar de não saber com o que estou concordando.
Não faço ideia, na verdade. Mas não importa. Está tudo bem. Mais do que bem, totalmente maravilhoso.

O clima tranquilo do jantar se mantém no carro. As ruas de Kyoto estão praticamente vazias, a viagem e a companhia são agradáveis. Akio dirige e Reina vai no banco do carona. Estou no banco de trás com Yoshi. Ele faz carinho no furão em seu colo, distraído, perdido em pensamentos.
A cerca de um quarteirão do palácio, o carro diminui a velocidade até parar. As cabeças de Akio e Reina inclinam-se uma para a outra. Em voz baixa e séria, eles discutem algo.
Estico o pescoço, tentando ver além deles. A rua está iluminada de um jeito estranho, não pelas habituais luminárias amarelas. O brilho é mais suave, laranja e nebuloso.
— O que está acontecendo?
Akio toca seu fone.

— A rua está bloqueada.

Ele move a cabeça e então consigo ver a confusão. Há várias pessoas reunidas na rua. Cada uma tem uma luminária de papel nas mãos. É como se estivessem segurando pequenas luas.

— O que é isso? — pergunto.

Será que perdemos um festival?

— Eles estão aqui por você, Sua Alteza — Reina diz. É a primeira vez que ela fala diretamente comigo. Sua voz é seca e rouca. Tranquilizadora. — Parece que se reuniram uma hora atrás e estão esperando sua chegada desde então.

— Por quê? — solto.

Yoshi fala, baixinho:

— Kyoto está te dando as boas-vindas. As pessoas vão para as ruas para celebrar aniversários, casamentos e filhas recém-descobertas do príncipe herdeiro. — Ele pisca e me cutuca. — É a tradição. Uma honra. Vá lá. Caminhe entre o povo.

Fico brincando com a ponta do meu quimono.

— Não sei... — Espero Akio resmungar. Dizer que é arriscado.

— Está tudo bem — Akio fala. — Há guardas imperiais entre eles. O palácio está perto. Se quiser ir andando, pode ir.

Bem. Parece que não tenho escolha.

— Acho que vou andando então.

Akio desce do carro primeiro e abre a minha porta logo em seguida. Um silêncio cai sobre a rua. Inclino a cabeça, cruzo as mãos à minha frente e sigo adiante. A multidão se divide em duas, e suas luminárias formam uma corrente de luz. Akio, Reina e Yoshi estão alguns passos atrás.

Dois guardas imperiais surgem e tomam a frente, mas permaneço sozinha no meio. Sorrio e aceno devagar. Vejo Shirasu. Ele sorri para mim. Perco o fôlego, depois o recupero. Não quero quebrar esse feitiço. Estou completamente encantada. Apaixonada por Kyoto, pelo Japão. Chegamos ao fim da caminhada, e os portões do palácio se abrem.

Viro e faço uma reverência. *Obrigada*.

O sr. Fuchigami está ali, apreciando as luminárias com o resto dos funcionários.

— Sua Alteza, gostou do jantar? — ele pergunta.

Assinto. Será que ele consegue ver que estou feliz? Que meus olhos estão brilhando de alegria?

Ele se aproxima.

— Você conquistou o coração de Kyoto. — As pessoas formam um círculo em volta de mim e soltam as lanternas de uma vez.

Os orbes brilhantes sobem ao céu, em um círculo perfeito de luz.

É lindo. Verdadeiramente lindo. Uma coroa dourada.

22

É quase meia-noite e não consigo dormir. Estou embriagada de comida japonesa chique, quimonos de seda, guarda-costas em dívida comigo e lanternas no céu. Caso alguém já tenha se perguntado se uma garota poderia se apaixonar por uma cidade, a resposta é sim.

O palácio está dormindo. Mariko se retirou horas atrás, e Reina finalmente colocou Yoshi na cama. Fico perambulando pelos corredores do palácio, pensando em Mount Shasta e na garota que eu era. Em como lá tudo parecia fora de lugar, e aqui tudo parece estar se encaixando, como se as coisas fossem como têm que ser.

A luz da cozinha está acesa. Eu viro e entro. O ambiente é moderno com linhas simples, mas as janelas e vigas de madeira do teto são originais. As luzes do balcão estão acesas. Há uma figura solitária sentada ali. Paro abruptamente.

— Akio.

Ele ergue os olhos de seu notebook e levanta da cadeira, fazendo barulho contra o piso de mármore. Está sem paletó e sem gravata, com as mangas arregaçadas.

— Izumi... Quero dizer, Sua Alteza. — Ele pega o paletó.

Estico a mão.

— Não precisa. Relaxa.

Ele hesita, com o casaco no braço. Reparo nas veias de seu antebraço. Observo-as correndo até seu pulso. Depois de um momento, ele deposita o casaco em um banco.

— Você está acordada.

Dou de ombros e entro na cozinha.

— Não estava conseguindo dormir.

— Nesse caso, junte-se a mim, por favor. — Ele gesticula para o balcão. — Tenho doces.

Ah, as *verdadeiras* palavras que toda garota gostaria de ouvir. Vou até lá, acenando para o notebook.

— Trabalhando?

Ele passa a mão no rosto.

— Estou revisando o esquema de segurança. Tive que reorganizar a agenda com a chegada do seu primo.

— Desculpa por isso. — Sento em uma cadeira ao lado dele.

Akio me analisa de cima a baixo. Estou usando o moletom cinza que ele me deu naquela noite do karaokê. O zíper está fechado só até a metade e, por baixo, estou de camisola rendada. Fecho o resto.

— Então, ouvi falar em doces...

Akio vira a cabeça e engole em seco.

— Certo — ele diz, puxando dois pratos.

Reconheço as guloseimas: *goma dango*, bolinhos de arroz recheados com *anko*, um tipo de feijão-vermelho doce, e panquecas *dorayaki*. Ele mencionou que gostava de doces naquela noite no carro.

Claro que ataco primeiro o *dorayaki*. Solto um gemidinho na primeira mordida.

— Ah, meu Deus, quero ter filhos com esse *dorayaki*.

Akio pigarreia e fecha o notebook com força. Está evitando contato visual.

— Então, o que está te mantendo acordada?

Abaixo o *dorayaki* e balanço os pés, apoiando-os na base do banco.

— Ah, hum... estava pensando em Mount Shasta. Sabe, nos meus dias pré-princesa.

Ele me encara. Digo a mim mesma que é o açúcar que está me deixando toda agitada.

— Como é o lugar de onde você vem?

Cutuco o *dorayaki*.

— É uma cidade turística muito frequentada. As pessoas gostam de acampar na floresta no verão e esquiar nas montanhas durante o inverno. Só tem literalmente um semáforo na rua principal.

— Parece legal. — Seus lábios formam uma linha reta e sincera. Endireito a postura.

— É sim, mas...

— Pode falar.

Meu coração se contorce dentro do meu peito.

— Não sei. É como se... as coisas que fazem aquele lugar ser tão incrível, as pessoas de sempre, a previsibilidade, também o tornassem péssimo. Por exemplo, tem umas lojas na rua principal que vendem todo tipo de bugiganga. Uma em particular tinha uma prateleira cheia de chaveirinhos de arco-íris com nomes inscritos. Ainda tem até hoje. — Akio está prestando atenção. — Aos oito anos, eu queria muito um deles. Mas logo descobri que não tinha com meu nome. Tinha um monte de Carlys e Lindseys e Emilys, mas nada de Izumi. Culpei minha mãe, acabei descontando nela. "Por que eu não podia me chamar Olivia ou Ava?", perguntei. Eu detestava meu nome. Tudo isso aconteceu no meio da loja. Sou boa em fazer cena. — Dou um sorriso torto.

— O que sua mãe fez?

Desmorono no banco.

— Ela meio que só aguentou. Depois eu me acalmei, e, no carro, ela me explicou tudo. Me contou que seus pais tinham morrido em um acidente de carro horrível no verão antes de ela ir para a faculdade. Meu nome foi a única maneira que encontrou de me lembrar da minha origem. Nunca mais briguei por causa disso, mas comecei a me apresentar como Izzy. Apaguei uma parte de mim para facilitar para as outras pessoas, e também para mim mesma. Às vezes a gente só quer evitar a dor de cabeça, sabe?

— Sinceramente, não sei. Mas sinto muito. — A voz de Akio é profunda e séria. Abaixo a cabeça e fico olhando para as minhas pernas. Ele segura minha mão e aperta. — Você não deveria ter vergonha. —

Fica assim em silêncio, até que afasta a mão. — Se eu pudesse, pegaria suas mágoas e as enterraria bem fundo.

Olho para ele de boca aberta.

— Você passa seu tempo livre ensaiando coisas perfeitas para dizer por aí?

Ele me olha, calmamente.

— Sim. Na verdade, é isso o que todos os guardas imperiais fazem. Temos um grupo de escrita com encontros semanais às quartas. Meu amigo Ichiro trabalha principalmente com haicai — ele fala com uma expressão neutra.

Sorrio. Quantas pessoas têm a chance de ver seu lado engraçado? Seu senso de humor seco? Me considero sortuda por ser uma das poucas.

— Que mau uso do tempo vocês fazem — digo.

— Vou repassar suas preocupações ao meu supervisor.

Dou outro sorriso.

— É bom ver você sorrindo de novo. — Ele esfrega a nuca. — Está cansada?

— Nem um pouco.

Ele olha para as janelas gigantes e para o jardim escuro além.

— Minha mãe costumava me levar para caminhar quando eu não conseguia dormir. A gente contava as estrelas. Quer tentar?

Assinto e sorrio, brincando com os cordões do capuz.

— Mal não vai fazer.

Saímos de fininho. Uma brisa suave balança os galhos mais altos das árvores. A noite está fresca, mas não muito fria, e está escuro e silencioso, podemos ouvir apenas a cantoria ocasional dos grilos e o som de nossas respirações.

Um avião passa, piscando luzes brancas e vermelhas. Inclino a cabeça.

— Sempre que vejo um avião, fico me perguntando para onde está indo, quem está levando.

Akio olha para cima. Seu perfil forma uma silhueta contra o céu.

— É um avião comercial. Provavelmente uma aeronave regional bimotora com destino a Tóquio.

Suspiro.

— Isso é consideravelmente menos romântico do que pensei.

Retomamos a caminhada, adentrando o jardim. O palácio some atrás das árvores.

— Então, aviões...? — Penso nos aeromodelos que vi em seu quarto.

— Quando me formei, dois anos atrás, decidi me alistar na Força Aérea de Autodefesa — ele diz.

Faço uma careta.

— Então como é que você veio parar aqui?

Ele desacelera um pouco.

— Sempre houve uma expectativa implícita de que um dia eu voltaria e seguiria os passos do meu pai como guarda imperial. Minha mãe ficou doente, forçando meu pai a se aposentar mais cedo. Eu cumpri meu dever.

— Parece tão injusto.

Ele solta um suspiro.

— É injusto. Mas meus pais já eram mais velhos quando nasci. Ou seja, eram os últimos representantes da geração pós-guerra, educados para valorizar o sacrifício, a disciplina e o dever.

— Uau. *Gimu*. Mais japonês impossível. — A língua japonesa tem várias nuances sutis. Há uma infinidade de palavras para descrever o dever, e entre elas está *gimu*: uma obrigação vitalícia com a família ou o país.

— Sim. *Gimu* — Akio concorda, resignado. — Meu pai é complicado, mas é um bom homem. Ele ama minha mãe, apesar de demonstrar isso de forma estranha. Outro dia, o ouvi dizendo que a proíbe de morrer antes dele. Nós, Kobayashi, somos tudo menos autocráticos. — Ele coça a cabeça. — Os sonhos dele estão no fim, enquanto os meus deveriam estar começando.

Uma ponte se estende adiante. Cruzo os braços.

— Eu pensava que o mundo pertencesse a mim. Mas estava errada. Eu pertenço ao mundo. E às vezes... acho que, às vezes, nossas escolhas precisam refletir isso.

— Exatamente. — Akio dá um suspiro dolorido.

Estamos na ponte agora, e nossos passos ecoam pelas tábuas de madeira. Akio fica para trás e eu deslizo até a borda, ao corrimão onde os postes são decorados com florões em formato de sino invertido. Abaixo, a água bate na margem de cascalho. Mesmo no escuro, é uma visão deslumbrante. Viro para ele e não consigo segurar um sorriso. Ainda estou toda agitada. Ele está parado no meio da ponte, me observando. A linha de sua mandíbula se move:

— Izumi, venha aqui — ele diz.

Eu vou. Me coloco à sua frente e ergo o queixo:

— Sim?

— Você sabe o que significa *gimu*, mas já estudou sobre *ninjō*?

Faço um esforço para pensar com ele me olhando desse jeito.

— *Ninjō*?

— *Ninjō* é uma emoção que geralmente entra em conflito com *gimu*. Um exemplo clássico é um samurai que se apaixona pela filha de um xogum. Preso ao dever, ele não pode agir de acordo com seus sentimentos.

— Ou um guarda imperial que quer mudar de carreira, mas não pode por conta das obrigações familiares?

Ele assente e se aproxima mais.

— Tenho uma proposta para você.

— Ah, é?

— O que você diria se eu te pedisse para ser Izumi? Eu seria Akio. Sem títulos. Sem obrigações. — Ele para por um instante. Os músculos de sua garganta se movem. — E se a gente cedesse ao nosso *ninjō*?

— Eu diria que é praticamente nosso dever, enquanto cidadãos japoneses.

Ele inclina a cabeça.

— Só esta noite?

— Só esta noite — sussurro.

— Tudo bem então. — Ele estende a mão para mim.

Eu a aperto com força. Estou sem fôlego. A noite parece deliciosamente interminável. Ele me puxa para bem pertinho. Posso sentir o calor irradiando de seu peito.

Bem devagar, ele leva os lábios à minha orelha.
— Adorei você com meu moletom.
— Ah, é?
Suas mãos seguram meu quadril e sobem um pouco.
— Que bom, porque pretendo ficar com ele — murmuro, com minha garganta ameaçando se fechar.
Ar. Preciso de ar. Seus dedos contornam a gola do moletom, acompanhando minhas clavículas.
— Não acredito que um dia já te achei boba. — Ele faz carinho nas minhas bochechas. — Fui tão idiota. Não conseguia ver o quanto você é maravilhosa.
Corro o dedo pelos botões de sua camisa elegante. Também preciso fazer uma confissão:
— Já que estamos comentando queixas antigas, você deveria saber que, quando cheguei, arranquei uma foto sua do dossiê e pintei alguns de seus dentes de preto.
Ele dá risada, mas continua perto, e o calor do seu toque atravessa a roupa. Nos balançamos para a frente e para trás, dançando ao ritmo da água.
— É mesmo?
Estremeço. Escondo o rosto em seu peito.
— Tem mais. Também desenhei um par de brincos em formato de pênis em você. Ficaram bem charmosos, na verdade. Delicados e elegantes. Nem um pouco exagerados.
Ele assente, solene.
— Bom saber. Algo maior teria ficado muito chamativo.
Meus lábios se contorcem. Olho para ele.
— Sinto muito.
Depois de um momento de silêncio intenso, ele pergunta:
— Algo mais? — Seus olhos estão brilhando, radiantes e febris.
Balanço a cabeça.
— Não. Acho que não.
Ele coloca as mãos no meu rosto.

— Que bom. Porque vou te beijar agora.

Akio é um homem de palavra. Lenta, suave e gentilmente, ele pressiona os lábios no canto da minha boca e depois faz o mesmo no outro lado. Recua, sorri e suspira. Meu coração afunda de decepção.

— Isso é tudo...

Então ele mergulha em mim. Eu o abraço mais forte, finalmente entendendo o termo "arrebatada". Nossos narizes se chocam. Nossas bocas se conectam. Sinto sua barba por fazer, a vibração de seus cílios na minha pele. Há uma espécie de empurra-e-puxa em nossos movimentos. Ele expira, eu inspiro.

O barulho à nossa volta se silencia. E somos apenas nós. Izumi. Akio. Uma noite perfeita.

23

Yoshi fica por mais uns dias. Passeamos pela cidade, visitando vários lugares e perambulando por ruas estreitas, ladeadas por lojinhas de telhas de cerâmica. Em duas noites seguidas, jantamos no McDonalds e pedimos hambúrguer de camarão, sanduíche de frango, milho doce e *shaka-chicki* — frango frito servido em um saquinho de papel com vários molhos. Nossa diversão acaba depois de quarenta horas.

Voltamos para Tóquio juntos. A viagem de trem é agitada. No meio do caminho, o furão de Yoshi escapa da gaiola e causa uma confusão. Não gosto muito de ver os guardas imperiais perseguindo a criatura pelos vagões. *Bem, talvez um pouco.*

— Vou mandar fazer um casaco de pele daquele roedor — Reina ameaça, voltando a se sentar.

Sua testa está coberta de suor, e seu casaco preto está cheio de pelos brancos. Um guarda segura o furão com as duas mãos e o obriga a voltar para a gaiola de couro com o monograma imperial.

Yoshi faz beicinho e diz:

— Não acredito que você faria uma coisa dessas com nosso amado filhinho.

Reina não responde, mas seu olhar passa uma mensagem bem clara: *espero que você morra.*

Levanto do assento de veludo roxo, pego uma lata de Pocari Sweat no bar e procuro Akio pelos vagões.

— Sua Alteza. — Ele faz uma reverência. Gosto de como seu tom mudou comigo. É mais baixo. Delicado. Íntimo. Ele tá de volta em seu terno, todo abotoado e perfeito. Mas agora sei como é sentir aquele colarinho engomado sob os meus dedos.

Abro a latinha e a ofereço a ele.

— Tenho quase certeza de que Reina está no limite com Yoshi. — Ele aceita a bebida.

Nossas mãos se tocam e paralisamos. Um. Dois. Três segundos. Nos afastamos.

— *Gimu* — digo, desolada, nos trazendo de volta à terra.

Não aqui. Não agora. Talvez nunca mais.

— Certo. *Gimu*. — Ele limpa a garganta.

Viro, com a intenção de voltar para o vagão.

— Izumi. — Paro.

Não olho para ele, mas fico toda acesa por dentro só de lembrar do nosso beijo ardente. Um papelzinho é colocado na palma da minha mão. Fecho os dedos em volta dele.

De volta ao meu vagão, escolho um assento no canto e me encolho, de costas para o resto do trem. Com muito cuidado, abro o papel. São cinco linhas. Trinta e uma sílabas. É um *waka*, um poema, de Akio.

A terra esquece mas
Sempre me lembrarei
Dos karaokês
Farmácias, xícaras de chá
E pratos de dorayaki

Quando chegamos à estação, Yoshi e eu somos levados para direções opostas.

Sigo para o palácio imperial. As ruas estão enfeitadas com bandeirolas vermelhas e crisântemos dourados, preparando-se para o aniversário do imperador. Há uma espécie de zumbido no ar, tudo é arranjado para ativar substâncias felizes no nosso corpo, para nos fazer acreditar que o mundo é um lugar maravilhoso. Ainda assim, meu estômago dá cambalhotas de nervoso. Kyoto parece fácil em comparação a Tóquio, especialmente porque ainda não falei com meu pai desde que ele voltou. Trocamos mensagens, mas tenho mandado respostas vagas e genéricas. Não estou mais brava, mas é melhor dizer algumas coisas pessoalmente. Ou talvez eu só esteja evitando o confronto... Sim, provavelmente é isso. Tão típico. No assento ao meu lado, há um pergaminho enrolado com uma cordinha vermelha, um presente para o meu pai.

Mariko percebe meu humor e fica em silêncio. Garota esperta. Chegamos ao palácio. Akio abre a porta do carro, mas fico parada, alisando meu vestido azul-marinho e mexendo na barra da saia. Demoro tanto que meu pai começa a me procurar com os olhos. Ele está parado na varanda, me esperando.

— Ele vai gostar do presente — Mariko diz.

— Sim — respondo, lembrando a mim mesma que meu mundo não vai parar nem recomeçar com a aprovação do meu pai.

— Então... vou sair do carro agora, tudo bem? — Mariko avisa, lentamente. — Lembre que temos prova de vestidos para o aniversário do imperador. Onze horas em ponto. — Ela sai e faz uma reverência ao passar pelo meu pai.

Conto até cinco e desço do carro, seguindo-a. Com o pergaminho em uma das mãos, ergo a outra para cumprimentá-lo.

— Oi.

Akio está atrás de mim. Seu poema está enfiado no bolso do meu vestido. Um lembrete que vou guardar para sempre comigo.

— Izumi, oi — meu pai responde.

Ficamos nos encarando mais ou menos do mesmo jeito que fizemos no nosso primeiro encontro.

— Como foi de viagem? — pergunto, me aproximando.

A porta do carro fecha. Não preciso olhar para saber que Akio não está mais lá. Ouço passos, a bagagem sendo descarregada, e então o veículo imperial vai embora.

— Bem — ele diz. — E como foi a sua viagem?

— Boa — respondo, apertando os olhos contra o sol da manhã.

— O que é isso? — Ele aponta para o papel enrolado.

— Ah. — Minha mão se fecha um pouco em torno do pergaminho. — Hum. É um presente para você.

— Você trouxe um presente para mim? — Ele pisca.

— Bem, sim. Não é nada de mais. Só algo que eu fiz. — Lembro do antigo divã do embaixador francês em sua sala de estar. Do relógio Patek Philippe do imperador em seu pulso. Da baia com meia dúzia de cavalos árabes do sultão de Brunei.

Ele balança nos calcanhares, com uma expressão consideravelmente mais calorosa.

— Também trouxe um presente para você.

— Para mim?

— Está no meu escritório. Vamos entrar? — Ele murmura.

Um mordomo abre a porta para nós. O cheiro do Palácio Leste é familiar — leve e fresco, com um toque cítrico. É bom estar de volta. O escritório do meu pai está igual, exceto por uma nova aquisição. Olho para a orquídea em sua janela, disposta em um vaso de bambu enfeitado com uma borla roxa. Suas folhas amarelas e verdes são longas e estreitas, listradas feito a cauda de um tigre. As flores são minúsculas, brancas e perfumadas.

— *Fūkiran* — meu pai diz. — É uma espécie de orquídea cultivada desde o Período Edo pelos senhores feudais, que costumavam oferecê-la de presente para o xogum ou para o imperador. — Ele fecha a porta de correr do escritório.

— Eu sei. — Sorrio porque conheço essa espécie. Minha mãe tem uma xilogravura dela sobre sua mesa de cabeceira. *Neofinetia falcata*. — É a favorita da minha mãe.

— Sim.

Levanto a cabeça de uma vez. O sorriso do meu pai é um pouco tímido, reservado.

— Eu as cultivo para ela.

Finjo naturalidade, com o pergaminho esquecido na minha mão.

— É mesmo? — Eu sabia. Sabia.

Ele dá um passo à frente e toca a borla.

— Você soube assim que viu a estufa. — Ele dá de ombros, e sua expressão se torna contemplativa. — Acho que pensei que poderia manter uma parte dela comigo. Funcionou por um tempo. As lembranças pareciam ser suficientes. Mas ter você aqui me fez questionar se são mesmo. Não preciso manter essa parte da minha história separada. Foi por isso que pedi para o jardineiro colocar uma orquídea aqui. Eu gostaria de ser o homem que fui um dia e o homem que sou hoje. Você acha que isso é possível? Será que posso unificar os dois?

Minha garganta parece seca.

— Acho que tudo é possível.

Ele assente e franze as sobrancelhas, olhando para baixo.

— Estou feliz por você estar de volta. Não gostei de como as coisas ficaram entre nós na última vez em que nos vimos. Quanto ao casamento, minha reação... Me desculpe. Eu estava bravo...

— Não precisa se explicar. Eu entendo. — Não é necessário reviver todo aquele constrangimento, como eu quase causei um escândalo digno dos tabloides, como eu o humilhei. Quero que ele se orgulhe de mim, dessa pessoa que ele fez. Quero mostrar a ele que sou capaz de ser uma princesa, de ser parte do Japão e de ser sua filha.

— Entende? — Seu rosto é tomado por alívio.

Murmuro concordando.

— No começo, pensei que Kyoto fosse uma punição.

— O quê? Não...

— Mas então encarei como uma oportunidade. Você estava certo — acrescento, animada. — É como a vez em que engoli um ímã aos quatro anos e minha mãe teve que me levar para o pronto-socorro. Eu me acabei de chorar porque tinha deixado minha mãe brava e me metido em encrenca. Mas o médico me ensinou várias coisas sobre os polos norte e sul, e acabei aprendendo muito naquele dia. Kyoto foi mais ou menos assim também. Faz sentido?

— Perfeitamente. — Ele sorri. — Sinto muito mesmo. Só para esclarecer, Kyoto não foi uma punição. Eu adoro a cidade, é um dos meus lugares favoritos. Pensei que você fosse gostar, com toda a sinceridade.

De repente, fico emocionada.

— Está tudo bem — digo. — Vamos deixar isso pra lá.

— Seria ótimo — ele diz.

Por mim, podemos começar do zero. Está tudo bem. E vai continuar assim se eu não estragar tudo de novo.

Meu pai abre as mãos.

— Então... Vamos aos presentes?

Engulo em seco. Fico olhando para o pergaminho.

— Claro.

Nos acomodamos: ele atrás da escrivaninha, eu em uma cadeira estofada. Cruzo os tornozelos e lhe entrego o papel.

— Como eu disse, não é nada de mais. Só andei praticando kanji. — Ele o pega como se fosse uma peça de vidro e o desenrola com cuidado, revelando seu nome. — Você não precisa fazer nada com isso...

— Que lindo. — Seus olhos marejados encontram os meus. Ele está genuinamente emocionado. — É o melhor presente que já ganhei. Vou mandar emoldurar e pendurar naquela parede ali — ele aponta para a parede dos fundos —, para que eu possa olhá-lo todos os dias.

Não estou chorando. Você que está.

— Obrigado. — Ele fica admirando o pergaminho por um tempo. Em seguida, pega um envelope pardo no canto da escrivaninha e me dá. — Para você.

Seguro o envelope por um tempo. É grosso e pesado.

— Posso abrir?

— Por favor.

Mordo o lábio e tiro o que tem dentro. Fotos em preto e branco se destacam de um álbum e caem no chão.

— A história da família Tanaka... — leio em voz alta.

— Antes de partir para Kyoto, perguntei por que você veio ao Japão. Lembra o que respondeu?

— Para me encontrar — sussurro.

— A minha parte da família é literalmente um livro aberto. A família imperial tem sido catalogada há gerações. Mas a família da sua mãe... Bem, pedi a um professor da Universidade de Tóquio que investigasse a genealogia da família dela.

Percorro as páginas. Tem tanta história ali. Nomes e datas que remontam a cerca de cem anos. Chega a ser difícil imaginar. Há até um *kamon*, o brasão da minha família materna: um azevinho de três folhas. Passo o dedo pela imagem.

— Sua avó materna era uma noiva de guerra. — Meu pai levanta e dá a volta na mesa. Pega uma fotografia do chão e me entrega. A foto mostra uma mulher de quimono ao lado de um homem em um terno de tweed. Vejo minha mãe nos dois. — Parece que ela escolheu a vida nos Estados Unidos em vez de um casamento arranjado no Japão, embora também não deixe de ser uma espécie de casamento arranjado. Suponho que ela quisesse escolher seu próprio destino.

— Talvez ela quisesse viver uma aventura. — Fico olhando para a foto, para todos os documentos. É coisa demais para analisar agora, e estou me coçando para começar a leitura. — Este é... o melhor presente que já me deram.

— Agora você sabe de onde veio.

— Obrigada. — Estou impressionada. Eufórica. Não me sinto mais perdida.

O relógio bate. Onze horas em ponto. Mariko ou algum assistente vai bater na porta em breve. Nosso tempo não é propriamente nosso. Meu pai também sabe disso. Levanto da cadeira. Ele me leva até a porta, mas hesita antes de abri-la.

Penso que vai me abraçar. No entanto, ele baixa os braços, fecha as mãos. Yoshi disse que demonstrações públicas de afeto não são muito comuns no Japão. Então me contenho e espero.

— É bom tê-la em casa — meu pai finalmente diz.

Eu não poderia concordar mais. Um sorriso surge em meu rosto. Abraço os papéis.

— É bom estar em casa.

Depois do jantar, encontro Akio fora do palácio. O sol está se pondo, deixando tudo com um tom alaranjado e vermelho brilhante. Guardas fazem suas rondas e meu pai está no escritório. Se ele olhar pela janela, pode me ver. Melhor sermos rápidos.

Me aproximo com cuidado com um bilhete na mão e o coração batendo acelerado nas costelas feito um pássaro desesperado na gaiola.

— Akio — chamo, e ele vira.

— Acho que você deixou isso cair mais cedo. — Estico a mão e ele pega o papel dobrado.

Primeiro, ele franze as sobrancelhas. Mas, depois, sorri ao entender. Inclina a cabeça. Fico sem ar.

— Obrigado, Sua Alteza.

Sigo para a porta da frente e viro no último minuto, a tempo de ver Akio desdobrar o bilhete e abrir um sorriso tão grande que toma todo o seu rosto.

Agora entendo
A solidão do sol
Seu trabalho interminável
Subindo, subindo
Incendiando tudo o que vê

24

Alguns dias depois, estou a caminho de um evento público em um hospital próximo. Estou no carro com Mariko, que vai recitando instruções e informações importantes.

— As princesas Akiko e Noriko estarão lá — ela diz.

Tóquio passa veloz pela janela. Como se trata de uma visita oficial, os semáforos foram previamente programados. Sem sinais vermelhos. Nada de pausas para mim. Não consigo nem recuperar o fôlego. Saber que minhas primas estarão lá não ajuda nem um pouco. Bem, toda história precisa de uma vilã. Só queria que a minha não viesse em dobro.

— Era para a mãe delas estar lá, como membro honorário do conselho. Mas ela está... indisposta — Mariko fala, tomando cuidado.

Ela não precisa dizer mais nada. A princesa Midori está sendo massacrada pela imprensa. Era uma atriz de novela famosa, e agora tem dificuldade em desempenhar o papel de princesa — as expectativas são altas demais. A Agência da Casa Imperial chama isso de "transtorno de adaptação".

— Ah, *sō desu ka* — digo. "Sim, entendo."

Mariko se acalma um pouco com a minha resposta em japonês.

— Sua pronúncia está melhorando.

— *Arigatō*.

Leva apenas um ou dois segundos para ela recomeçar as instruções:

— Você vai cortar a fita de inauguração da nova maternidade com as gêmeas, depois vai visitá-la para distribuir cobertores às novas mães e seus bebês. Lembre-se de não ficar mexendo as mãos. Nada de cutucar as unhas. — Mariko mordisca o lábio. — Confirmei a cor da fita: branca. O tapete é azul. Não vão contrastar com a sua roupa. — Estou usando um vestido laranja e um chapéu *pillbox* creme. — Talvez seja melhor praticar os acenos mais uma vez?

Esta conversa está me irritando.

— Mariko. — Faço uma careta.

Ela me imita.

— Izumi-*sama*.

— Relaxa.

Ela não faz exatamente o que peço, mas se acalma um pouco, e consigo aproveitar os três minutos que restam da viagem. Fico olhando para Akio, que está sentado na frente. Uma noite atrás, encontrei um avião de dobradura em meu travesseiro, com um recado na asa.

Ao olhar as nuvens
Acho impossível
Caminhar, correr… ficar
Como manter os pés no chão quando
Sou sempre cheio de céu?

Respondi ontem. Amarrei meu poema em uma fatia de bolo e o entreguei dizendo que o chef queria a opinião de Akio sobre a receita de uma nova sobremesa.

Nasci estrangeira
Levo comigo duas metades
Máscaras que visto
Vou aonde não me encaixo
Como torta e mochi

Meu devaneio é interrompido cedo demais. Já estou fora do carro, sendo escoltada pela entrada dos fundos do hospital. Dezenas de seguidores imperiais me cercam — uma massa de homens vestidos de preto e azul-marinho.

O corte da fita ocorre como o planejado. Câmeras são acionadas. É aquela coisa de sempre: clube imperial de imprensa, grande imprensa e assessores do hospital. Sorrio roboticamente, mantendo distância das Gêmeas Iluminadas. Noriko sussurra com o canto da boca:

— Prima, seu vestido é tão luminoso. Que bom para você. Eu nunca conseguiria usar isso.

— Adoro como você consegue usar *qualquer* coisa — Akiko acrescenta.

Logo depois, somos conduzidas à nova ala. Algumas pacientes já estão aguardando, embora eu suspeite que elas tenham sido plantadas ali. As novas mães e seus bebês estão arrumados demais — cabelo penteado, roupões de caxemira, bebês rosados em cobertores macios. Hansani tem uma irmãzinha. Uma bebê bônus, segundo seus pais. Meses após o parto, sua mãe disse que se sentia uma bela porcaria. Confessou mais de uma dúzia de vezes que se esquecia até de colocar calcinha. Além disso, acabava fazendo xixi quando dava risada. Eu não queria saber disso, mas aconteceu. Cruzo as pernas sempre que a vejo.

Cortinas separam os leitos. Para cada mãe, há uma criaturinha minúscula e cor-de-rosa dentro do que parece um Tupperware transparente em um suporte de rodinhas. Sei lá. Com certeza existe um nome específico para esses miniberços de humanos. As Gêmeas Iluminadas estão à minha frente, distribuindo ursinhos de pelúcia com olhos muito grandes. Estou cuidando dos cobertores de crochê feitos pela imperatriz e seu clã de damas de companhia. Um fotógrafo, Mariko, o sr. Fuchigami e Akio me seguem.

Paro para conversar com uma mulher que parece apenas um pouco mais velha do que eu. Ela deu à luz há dois dias e ainda não está totalmente recuperada. Fala um pouco de inglês. Eu sei um pouco de japonês. Damos um jeito de nos comunicar. Ela quer saber como é ser princesa. Dou uma maquiada na situação, mantendo a narrativa politicamente correta. Falo sobre meu amor pelo Japão. Estou admirando o bebê que dorme profundamente quando um grito corta o ar.

O recém-nascido no leito ao lado acorda chorando. Em seguida, outro acorda. Logo, estão todos aos berros. Depois, ouvimos um barulho. Será que é um tiro? Não sei. Todo mundo está agitado e o lugar vira um caos.

Sem pensar, me jogo sobre o bebê no pote de Tupperware. Minhas narinas se enchem com o cheiro de talco. Meu coração bate feito um martelo dentro do meu peito. Fecho os olhos e espero. Um corpo me cobre. Mãos apertam as minhas.

— Fique abaixada. — É Akio.

Segundos se passam. O silêncio é pesado. Devagar, levanto a cabeça. As pessoas vão acordando do estupor uma por uma. Uma câmera dispara. Não é uma boa hora para fotos.

— Falei para ficar abaixada — Akio sibila.

Suas palavras roçam meu pescoço. Estou consciente demais da proximidade dele.

— Acho que já entendemos que não sou muito boa em seguir instruções — sussurro.

Akio me aperta mais, mantendo-me presa, mas dou um jeito de virar a cabeça. Vejo tudo de uma vez. Um guarda imperial está prensando um homem no chão com um joelho em suas costas e a mão feito uma algema em seus pulsos. É um dos novos pais. Eu o vi duas cortinas atrás. Seus olhos estavam vermelhos pela falta de sono. Atrás dele, há um carrinho de cobertores virado. As Gêmeas Iluminadas soltam um gemido. Estão mais afastadas do carrinho, protegidas por dois guardas.

O sr. Fuchigami levanta as mãos e fala algo. Não entendo tudo, mas ouço a palavra *jiko* — "acidente". O novo papai, privado de sono, derrubou o carrinho.

Depois disso, Akio me solta devagar. Respira fundo. Outra câmera dispara. A vida retorna à sala. A mãe ao meu lado começa a chorar. Hormônios mais uma experiência de quase morte não são uma boa combinação. Estendo a mão e aperto seu ombro. Não consigo entender uma palavra entre as lágrimas e soluços. Além disso, ela está misturando japonês e inglês. Por fim, escolhe sua primeira língua.

Lanço um olhar para Akio. Minhas mãos estão trêmulas, mas ele está calmo.

— O que ela está dizendo? — pergunto.

Akio ouve atentamente enquanto ela repete a mesma coisa.

— Ela está te agradecendo. Você correu para salvar o filho dela antes mesmo de se proteger. — Ele abaixa a voz e fala para mim: — Não deveria ter feito isso.

— Claro que deveria.

Ele fica parado e suspira lentamente. A tensão de seu corpo se dissipa.

— Você está certa — ele diz com uma voz controlada, deliberada, *suave*. Seus olhos brilham, abertos e cheios de afeição. — Erro meu. Não vou esquecer de novo. Você age com o coração.

Naquela noite, Mariko bate na minha porta com um sorriso misterioso no rosto. Está escondendo algo às costas.

— Posso entrar?

Olho para ela com atenção. Queria poder ter uma visão de raio X. O que será que ela trouxe? Uma agenda? Mais luvas?

— Estou tão cansada.

— Só vai levar um segundinho, prometo. — Sua voz vira um ronronar altamente persuasivo.

Depois de um momento, deixo que ela entre. A porta se fecha com um *clique*. Mariko vem pelos cantos do quarto, sem me deixar ver o que está segurando.

— Os jornais ainda não saíram, mas na internet estão falando muito sobre sua visita ao hospital.

Meu estômago revira.

— Preciso sentar? — De repente, lembro da decepção que causei em meu pai no casamento.

— Talvez.

— Mariko — minha voz carrega um tom de aviso.

— Está bem — ela diz, finalmente mostrando o que estava escondendo: um artigo do *Fofocas de Tóquio*. — Imprimi escondida.

Há uma foto minha cortando a fita e outra jogada sobre o berço do recém-nascido, com Akio atrás. Não sei dizer se isso é bom ou ruim. Com base no entusiasmo de Mariko, provavelmente está tudo bem.

— Vou demorar um pouco para traduzir.

Mariko faz um som exasperado.

— Vou ler para você. — Ela arranca o papel das minhas mãos. — "Sua Alteza Imperial a Princesa Izumi compareceu hoje à inauguração da nova maternidade do Centro Médico Infantil Metropolitano de Tóquio. O evento marcou o primeiro evento público da princesa desde que voltou das férias em Kyoto." — Ela continua, sem fôlego: — "Acompanhada por Suas Altezas Imperiais as Princesas Akiko e Noriko, a princesa cortou a fita em nome de sua família. Usava um lindo vestido laranja evasê." — Mariko sorri para mim, orgulhosa de sua escolha. Então volta para o texto. — "Ocorreu uma pequena agitação durante a visita. Enquanto as princesas distribuíam ursinhos de pelúcia e cobertores, um pai de primeira viagem privado de sono tropeçou em um carrinho e o derrubou com um estardalhaço. 'Pensei que alguém estava atirando! Foi muito assustador', disse Sadako Oyami, nossa repórter, que estava presente quando o incidente ocorreu. 'Todo mundo se abaixou para se proteger', ela explica. Todos, exceto S.A.I. a Princesa Izumi, que se jogou sobre um recém-nascido para protegê-lo." — Mariko espera um pouco. Então sorri.

Preciso sentar agora. Recuo aos tropeços até encontrar a beira da cama e afundo.

Mariko limpa a garganta e continua:

— "Indiferente à própria segurança, a princesa procurou proteger o precioso bebê. Essa atitude contrasta com a de suas primas, as princesas Akiko e Noriko, que se enfiaram atrás de seus guardas imperiais." — Mariko para e respira fundo, muito animada. Suas bochechas estão vermelhas. Seus olhos, sonhadores. Então é disso que ela gosta. Bom saber. — Eles a comparam à imperatriz após o terremoto de 1923! — A imperatriz arregaçou as mangas e ergueu tijolos para construir uma nova escola. Se recusou a ir embora até que a cidade estivesse alimen-

tada, e as crianças, seguras. Há uma foto famosa em que a imperatriz abraça uma mãe que havia perdido o filho, as duas cobertas de poeira.
— Eles encerram chamando você de "nossa própria realeza".

Não sei o que dizer. Mariko parece sentir que preciso de um momento. Ela deixa o artigo no meu colo e sai. Quando se retira, pego o papel. Corro o polegar pela última frase. Não é a palavra "realeza" que me comove. Não, são as outras duas palavras. *Nossa própria*, é o que disseram. *Nossa própria*. Sim. Esta sou eu. Uma verdadeira filha do Japão.

25

Era uma vez, uma época em que xoguns governavam o Japão. Uma rígida sociedade hierárquica se estabeleceu durante dois séculos e meio. Tokugawa, o último xogum, caiu em 1868, quando dois clãs poderosos (cujos nomes não me lembro) uniram forças e tomaram o controle. Eles colocaram o imperador de volta ao trono e abriram as fronteiras. Esse foi o fim do feudalismo. O sistema de classes foi abolido. O Japão moderno surgiu. O país se transformou em uma potência mundial.

Estou no novo palácio imperial, que foi construído no topo do Castelo Edo, a antiga residência do xogunato Tokugawa. Na verdade, os edifícios foram queimados e reconstruídos algumas vezes. O solo abaixo dos meus pés testemunhou nascimentos, mortes e coroações. Guerras foram travadas, perdidas e vencidas. Tudo isso aconteceu dentro deste projeto de cidadela.

— Que tal perto das janelas? — O fotógrafo imperial me pergunta, sua voz ecoando pelo espaço.

A imensa sala em que estamos geralmente é utilizada em jantares oficiais, mas hoje está vazia.

Ajusto a bainha do meu vestido desenhado pela estilista Hanae Mori — rosa-claro com motivo floral e mangas de chiffon — e me aproximo da janela iluminada pelo sol que vai do chão ao teto. Fico olhando para fora enquanto o fotógrafo tira uma foto minha de perfil. Uma multidão se reúne do lado de fora. As pessoas vieram comemorar o aniversário do imperador. Hoje é feriado nacional. O comércio está fechado, e os terrenos imperiais estão abertos ao público.

Clique. Flash.

— Obrigado, Sua Alteza. Vou verificar com o sr. Fuchigami, mas acho que já tenho tudo de que preciso.

Inclino a cabeça para ele. Uma dessas imagens se tornará minha foto oficial. Sempre que eu olhar para ela, vou lembrar que foi tirada alguns minutos antes de eu conhecer meus avós. Agora, sim, cheguei oficialmente. Meu pai já está com o imperador e a imperatriz. No momento, estou esperando-o na antessala. O fotógrafo se retira. Akio entra.

Verifica as horas.

— Mais alguns minutos.

Para eu conhecer meus avós, ele quer dizer.

Mordo o lábio, preocupada.

— Não pensei que ficaria tão nervosa. Como estou? Não tem nada constrangedor, tipo papel higiênico nos meus sapatos ou comida nos meus dentes? — Mostro a ele meus dentes brancos. Por favor, que não haja nada nos meus dentes.

Ele me olha da cabeça aos pés.

— Você está... — Linda? Maravilhosa? — Bem.

Dou risada. Ele nunca deixa de me surpreender.

— Uau. Não acredito que já cheguei a pensar que você não era encantador. Mas vou encarar como um elogio. Só queria me encaixar.

Ele dá um sorriso torto.

— Talvez você não tenha sido feita para se encaixar. Talvez tenha sido feita para se destacar. — Meu coração bate forte e depressa. Ele faz uma reverência. — Você é linda, Sua Alteza. — Ele olha para baixo, hesitante. — Eu provavelmente não deveria ter dito isso.

— Não, provavelmente não. Mas, só para esclarecer, sou linda feito um unicórnio que tomou um banho de purpurina?

— Não. — Fico decepcionada com sua resposta enfática. — Eu nunca diria algo assim.

— Claro que não.

Ele se aproxima. Estamos a trinta centímetros de distância um do outro. A voz de Akio é baixa, rouca e cheia de uma melancolia doce quando diz:

— Se eu fosse livre para falar, diria que você me lembra Kannon, a deusa da misericórdia, com seus cabelos escuros que absorvem toda a luz. Ela era tão linda que, quando os homens a olhavam, acabavam cegos... Não estava ao alcance dos mortais. — Com um dedo, ele contorna o meu rosto, deixando um rastro de faíscas.

— Bem, acho que isso é melhor.

Ele se afasta e abre um sorriso irônico.

— Acho que sim.

Prendo a respiração. Estou lutando para encontrar palavras para dizer a ele que, quando estamos juntos, é como se estivéssemos na proa de um navio e eu pudesse sentir a maré e o vento em meus cabelos.

— Akio, eu...

— Precisamos conversar — ele fala ao mesmo tempo.

Suas palavras cortam a bruma em que me encontro.

— Parece sério. — Meu tom despreocupado não é convincente. De repente, a sensação é a de engolir uma colmeia de abelhas.

Minhas entranhas se contorcem de apreensão.

Akio franze as sobrancelhas.

— Não, não é nada disso. É sério, mas é bom. Pelo menos eu acho.

— Por favor. Pode me dizer qualquer coisa.

As portas se abrem. É o sr. Fuchigami.

— Sua Alteza.

O momento é péssimo, mas isso era inevitável.

— Te encontro depois, durante o almoço — digo, baixinho.

Akio assente, já com sua máscara de guarda imperial firme no lugar. Deixei minhas luvas no parapeito da janela. Vou pegá-las e depois sigo o sr. Fuchigami. Akio também se encaminhou para a porta. Quando passo por ele, Akio toca levemente meu pulso com o dedo. Isso me dá coragem. Meus passos ficam mais seguros. É incrível como um único toque pode significar tanto.

Meu pai está me esperando no corredor. Ele sorri com gentileza e começamos a caminhar pelo tapete vermelho, eu me mantenho um passo atrás. O corredor está repleto de luminárias de bambu uniformemente espaçadas, e eu as conto conforme nos movemos.

Quando nos deparamos com um conjunto de portas, ele para.

— Não se deixe intimidar. Basta se lembrar que eles assistem a novelas e a lutas de sumô à noite — ele sussurra com uma piscadela. — Vamos só conversar um pouco. Depois, vou acompanhar meus pais até a varanda. Você pode assistir dos bastidores, se quiser. Eu fazia isso quando era menino. — Somente os membros da família imperial que atingiram determinada idade podem ficar na varanda e saudar o Japão. É a tradição.

Relaxo um pouco. Sorrio. Tento aparentar confiança. Meu pai acena para dois criados de luvas brancas. As portas são abertas, dobrando-se feito um origami elegante. Agora entendo. Essas portas de correr fazem parte do estilo japonês. Todos nós somos apenas uma parte do todo.

Meu pai entrará no cômodo primeiro, como manda o protocolo imperial. Vou seguir sozinha, sem Mariko, sr. Fuchigami ou Akio nas minhas costas. Estico a coluna. Respiro fundo algumas vezes. Digo a mim mesma que um pouco de pressão faz bem. É assim que os diamantes são feitos.

A Sala de Audiências é enorme. Há vários representantes ali, incluindo o Grande Camarista, chefe do chefe do sr. Fuchigami. Uma quietude paira no cômodo, um silêncio de templo. Mas não há frieza. A sala é toda feita de cipreste. As paredes são revestidas de papel de parede com padrões de bambu, dando um efeito caloroso e convidativo. No centro, a imperatriz e o imperador estão sentados em cadeiras estofadas de seda, com uma mesa e um jogo de chá entre eles. Simples. Caseiro.

Me aproximo, entrando em uma espécie de transe enquanto faço reverências e menciono os títulos honoríficos corretos. Quando termino meus cumprimentos, aguardo com a cabeça baixa. Na minha visão periférica, vejo meu pai. Ele também está de pé. Nada se move. Nem mesmo o tempo.

— Por favor — a imperatriz fala. Seu tom é cordial. — Sente-se.

Cadeiras são arrastadas. Meu pai e eu nos acomodamos. Deposito as luvas no colo, cruzo as mãos sobre elas e mantenho meu olhar ali. Um criado serve o chá, colocando a xícara e o pires na mesa à minha frente. Minhas mãos estão tremendo quando os pego.

— Izumi-*chan* — a imperatriz fala.

Sua escolha pela forma de tratamento afetuosa me surpreende. Levanto o olhar e logo o baixo de novo, envergonhada. Mas, neste instante, consigo vê-la melhor. Sua personalidade é perceptível em suas feições: um rosto oval com um nariz pequeno e olhos bondosos. Sua pele enrugada tem cor de papel-manteiga, seu cabelo grisalho e brilhante está dividido ao meio, puxado para trás em um coque perfeito. Ela usa um quimono de seda marrom com listras douradas e prateadas. É muito graciosa.

— Seu pai fala muito bem de você.

Ergo a cabeça de novo. Desta vez, olho da imperatriz para o imperador. Há uma aura de impecabilidade sobre os dois. Meu avô é pequeno, já próximo de sua nona década de vida. Um par de óculos redondos está empoleirado em seu nariz e círculos negros se formam abaixo dos olhos — provavelmente ainda não se recuperou por completo da fadiga. Seu terno está um pouco folgado. É como se ele estivesse encolhendo com o tempo. Seu nome imperial é Takehito. O sufixo "hito" sinaliza o nível mais alto de virtude.

— *Sono yōna shōsan ni ataishimasen* — respondo, dizendo que não sou digna de tal elogio.

— O sr. Fuchigami nos contou que você está indo bem nos estudos — a imperatriz fala, os olhos brilhando.

Com a mão delicada e manchada pela idade, ela pega a xícara de chá e beberica devagar.

— Ainda tenho muito o que aprender — respondo com tranquilidade.

A imperatriz contrai os lábios.

— Sim — ela diz, pousando a xícara na mesa com um leve tinido. — Você não escolheu um hobby.

— Não, mas adoro botânica. — Uau, que baita improviso, Izumi.

Ela inclina a cabeça.

— Isso seria aceitável. Seu pai tem certo apreço por orquídeas. — Será que ela sabe que o interesse do meu pai por orquídeas tem relação direta com seu interesse pela minha mãe? — São sensíveis demais para mim. Prefiro azaleias. Quando eu era pequena, bebia o néctar das flores.

Sorrio um pouco.

— Eu também fazia isso. — Minha mãe tinha azaleias por todo lado. Ela me ensinou a retirar a flor do caule e sorver o néctar a partir da ponta, conforme aprendeu com a mãe anos antes. Sempre pensei que fosse uma coisa única para nós, da nossa família. Mas talvez seja mais que isso. Uma espécie de conexão com o Japão, um fio invisível. — Eu gosto bastante da espécie *omurasaki*.

Consegui cativar sua atenção.

— É uma linda flor. Sua mãe é botanista?

— Ela é professora de biologia em uma universidade, mas a botânica é uma de suas paixões, sim.

Ela me lança um olhar astuto.

O imperador bate os dedos no braço de sua cadeira.

— Seria melhor se seus pais fossem casados.

Minhas entranhas se contorcem.

— Por favor, não comece — meu pai diz para o pai *dele*.

Meu avô acena a mão, mostrando quem manda ali.

— Mil e quinhentos anos de monarquia e nunca tivemos um filho nascido fora do casamento.

— Isso não é verdade. — Meu pai está vermelho. — Ou esqueceu os antigos aposentos das concubinas, hoje estábulos de cavalos?

O imperador levanta as sobrancelhas grossas.

— Você deveria se casar com a mãe dela. Ter mais filhos. Um menino.

No Japão, apenas homens podem herdar o trono. Isso vai contra o que acredito. Tive discussões acaloradas com o sr. Fuchigami sobre o assunto. O Japão teve várias imperatrizes até o século XVIII. Então, no século XIX, a Constituição Meiji proibiu as mulheres de se tornarem herdeiras do trono.

Meu pai diz:

— Talvez seja hora de mudar as leis.

Meu coração quase para. A maioria das mulheres nascidas na família imperial acaba se casando com plebeus, como minha prima Sachiko. Ela está noiva do herdeiro de uma grande indústria de arroz. Quando se casar, vai deixar oficialmente a família imperial e perder seu título. Parece que vou seguir o mesmo caminho em algum dia *bem* longínquo. Mas meu pai está aqui, sugerindo que eu me torne imperatriz. Uau, acho que ainda não estou pronta para lidar com uma informação dessas.

— Izumi-*chan* — a imperatriz fala —, o que você acha disso?

"Pense no que você normalmente diria, então diga o contrário", esse foi o último conselho que Mariko me deu. A questão é que preciso comentar essa discriminação de gênero. Por mim e por todas as mulheres. Na verdade, tenho várias observações sobre esse assunto. Afinal, sou filha da minha mãe.

Com cuidado, deposito minha xícara na mesa enquanto penso na resposta mais diplomática.

— A Lei da Casa Imperial estipula que apenas filhos homens de imperadores podem herdar o trono. No entanto, alguns estudiosos argumentam que tal lei viola o princípio de equidade entre homens e mulheres, conforme estabelecido no Artigo 14 da Constituição.

— Você estudou a Constituição? — A imperatriz me observa com interesse.

— Sim — digo, com toda a educação. Valeu por essa, Mariko e sr. Fuchigami. — Historicamente, há precedentes para o reinado de mulheres. — Listo as oito imperatrizes que estudei, por interesse próprio. O que me parece válido. Afinal, os homens têm feito isso há anos. — Podemos até dizer que a deusa Amaterasu foi a primeira governante do Japão — completo calmamente.

Meu pai cobre a boca para rir.

A imperatriz bebe um gole de seu chá.

— Estou inclinada a concordar com você.

— E a tradição? — o imperador pergunta. — Três gerações se passaram desde que o estatuto Meiji entrou em vigor — ele fala sem emoção, como se estivesse apenas desfrutando de um bom debate.

Meu pai se intromete:

— Tradições são importantes. Mas acredito que podem tanto unificar quanto dividir. O senhor e minha mãe quebraram várias ao longo dos anos. Criar os filhos em casa...

Assinto, sabendo a que ele está se referindo. Mariko me mostrou alguns recortes de jornal. O imperador foi criado longe dos pais, e a nação ficou chocada quando ele não seguiu os passos deles. Moderno demais, disseram. O fim da monarquia, previram. Mando a meu pai um agradecimento silencioso.

— Uma nova tradição nasceu depois disso — diz a imperatriz, suavemente.

Meu avô dá tapinhas no joelho.

— De qualquer forma, a decisão não cabe a nós, mas ao povo.

Todos concordamos. Grandes coisas estão em jogo aqui, e obviamente essa não é uma decisão que uma pessoa sozinha deva tomar. Somos parte de uma instituição. Eu também sou filha do meu pai. Todos nós temos nosso lugar.

O que não significa que a história não possa mudar. Apenas influencia como essa mudança vai acontecer.

Além disso, nem sei se quero ser imperatriz. Ser princesa já é complicado demais. Se bem que eu gostaria de pelo menos poder escolher. Esse é o cerne da questão: escolhas.

O imperador levanta, seguido pela imperatriz. A sala volta à vida. Assistentes e criados se aproximam. Meu pai levanta. Eu também. Ainda segurando as luvas.

A imperatriz fala para mim:

— Você vai se sair bem aqui.

Sinto que é minha obrigação ser honesta e descarto o conselho de Mariko.

— Meu período aqui tem sido cheio de contratempos, Sua Majestade.

— Não. Você vai se sair bem. Não se trata de uma previsão. Eu realmente acredito.

Bem, é difícil argumentar contra isso. Ela sai atrás do imperador.

Meu pai se inclina e sussurra:

— Você sobreviveu.

Acabou. Respiro fundo e sinto como se tivesse inalando o ar depois de voltar do fundo da piscina.

Meu pai começa a caminhar. Eu fico para trás, planejando seguir em um minuto e assumir meu lugar entre as vigas. Um murmúrio percorre a multidão. A imperatriz para na porta. Fala seriamente com o imperador, que concorda com um aceno brusco. Ao ouvi-los, meu pai volta para o meu lado.

— Suas Majestades solicitam que toda a família se apresente na varanda. — Seu sorriso é largo, orgulhoso e contagiante. — Uma nova tradição.

Minhas mãos estão vibrando. Meu coração entala na garganta. Palavras são impossíveis.

O salão está repleto de oficiais, homens de ternos, guardas de trajes completos e o resto da família imperial. Há uma comoção quando eles são informados do novo plano: toda a família vai se reunir na varanda. O imperador e a imperatriz vão na frente. Meu pai e eu seguimos logo atrás. Depois, saem meu tio Nobuhito e suas filhas, as Gêmeas Iluminadas. Sua esposa, a mãe delas, não está presente. Ninguém comenta. Depois vêm o tio Yasuhito e a tia Asako, seguidos pelos filhos: Sachiko, Masahito e Yoshi, que pisca para mim. A procissão imperial começa.

Um conjunto de portas duplas é aberto por guardas imperiais em deslumbrantes uniformes verdes, com cordas vermelhas em volta dos ombros. Eles fazem uma reverência. Quarenta e cinco mil pessoas se reuniram do lado de fora para desejar felicidades ao imperador.

Meu avô vai na frente, seguido pela imperatriz. Todos tomamos nossos lugares ao lado dos dois, com meu pai imediatamente à esquerda do imperador e eu ao lado do meu pai. Os outros se posicionam ao lado da imperatriz. Estamos atrás de um vidro blindado, que não é suficiente para silenciar o estrondo. É ensurdecedor, vivo e carregado. Milhares de bandeiras *Hinomaru* flamulam no ar. O imperador fala em dois microfones. Faz um discurso, agradecendo ao povo por ter vindo celebrar seu aniversário. Em troca, lhes deseja saúde e felicidade. Os espectadores ficam encantados. Ele dá um passo para trás e acena.

A multidão entoa o cântico *Tennō Heika*. "Soberano celestial." O barulho fica mais alto ainda, com as pessoas batendo palmas, gritando, festejando. Dou um aceno, assim como meus parentes. Juntos. Como se fôssemos um. A alegria borbulha no meu peito. Orgulho também. Este é o destino. Não tem como ser mais óbvio. Eu estava destinada a estar aqui. Eu pertenço ao Japão.

26

Um almoço comemorativo é servido no salão de banquetes. Sento com meus primos, menos as Gêmeas Iluminadas, cujos assentos estão vazios. As mesas estão enfeitadas com faixas de linho branco e peças de cristal e porcelana. Arranjos de flores baixos exibem crisântemos dourados. Os lustres emitem uma luz quente, e saquê gelado embebido em crisântemo é servido. Brindamos à longevidade do imperador. Ele senta à cabeceira da mesa, com meu pai ao lado. O primeiro-ministro também está presente; ao entrar, fiz uma reverência, a qual ele correspondeu. Está tudo bem. O clima é alegre.

— Tudo o que estou dizendo é — Yoshi usa o garfo para pegar um pedaço de carne de porco com molho marrom — que você deve considerar soltar águias americanas em vez de pombos no seu casamento. Sabe, em homenagem à nossa prima americana aqui. — Minha risada anima Yoshi. — Teríamos que importá-las dos Estados Unidos, mas isso não deve ser problema.

— Tenho quase certeza de que o Serviço de Pesca e Vida Selvagem não permitiria — digo.

— Que tal galinhas, então? Aliás, não era pra esse bicho ser a ave nacional? — Yoshi pergunta.

Masahito suspira, afunda na cadeira e joga o guardanapo no prato.

— Peru. A ave nacional dos Estados Unidos era para ser o peru.

— Bem, não tem problema — Yoshi diz. — Peru então. Eles não voam e não são tão magníficos, mas acho que, em casos de emergência, podem servir.

Sachiko revira os olhos.

— Não vou soltar pombos, águias *nem* perus no meu casamento.

— Sim — Ryu concorda. — Guarde essa ideia para o seu próprio, Yoshi. Com quem quer que seja a infeliz pretendente.

Yoshi faz beicinho e uma careta ao mesmo tempo.

— Depois não vem colocar a culpa em mim se o casamento de vocês for uma chatice. Vocês poderiam ter perus.

Limpo os cantinhos da boca, tomo um gole de saquê e vasculho a sala com os olhos. A parede atrás do imperador é forrada com um tecido de seda exibindo um pôr do sol espetacular. Criados de luvas brancas alinham-se nas paredes junto aos guardas imperiais. Então eu *vejo*. Nossos olhares se conectam e depois se desviam.

Levanto devagar.

— Com licença.

— Não consegue segurar o saquê — Yoshi explica.

O corredor está silencioso, mas há alguns retardatários — um dignitário falando ao telefone, alguns camaristas discutindo cronogramas, as damas de companhia das Gêmeas Iluminadas... hum. Elas estão bloqueando o banheiro, como se estivessem de guarda. Curioso. Uma delas segura um copo d'água e abre a porta. Vislumbro as Gêmeas Iluminadas curvadas sobre uma mulher. É a mãe delas, Midori. Apertando a própria cabeça. Está vestida com esmero em um vestido de seda, mas é evidente que está desmoronando. Palavras ásperas são murmuradas e a dama de companhia se retira, com o copo intocado. Diminuo o passo. Paro. E viro. As damas de companhia estão com os ombros colados, como se para me impedir de entrar. Como se eu fosse forçar. Eu as encaro severamente, deixando meu olhar pesar nelas como um fardo. Então elas se separam de cabeça baixa.

Me aproximo e abro a porta.

— Está tudo bem? — pergunto delicadamente. Midori geme baixo e vira o rosto. As gêmeas estreitam os olhos para mim e param na frente da mãe, escondendo-a. Eu estico o pescoço, tentando espiar. — Precisa de algo? Água? Quer que eu chame alguém? Um médico?

Noriko avança. Seu vestido é azul-celeste de gola alta. Combina com a sombra forte e dourada.

— Você não vai falar disso com ninguém — ela diz.

— Claro que não, eu...

Akiko se junta à irmã. Seu vestido é verde-pastel. Suas mãos se fecham em punhos.

— Seu lugar não é aqui.

Recuo um pouco.

— Não vou contar a ninguém.

— Nem pense nisso mesmo, ou vamos arruinar sua vida — Noriko ameaça.

— Como falei, não vou contar a ninguém. Mas este não é o lugar mais discreto. Se conseguirem, vocês deveriam tirá-la daqui.

As gêmeas trocam um olhar, e é Noriko que fala:

— Nós que decidimos o que é melhor para a nossa mãe. Agora, vá embora, por favor.

Espero um pouco, piscando para elas. Não é problema meu. É hora de deixar pra lá. Coloco um sorriso no rosto.

— Melhoras — digo em voz alta, para que a mãe delas ouça.

As gêmeas ficam observando enquanto me retiro.

Estou de volta ao corredor e retomo meu curso. Me afasto do salão de banquetes, adentrando cada vez mais fundo na toca do coelho. Viro à direita. O amplo corredor está quase vazio. Dois guardas estão parados sob luminárias de bambu e fazem sentido quando eu passo. O tapete vermelho abafa meus passos, que se tornam mais apressados e mais frenéticos, combinando com meu coração.

Finalmente, chego a um conjunto de portas. Abro e fecho com cuidado. É a mesma sala onde me fotografaram mais cedo. O brilhante sol se infiltra pelas janelas, em um raio de luz, e deixa as partículas de poeira visíveis no ar.

As portas abrem. Eu viro. Akio. Sabia que me seguiria. Ele fica em silêncio por um momento, me olhando com a cabeça inclinada. Está iluminado pelo sol, que acentua todas as linhas duras de seu rosto. Ele é tão bonito. Uma escultura de mármore e vidro.

— Você saiu da mesa. — É tudo o que diz.

Dou um sorriso doce.

— Você disse que queria conversar.

Ele dá um passo à frente.

— Certo.

Ergo o queixo.

— Então?

O silêncio se prolonga. Ele balança a cabeça.

— Não sei por onde começar. — Fico encarando-o, paralisada.

Com o coração saindo pela boca e tal. Ele estende a mão, correndo os dedos do meu cotovelo até a palma da minha mão, envolvendo-a.

— Izumi. Princesa. Rabanete. — Ele me puxa. — Dança comigo?

— Não sei — hesito. Minha cabeça está girando. — Na última vez, não deu muito certo.

— Na última vez, fui um idiota.

Verdade. Coloco a mão em seu ombro.

— Não temos música — comento.

Akio disse a mesma coisa para mim da primeira vez.

Por fim, ele sorri.

— Vim preparado. — Ele pega o celular do bolso, percorre as opções e escolhe uma música. "The Rose" começa a tocar. — Não consegui encontrar a versão do Coro dos Homens Gays. A versão original de Bette Midler vai ter que servir.

— Eu aguento. — Meu corpo relaxa com um suspiro.

Está tudo certo com o mundo.

Ele apoia o queixo na minha cabeça. Começamos a nos balançar.

— Como foi com o imperador e a imperatriz?

— Bem, acho. — Eu me aconchego em seu peito.

Conto brevemente sobre o almoço. As piadas de Yoshi. A situação com as Gêmeas Iluminadas e a mãe no banheiro.

— A princesa Midori não está bem há um tempo. A imprensa vai pegar pesado com ela por ter perdido o discurso de aniversário do imperador.

Paro.

— É tão injusto.

Seu olhar é suave, seu tom, feroz.

— Melhor ela que você.

— Você não deveria falar assim — digo, embora seja sempre bom ter alguém para nos defender.

— É verdade.

Faço carinho em seu peito.

— Só tente não repetir.

— Vou guardar meus pensamentos para mim, então.

Retomamos a dança. A música termina e começa de novo.

— Você colocou para tocar de novo?

— Aprendi com a melhor.

— Achei que você não tinha percebido.

— Claro que percebi. — Sua voz está mais baixa e um pouco rouca. — Não há nada que eu não perceba em você.

Paramos de novo. Minha respiração está ofegante. Seu coração bate forte.

— Vai me falar o que queria?

— Não é óbvio? — Suas mãos sobem pela minha cintura, deixando um rastro de fogo em minha pele.

— Sou uma garota que gosta que as coisas sejam desenhadas.

Seus olhos castanhos brilham com um ar suspeito.

— Aquela noite em Kyoto foi a melhor da minha vida. A ideia de nunca mais ficarmos juntos de novo, a ideia de nunca mais tê-la em meus braços... — Ele me aperta mais forte. — Rabanete, estou tão apaixonado. — Estremeço, arrebatada por todos esses sentimentos. Essas são as palavras mais doces que já ouvi. São tudo que eu precisava. Fecho os olhos e depois abro. — Por favor, diga alguma coisa — ele implora.

Levanto o rosto e sorrio. Tudo está se encaixando, como dedos se entrelaçando ou uma chave entrando em uma fechadura. Somos compatíveis e não podemos nos separar.

— Definitivamente, acho que você deveria me beijar agora.

Ele enfim consegue respirar.

— Boa ideia.

Abaixa a cabeça. Seus lábios tocam os meus, hesitantes no início, mas depois com vontade. Eu também. Nossos corpos são pura adrenalina. Nos afastamos, nos olhando maravilhados e depois nos unimos de novo. Lábios com lábios. Mãos com mãos. Aqui, nesta sala, neste edifício, nesta terra, milênios de tradições desmoronam.

Algumas regras são feitas apenas para serem quebradas.

FOFOCAS DE TÓQUIO

Notícias urgentes!
S.A.I. a Princesa Izumi é pega com seu guarda imperial

---

15 de maio de 2021

Em matéria exclusiva, *Fofocas de Tóquio* revela o caso de Sua Alteza Imperial a Princesa Izumi com o guarda imperial Akio Kobayashi. Os dois andaram aos amassos por todos os cantos de Tóquio e Kyoto. Nossas fontes revelam que faíscas voaram no momento em que eles se conheceram.

Tudo começou com uma discussão acalorada entre os dois quando S.A.I. a Princesa Izumi teve que fazer uma parada não programada no aeroporto para usar o banheiro da cozinha dos funcionários.

O garçom Denji Kanroji relata que testemunhou uma discussão tensa entre a princesa e seu guarda. "Ficou claro que eles não se gostavam nem um pouco", Kanroji afirma.

Então como foi que os inimigos se tornaram amantes? A reviravolta aconteceu em Tóquio. A princesa escapou

para curtir uma noite na cidade e acabou tendo
problemas. Nas fotos obtidas com exclusividade pelo
Fofocas de Tóquio, vemos S.A.I. a Princesa Izumi sendo
carregada para fora de um clube de karaokê visivelmente
embriagada. Os dois ficaram ainda mais próximos
em Kyoto, disse uma fonte palaciana.

E quem é que esqueceu o incidente no hospital há uma
semana? Nele, Kobayashi aparece protegendo S.A.I. a
Princesa Izumi depois que um carrinho foi derrubado por
acidente. "Ele a segurou por muito tempo", relatou nossa
fonte. "Mesmo depois que a ameaça passou, ele continuou
abraçando-a com força."

Por fim, no almoço de aniversário do imperador,
os dois foram pegos dançando e se beijando em um
salão de baile vazio.

Mas quem é este guarda imperial que chamou a atenção
da princesa? Akio Kobayashi é filho de um ex-guarda
imperial altamente condecorado. Apesar do legado de sua
família, Akio foi escalado para se alistar na Força Aérea de
Autodefesa. "Seu pai ficou arrasado quando Akio decidiu
não seguir seus passos", disse um amigo da família. "Foi
só quando a mãe adoeceu e o pai se aposentou que Akio
decidiu a contragosto se tornar um guarda imperial.
O garoto sempre teve a cabeça nas nuvens. Queria
se tornar piloto, e acabou como consorte da princesa!"

"Ele se excedeu", diz a blogueira imperial Himari Watanabe.
"Eu fico mal pela princesa. Está claro que ele se aproveitou
dela. Kobayashi deveria ser demitido, no mínimo.
É uma vergonha. A princesa merece coisa melhor."

Há quem discorde de Watanabe. "Os dois são culpados", disse uma fonte da Agência da Casa Imperial. "A princesa cortejou o guarda. No fundo, ela é uma romântica, americana demais. Impulsiva, ousada e teimosa. Ambos passaram dos limites."

A Agência da Casa Imperial se recusou a comentar o caso.

27

Na manhã seguinte, acordo com meu celular vibrando na mesinha de cabeceira. Estico o braço para pegá-lo. Há uma enxurrada de mensagens de Noora e das meninas. A última diz: "Você está bem?". Há um texto anexado. Abro para ler. Manchetes piscam diante dos meus olhos, e as palavras queimam, deixando cicatrizes.

S.A.I. a Princesa Izumi.
Caso.
Guarda imperial.

Cubro a boca automaticamente. É tudo muito sórdido. Obsceno. Akio é o vilão. Eu sou a arrivista americana. Pior ainda são as fotos: no karaokê, do lado de fora do restaurante em Kyoto, no hospital e, finalmente, no aniversário do imperador. São desfocadas, como se tivessem sido tiradas de longe. O ângulo revela que o fotógrafo estava na porta. Alguém nos espionando.

As peças se encaixam. *Fonte palaciana. Seu lugar não é aqui.*

As Gêmeas Iluminadas.

Elas devem ter orquestrado tudo isso, provavelmente mandando alguém me seguir durante esse tempo todo. E eu ainda por cima ajudei, praticamente lhes dando de bandeja a história que será a minha ruína.

No mesmo instante, penso em Akio. A ideia de que ele esteja sofrendo é demais para mim.

Encontro seu contato e ligo. Caixa postal. Mando uma mensagem: "Me liga". Mas a mensagem não chega. Tento de novo. Mesma coisa. O que pode estar acontecendo? Ouço vozes pelo palácio. Visto um robe e vou até a sala de estar. O sr. Fuchigami está ali com Mariko, dois outros camaristas e um grupo de funcionários imperiais — secretários, assessores de imprensa e guardas. Nada de Akio. Nada de príncipe herdeiro.

— Olá — digo. Minha voz está um pouco trêmula. Meu corpo também, aliás.

A sala fica em silêncio. Todos olham para mim e desviam o olhar. Faço um balanço da minha apresentação: cabelo bagunçado, roupão, lágrimas embaçando minha visão. Estou péssima. É tipo a Estrela da Morte explodindo, ou a Manopla do Infinito de Thanos destruindo tudo.

— Izumi-*sama* — Mariko diz.

Vou até o sr. Fuchigami.

— Não consigo falar com Akio.

Ele ignora o telefone tocando em sua mão.

— Sua Alteza, temos muito o que discutir. Talvez deva se trocar. Vamos sentar e pensar em estratégias.

— Vamos ter que negar tudo — Mariko diz atrás de mim.

O sorriso do sr. Fuchigami é plácido.

— Impossível. O estrago está feito. Vamos entrar no jogo do *Fofocas de Tóquio* e dizer que se aproveitaram da princesa.

— Não — digo, cerrando o punho. — Só... Não. Akio. Onde ele está? Preciso falar com ele.

O sr. Fuchigami me olha como se estivesse surpreso por eu ainda estar ali. *Não falei para você ir se trocar?*

— O sr. Kobayashi não é mais empregado da Guarda Imperial. Vamos designar um novo guarda para sua posição.

Demitido. Akio foi demitido. É culpa minha.

Meus ouvidos estão zumbindo. É difícil pensar. Acho que vou vomitar. Isto é terrível. O que foi que eu fiz? Deus, estou brava comigo mesma, mas não tanto quanto os outros devem estar.

— E meu pai? Queria falar com ele.

— O príncipe herdeiro está com Sua Majestade o Imperador — o sr. Fuchigami diz. — Os eventos de ontem exauriram seu avô. Receio que eles não possam ser incomodados em seus assuntos oficiais. No entanto, seu pai foi informado da atual situação e vai vê-la no jantar esta noite.

Fico com ânsia de vômito. Nunca levei um chute na barriga, mas tenho quase certeza de que a sensação seria essa. Não quero olhar para o sr. Fuchigami. Não consigo nem imaginar quais seriam as consequências se isso saísse nos jornais. "Como membros da família imperial, é esperado que sejamos irrepreensíveis", foi o que meu pai disse depois do casamento do primeiro-ministro.

— Ok. — Minha voz falha. É difícil encontrar as palavras certas. Para que tentar? Viro e me obrigo a sair da sala.

As conversas recomeçam atrás de mim. Não quero ouvir. Encontro um fio de esperança e me agarro a ele. Vou até meu armário, abro gavetas, visto uma legging e uma camiseta. Mariko aparece e me impede de sair.

— Aonde você está indo? — ela pergunta com cautela.

— Preciso ver Akio.

— Izumi-*sama* — ela diz, tomada por pena.

— Me deixa. — Minhas pernas estão moles. Quero desabar. Ficar encolhida na cama até que tudo passe. *Se recomponha.*

— Você não pode ir vê-lo.

— Por favor, chama o motorista — digo, vacilante.

— Não é uma boa ideia — Mariko alerta.

Limpo meu nariz. As lágrimas jorram descontroladas.

— Você não entende. Preciso vê-lo.

Mariko coloca as mãos nos meus ombros e aperta.

— Se você for para a casa dos pais dele, só vai piorar as coisas. O lugar está cercado por *paparazzi*. O melhor a fazer por si mesma *e* por Akio é deixar essa história morrer.

Fico paralisada, entorpecida. O que Mariko diz faz sentido. Não preciso botar mais lenha na fogueira. Mas também não quero que ele pense que o abandonei. De repente, sei o que fazer.

— Então você pode fazer um favor para mim?

Uma carta. Vou escrever uma carta para ele.

As narinas de Mariko inflam.

— O sr. Fuchigami ainda está aqui. Ele proibiu todo mundo de entrar ou sair do palácio. — Ela gira os polegares enquanto pensa. — Mas por acaso sei que seu primo Yoshi está na residência e não tem tantas restrições. Que tal tomar um banho? Com a janela aberta? Está soprando uma brisa adorável agora. Claro, vou pedir para a segurança evacuar a área.

Quero dar um beijo nela. Mas só dou um sorriso agridoce.

— Um banho parece ótimo. Se importa de pegar meus tênis de corrida e uns papéis? Você sabe que são indispensáveis para meu banho.

— Sim, Sua Alteza — Mariko diz sensatamente. — Posso sugerir também que leve um moletom com capuz? Algo escuro que combine com as árvores da propriedade? Acho que tenho a peça perfeita. A última moda para a primavera e aventuras secretas pela floresta.

28

Akio,

*Por favor não me arranque
da memória, do seu coração
perfeito. Deixe
que continuemos como
antes, contra o mundo*

Sinto muito por tudo. Por favor, me encontre em frente à placa de limite de velocidade da rodovia, às 13h, do lado de fora da propriedade imperial.

Izumi

Coberta pelo capuz do moletom, saio correndo pela propriedade. Quando chego à casa de Yoshi, estou sem fôlego. A arquitetura do edifício é muito semelhante à do Palácio Tōgū — moderna com linhas simples, porém um pouco menor, e nem de perto tão grandiosa.

 Ouço um estalo de cascalho atrás de mim e uma arma sendo engatilhada.

 — *Kōgūkeisatsu no meirei de, te wo agete kudasai.*

 Nunca pensei que aprender japonês pudesse salvar minha vida um dia. Ainda bem que entendo o suficiente para fazer o que pediram: "Mãos para o alto".

Viro com as mãos erguidas e a carta entre dois dedos. É Reina, e ela está apontando sua arma bem para o meio do meu peito.

— Sua Alteza. — Reina guarda a arma e faz uma reverência exagerada. — Me perdoe. Confundi a senhorita com uma das fãs de Yoshi.

— Tátudobem — digo, as mãos ainda para cima.

Reina me lança um olhar duro.

— Pode abaixar as mãos.

Abaixo lentamente.

— Yoshi está em casa? — É mais uma afirmação que uma pergunta; onde Yoshi vai, Reina vai atrás. Minha pulsação ainda está acelerada. Respiro fundo, tentando superar minha experiência de quase morte.

Ela acena para a casa.

— Ele está lá dentro, e só chegou em casa depois das três da manhã. Talvez nem esteja acordado ainda. Provavelmente está com uma dor de cabeça terrível. Fale alto, se puder. Na verdade, toque a campainha, ele odeia isso.

Uau, Reina, pode se abrir comigo.

— Eu não deveria estar aqui — digo, reparando no fone de ouvido em sua orelha.

Ela dá de ombros.

— Você esquece que apontei uma arma para o seu peito, e eu esqueço que você esteve aqui.

— Combinado. — Fazemos uma reverência uma para a outra.

Reina se funde novamente à paisagem. Bato na porta, e só para agradar Reina, toco a campainha três vezes seguidas. Acorde. Acorde. ACORDE.

Depois de alguns minutos, Yoshi abre a porta. Seu cabelo está todo desgrenhado, arrepiado em ângulos estranhos. Sua camiseta com decote V é branca e sua calça esportiva de veludo tem uma faixa de lantejoulas douradas de cada lado. Ele solta um resmungo alto, longo e dolorido.

— Falei para Reina que não queria receber ninguém — ele grita para as árvores. Tenho quase certeza de que Reina, onde quer que esteja, está mostrando o dedo do meio para ele. — Ah, é você. — Yoshi se concentra em mim, preocupado. — Como vai, querida? Segurando firme? É assim que se fala? Parece que não.

Retiro o capuz.

— Você soube o que aconteceu?

Ele zomba.

— Com proibição de mídias ou não, a família toda já está sabendo. A Agência da Casa Imperial enviou um memorando. — Ele sorri, encostando no batente da porta. — Sua safadinha. Não sabia que você estava de olho no seu guarda imperial. Agora, entre e conte ao primo Yoshi todos os detalhes. Vou preparar um drinque pra você. Como é que os americanos dizem? Deve ser cinco horas em algum lugar? Tenho certeza de que essa eu acertei.

Ele vira, mas agarro sua camiseta e o puxo de volta.

— Opa, tire as mãos de mim — ele diz, com um olhar horrorizado. — É Dior.

Eu o solto.

— Escuta, preciso que você entregue uma coisa para Akio.

Yoshi ergue o queixo.

— Estou intrigado. Conta mais.

— Isto. — Coloco a carta em suas mãos. — Por favor, é importante. — Passo o endereço de Akio. — Não consigo falar com ele.

— Provavelmente o celular dele foi confiscado pela Agência da Casa Imperial. — Ele fica revirando a carta. — Como é que se diz? Não sei o quanto quero estar envolvido no seu escândalo sexual.

— Só estou tentando marcar um encontro. Preciso falar com ele.

Ele fica mais paciente.

— O que está fazendo, Izumi? Você sabe que nada de bom pode sair disso, não é? Namorar um membro da classe trabalhadora não pode nem passar pela sua cabeça.

— Sachiko vai casar com um plebeu.

— Sachiko vai casar com o herdeiro de um verdadeiro império de arroz e que é parente dos Takamori. Ryu pode bancar a vida que ela costuma ter. *Takai, takai, takai*. — A famosa expressão brinca com os três significados da palavra *takai*: "caro", "superior" e "alto". As características ideais para potenciais interesses amorosos.

Yoshi tenta me devolver a carta. Dou um passo para trás, me recusando a pegá-la.

— Por favor. Faça isso por mim.

Ele solta um longo suspiro, resignado. Então cruza os braços, com a carta no sovaco.

— O que vai acontecer se ele aparecer? Vocês vão fugir juntos?

— *Se* ele aparecer. Não vamos fugir.

— E se ele não aparecer?

Estrelas vão explodir. A Terra vai parar de girar. Remexo os pés, olhando para o chão.

— Não sei. — Perco o fôlego. Japão é Akio. Akio é o Japão. Fecho os olhos com força, depois os abro. — Só entregue a carta. Tenho certeza de que ele vai aparecer.

Yoshi brinca com a língua atrás da bochecha.

— Está bem, eu entrego.

Sorrio e me aproximo para abraçá-lo.

— Obrigada. Você não sabe o quanto isso significa pra mim.

Ele me envolve em seus braços.

— Eu sei, eu sei, eu sou o melhor. — Ele me aperta, então se afasta. — E por favor, eu te imploro... dá um jeito nesse cabelo. Você não vai conquistar coração nenhum desse jeito.

— Você é o pior, Yoshi. Simplesmente o pior — digo, mas, pela primeira vez no dia, estou sorrindo.

Ele aninha a carta no peito.

— Você nunca vai saber o quanto suas palavras me emocionaram.

Cruzo os braços.

— Tenho quase certeza de que Reina te odeia.

— Mentira. Blasfêmia. Ela está cega de amor por mim. — Ele bate a carta no meu queixo. — Tendo um final feliz ou não com o guarda, você vai ficar bem. Acredite em mim. Já me apaixonei meia dúzia de vezes. Você vai superar.

— Certo. — Meu tom não poderia ser menos convincente.

Corro de volta para o palácio, deixando Yoshi com a carta em suas mãos. Penso em Akio. Em sua alma generosa. Em seus olhos bondosos. No nosso beijo. Esse não pode ser o fim.

29

Estou adiantada. Mariko está me cobrindo no palácio. Se alguém perguntar, estou dormindo. O sol está alto e forte próximo à placa de limite de velocidade da rodovia. Estou usando as mesmas roupas desta manhã. Não segui o conselho de Yoshi.

Enfio as mãos nos bolsos, verifico as horas. Quase uma da tarde. Um carro muda de faixa, desacelera perto do meio-fio e para, piscando luzes vermelhas. A porta abre. Prendo a respiração. Não é Akio, são apenas umas garotas. Dão risada e vão embora.

Vinte minutos se passam. Agora ele está oficialmente atrasado. Tudo bem. O trânsito de Tóquio é uma merda. Talvez sua mãe estivesse precisando de algo. Ou ele não tenha conseguido escapar da multidão do lado de fora da sua casa. Sim. É isso. Fico procurando desculpas conforme os minutos se passam, até completar uma hora. Observo os carros voarem por mim. É engraçado como a vida continua quando a minha parece ter parado. Já são duas horas. Encontrei um banco a uns metros de distância e estou encolhida nele.

Noora está me fazendo companhia por mensagem de texto.

Noora
Nada ainda?

Eu
Nada.

>   Eu
>   **Promete falar a verdade?**

> Noora
> **Sempre.**

>   Eu
>   **Se alguém de quem você gosta muito a fizesse perder o emprego, você perdoaria essa pessoa, certo? Mesmo se esse emprego fosse tudo para você e para a sua família? Mesmo se esse emprego tivesse sido passado de geração em geração, honrando centenas de anos de tradição e que deixá-lo por conta de um escândalo fosse arruinar sua família para sempre?**

> Noora
> **Ai, amiga...**

Certo. Mal consigo respirar. É tão doloroso. É como se estalactites minúsculas perfurassem meus pulmões. Todas as minhas esperanças se foram. Gastei tudo o que tinha. Não tenho mais de onde tirar energia. Akio nunca se atrasa. Ele não vem.

É hora de desistir. Meu corpo está pesado e vazio enquanto caminho de volta para o palácio.

Mariko está à minha espera no quarto.

— Ele não apareceu? — ela pergunta.

Balanço a cabeça uma única e triste vez. Não quero falar sobre isso. Não consigo. Vagueio pelo quarto, toco o edredom na cama. Sonhei com tantas coisas aqui. Meus olhos pousam no baú de ouro. Uma árvore bonsai foi colocada no lugar do arranjo de flores-de-íris. Fico observando-a. Os galhos estão tortos, desconjuntados. Assim como eu. Um osso quebrado pode ser colocado de volta no lugar, mas nunca mais vai ser o mesmo. É o que acontece quando nipo-americanos retornam ao Japão. Eles podem até parecer os mesmos, mas são diferentes. Tortos. *Estrangeiros*. E essa é a terrível verdade.

Meu lugar não é aqui. Tanta coisa me distancia do Japão. Nunca vou entender completamente os costumes, a cultura, as regras. Aprendi a lição final: princesas não namoram guarda-costas. Apontar para os outros, caminhar na frente do príncipe herdeiro, ir para o aeroporto de moletom, mencionar a irmã do primeiro-ministro para ele, eu não poderia ter *feito* nada disso.

— Izumi-*sama*? — Mariko me chama.

— Estou bem — digo, sem vida.

Porque a sensação é de que minha vida acabou. Minha próxima parada é o armário. Ignoro as roupas em tons pastel e pego a mala vermelha na prateleira de baixo. A cor é tão espalhafatosa que é como um golpe em todas essas roupas chiques. Ah, a ironia. Como pude pensar que algum dia me encaixaria aqui?

— O que está fazendo? — Mariko se aproxima, com a expressão oscilando entre sofrida e gentil e relutante.

— Vou para casa.

Uma coisa é indiscutível: se eu não tivesse vindo para o Japão, nada disso teria acontecido. Fui uma idiota por acreditar que minhas raízes poderiam se expandir para além de todas essas paredes construídas ao meu redor. Afinal, sua vida só pode crescer de acordo com o tamanho do recipiente em que você foi plantado.

Enfio calças de ioga, moletons e calcinhas bregas na mala. Meu celular vibra. Uma coroa ilumina a tela — o emoji que escolhi para representar meu pai. Ele deixa uma mensagem na caixa postal e uma mensagem de texto, que diz: "Precisamos conversar. Saindo em breve". Bloqueio a tela.

Mariko está me observando.

— Você não vai contar que está indo embora?

"Precisamos conversar." Na última vez que ele disse essas palavras, estava tão bravo... Não consigo nem imaginar como deve estar se sentindo agora. Acho que não quero descobrir. Além disso...

— É melhor assim — digo.

Separações abruptas sempre se curam mais rápido, porque a verdade é esta; a verdade *é* que todos vão ficar bem quando eu partir, provavelmente até melhor. Tudo vai voltar a ser como era, menos para Akio. Nunca vou me perdoar por isso.

Continuo fazendo as malas loucamente. Mariko não sai de perto, testemunhando a minha absoluta destruição. Ligo para minha mãe e apoio o telefone no ombro.

— Zoom? — ela fala com voz sonolenta.

— Quero ir pra casa. Pode me ajudar a reservar um voo?

Ouço minha mãe se mexendo, depois apertando o interruptor da luz.

— O que está acontecendo? — Fico em silêncio. Minha mandíbula está tensa. — Izumi, fala comigo.

Inspiro. Expiro. Fungo.

— Tóquio virou uma confusão.

— Mas e seu pai...

— Por favor, mãe — explodo. — Só me ajuda a ir embora daqui. Te conto tudo quando chegar.

O que importa agora é chegar em casa, e não precisa ser inteira.

Ela demora um pouco para responder, mas fala com uma voz uniforme:

— Tudo bem. Me dê uns minutos.

Desligo. Ela vai cuidar de tudo. A mala está cheia. Eu a fecho.

— Espere — Mariko diz.

Ela pega os documentos com a história da minha família materna na mesinha de cabeceira e me dá. Agarro os papéis, mas ela não solta. Ficamos em um cabo de guerra.

— Por favor, pense melhor.

— Já tomei minha decisão. — Ela deve ver a resolução nos meus olhos.

Não há o que fazer. Ela solta. Guardo os documentos na mala.

— Então é isso? — Mariko pergunta, sem emoção, apesar de seus olhos estarem cheios de lágrimas. — Você simplesmente vai embora?

— É isso. — Lágrimas caem descontroladas, do rosto dela e do meu. — Mas você deveria saber que... bem, você é a melhor dama de companhia que eu já tive.

Ela revira os olhos de leve.

— Sou a única dama de companhia que você já teve.

— Sim, mas eu simplesmente sei que você é a melhor. Para completar, você também é uma ótima amiga. — Mariko devia ter nascido princesa. — Você vale muito mais que todas as Akikos e Norikos e os malas da escola que te fizeram se sentir tão mal. Eu nunca vou te esquecer.

Mariko funga. Pega um lenço escondido na manga e assoa o nariz.

— Qual é o plano? Como vai sair daqui?

— Vou pegar um táxi na rodovia.

Ela balança a cabeça.

— Não. Não vai dar certo. Vou pedir um carro para você. Te encontro na placa em frente à rodovia.

— Você faria isso?

— Claro — ela diz, de volta ao seu papel. — Sou sua dama de companhia. É meu dever e minha honra.

30

Em 1991, um estudo foi conduzido no Japão para analisar o fenômeno das respostas neurovegetativas ao estresse psicológico que leva à disfunção do ventrículo esquerdo. Este estado é denominado cardiomiopatia de Takotsubo.

Em outras palavras, são evidências concretas para o seguinte: a *síndrome do coração partido* é real.

O voo para casa é tranquilo. No desembarque, a comissária de bordo diz:

— Tenha um bom dia. — Seu sorriso é brilhante e bem-intencionado. É uma frase pronta. Assinto por hábito e respondo:

— Obrigada, mas tenho outros planos.

Estou cansada e melancólica. Sentimentos são uns verdadeiros filhos da puta. Na primeira oportunidade que eu tiver, vou desligar os meus. Para o meu azar, sou absolutamente patética em se tratando de emoções. Os filmes que vi no avião me fizeram chorar. O casal voltando da lua de mel me fez lacrimejar. Quando a aeromoça perguntou se eu queria peixe ou salada com queijo de cabra e rabanete em conserva, explodi em lágrimas.

A caminhada pelo aeroporto é solitária. Me acostumei com Akio franzindo a testa, Mariko se agitando e o sr. Fuchigami me mostrando locais históricos. Para manter minha vibe de vou-botar-fogo-em-tudo, bloqueei todos os números de telefone internacionais. As únicas chamadas que estou atendendo são da minha mãe e da GGA.

Desço as escadas rolantes. A mala em meu ombro está carregada com todos os meus problemas emocionais. Da próxima vez que eu sentir um desejo incontrolável de procurar meu pai e acabar descobrindo que sou uma princesa, vou fazer a coisa certa e colocar um ponto-final nessa merda. Sim. Da próxima vez.

Minha mãe está me esperando. Dou o primeiro sorriso em séculos quando vejo que ela trouxe Tamagotchi. Eu o pego no colo e ele fica rosnando e se contorcendo até que eu o coloque no chão. Ele se esconde atrás da minha mãe.

— Cuidado, tenho quase certeza de que ele comeu cocô de veado esta manhã.

— Ele sempre gostou de comidas exóticas.

Faço um último carinho na cabeça do Tamagotchi e ele dá mordidinhas na minha mão. Em seguida, me jogo nos braços da minha mãe, encontro aquele lugar reconfortante em seu pescoço e choro. Estou tão acostumada a fazer reverências e assentir que o contato físico parece uma novidade, mas não indesejada. Ela cheira a incenso e sabão em pó. Enfim, cheiro de casa. De repente, tudo parece estar no lugar certo, ou pelo menos um pouco mais ajustado.

Ela me faz cafuné e segura meu rosto com as duas mãos.

— Ah, Zoom. Me conte tudo no carro. Vamos pegar sua mala.

Com os braços nos ombros uma da outra, caminhamos até a esteira. Me apoio nela e deixo minha tristeza transparecer na moleza do meu corpo. Ela aguenta o peso.

As bagagens já estão rodando na esteira. Procuro a minha mala e de repente noto uma placa rosa-choque. *Bem-vinda do hospital! A hemorroida sumiu, eba!* Três garotas estão sorrindo e acenando freneticamente: Noora, Hansani e Glory.

— Elas insistiram em vir — minha mãe diz, resignada. Sabe que não é possível nos conter. O que Deus uniu o homem (ou a mulher) não pode separar. — Você vai ter que sentar no meio. Vai ser uma viagem apertada.

Não me importo. Saio correndo e abraço cada uma delas.

— Eu disse que a placa era um exagero — Hansani sussurra para mim.

No ensino fundamental, ela já era um pouco linguaruda. Gosta de seguir as regras e não tem vergonha disso.

Me afasto um pouco e fico olhando para elas.

— Odeio vocês. — Viro para Hansani. — Menos você, você é maravilhosa. — Em seguida, eu as puxo de volta.

É uma viagem de cinco horas até em casa. Sou o principal entretenimento, e conto tudo para elas. Todos os detalhes amargos. O começo conturbado com Akio. O desenvolvimento da minha relação com meu pai. As sabotagens das Gêmeas Iluminadas, e seu *grand finale*, com elas vazando meu romance tabu para os tabloides. Do lado de fora, a paisagem desértica dá lugar a florestas de pinheiros. Embalagens de bolinhos se espalham pelo chão do carro. As meninas vieram carregadas. Glory trouxe até um biscoito do Black Bear Diner.

— Você contou para o seu pai? — minha mãe pergunta.

Fico em silêncio. Contei, sim. Depois do casamento do primeiro-ministro, tentei explicar que as gêmeas tinham armado para mim, mas ele não quis saber. Como me senti com isso? Nada bem. Nada bem mesmo.

— Elas me deixam louca — falo, imaginando a cara idiota e maligna das gêmeas.

— Tenho certeza de que qualquer júri absolveria você — Noora me tranquiliza.

Pelo espelho retrovisor, vejo que minha mãe está sorrindo. Hansani está na frente. Ela é uma excelente copilota, animada e atenta, sempre apontando pontos interessantes. Estou esmagada entre Glory e Noora. Não me importo. É bom, como um ninho. Quando estou com elas, nada pode me atingir. Ou, pelo menos, posso esquecer por um tempo todas as coisas que me atingem.

— Nem ligo mais pra isso. — Ligo, sim, mas há tantas outras coisas em que me concentrar agora, tipo meu coração partido. — Akio me odeia. Destruí a vida dele. — É por isso que ele não foi me encontrar aquele dia. Como poderia, depois de tudo o que eu fiz? O amor pode machucar tanto quanto pode curar.

— Talvez você só precise dar um tempo pra ele — Glory sugere com cuidado.

Pelo visto, ela é meio que uma romântica enrustida. Que bom que o divórcio dos pais não a traumatizou tanto. Ela vai conseguir voltar para o mundo dos casais, já eu...

Será que fui embora cedo demais? Desisti muito fácil?

— Não — digo. Glory não estava lá. Não ficou esperando na calçada, vendo o sol descer pelo céu com o coração nas mãos e a alma desnuda e estraçalhada. — Não importa mais. Nunca fui um deles. O Japão não é pra mim.

Noora faz carinho na minha perna. Inclino a cabeça para trás e fecho os olhos. Não existe felizes para sempre. Contos de fadas são pura baboseira.

Fim.

31

Uma semana inteira se passa. Sigo enfiada no meu quarto. Por um tempo, me mantive atualizada sobre os tabloides; eles continuaram noticiando meu caso amoroso, se banqueteando da carniça, mesmo que Akio estivesse desaparecido, e eu, em outro continente. Até que não aguentei mais e passei a só assistir a programas ruins, principalmente reality shows. No sétimo dia, maratono uma série sobre um cara casado com cinco mulheres. Estou tendo avanços significativos no quesito pena de mim mesma. É digno de prêmio. Eu me convenço de que é uma coisa positiva. Temos que saber adaptar nossas metas. Além disso, também não tenho tomado banho. Está fazendo calor e não tenho ar-condicionado. Então, sim, estou na pior.

Minha mãe tem apoiado relutantemente meu novo estilo de vida eremita. Ela traz comida e bebida e abre minhas cortinas, mesmo quando eu sibilo para a luz do sol feito um vampiro. Jones passou aqui, trazendo uma infusão para corações partidos e um pouco de aromaterapia — hortelã-pimenta para melhorar meu humor e aumentar minha energia.

Noora entra no meu quarto como um furacão. Encara meus pijamas. Escolhi um tema natalino esta manhã.

— Alguém aí esqueceu que já é tarde? — ela pergunta.

Seu cabelo está particularmente brilhante hoje. Detesto isso.

Eu a encaro com olhos moribundos, rezando pela doce libertação da morte.

Ela fareja o ar.

— Bem, pelo menos sua caverna da vergonha está cheirando um pouco melhor hoje. Isso é patchuli e hortelã-pimenta?

Deito de costas.

— Jones me deu umas essências.

— Você já saiu de casa?

— Minha mãe abriu a janela de manhã. — Não conto que não saí de casa a semana inteira. Realmente não tenho motivos para sair. O mundo é um lugar frio. A formatura é daqui a alguns dias. O chapéu e a beca estão pendurados no armário. Suponho que eu tenha que dar as caras. Jones está organizando um jantar de comemoração. Tenho mil por cento de certeza de que é só para ficar perto da minha mãe. Posso decifrá-lo, até chegar a todo aquele amor não correspondido. Pobre coitado. Sinto pena dele. De verdade.

Na tela, as esposas lamentam serem perseguidas por conta de suas crenças. Noora revira os olhos e desliga a televisão.

— Ei! — protesto, sem força. — Eu estava assistindo.

— Zoom. — Ela senta do meu lado na cama. — Você já está abaixo do fundo do poço.

Viro para ela.

— Não dá. Não dá mesmo. Dói demais. — Só consigo pensar em tudo que eu tinha. Em tudo que perdi. No quanto me machuquei. — Pensei que o Japão era a resposta para tudo. Mas eu ainda sou eu. Nada mudou. — Fecho os olhos com força e lágrimas escorrem pelos cantos. A grande revelação sobre o meu coma de sete dias de reality shows é que não me sinto muito melhor.

Ela deita ao meu lado e se aconchega. Nossos narizes quase se tocam.

— Por que isso é tão ruim? — Seus olhos escuros são poços de preocupação.

— Você já sentiu que não pertence a lugar nenhum? Como se fosse duas metades discordantes, vivendo em um só corpo? Não sou americana o bastante nem japonesa o bastante. — Pensei que morar em outro país e conhecer meu pai me tornaria completa, me mostraria um jeito de juntar essas duas partes.

Alguns segundos se passam.

— Ah, entendi. Você está passando pelo dilema existencialista nasci-com-uma-raça-diferente-na-América-branca.

— Tem nome pra isso?

— Claro que tem.

— E qual é a cura? — Meu coração se expande com esse último resquício de esperança.

— Não sei se existe. Algumas coisas apenas devem ser sentidas.

— Então, não tem nenhuma solução milagrosa?

— Foi mal. Acho que não. Temos que descobrir sozinhas quem somos e qual é o nosso lugar.

— E qual é o meu lugar?

— Bem — Noora diz. — Não tenho certeza, mas acho que você se encaixa perfeitamente ao meu lado... e com Glory e Hansani, mas mais comigo, porque eu sou a melhor. — Ela sorri. — Já é alguma coisa, não é?

Fungo e limpo o nariz na minha manga.

— É muita coisa.

— Volte para o mundo dos vivos — Noora pede, pegando minhas mãos. — Se não houver uma solução, pelo menos podemos ficar juntas em nosso estado de permanente confusão. Precisamos de você. — Ela faz uma careta. — Além disso, você precisa lavar esse lençol. Por que está tão fedido assim?

Certo. Derramei um pouco de leite uns dias atrás. Reflito sobre o cutucão gentil de Noora. Ela está certa. Esse fundo de quintal abandonado não sou eu. Minha disposição natural é sempre caminhar pelo lado ensolarado da rua. Além disso, preciso parar de assistir a reality shows. Por mim e pelo mundo. É hora de voltar à terra dos vivos e ser um membro contribuinte, ou pelo menos semifuncional, da sociedade.

Começamos arrumando minha cama. Pequenos passos. Noora finge que vai vomitar quando migalhas e embalagens caem no chão. Ela também pergunta se minha mãe tem um traje de proteção disponível. Não ligo.

Estamos colocando os lençóis na máquina de lavar quando alguém bate na porta. Despejo uma quantidade generosa de sabão no recipiente e fecho a tampa. Acho que isso deve resolver.

Outra batida.

— Deve ser o Jones — falo para Noora, pulando na frente dela.

Ontem, ele prometeu trazer mel fresco. Tamagotchi fica todo animado e me segue.

Abro a porta. Meu queixo cai. Solto um pequeno suspiro.

Noora se apressa e para atrás de mim.

— Ele está aqui — ela sussurra-grita. — O George Clooney asiático. Em carne e osso.

Estou sem palavras. Sem fôlego. Feito um peixe jogado pelas ondas na areia. Ali, emoldurado na porta, simplesmente ali, está meu pai — *o príncipe herdeiro do Japão.*

32

O sorriso dele é fácil, afetuoso. Ele inclina a cabeça.
— Izumi-*chan*. Encontrei você.
— O que... você está fazendo aqui?
Tamagotchi fareja os sapatos dele e morde a barra da sua calça.
Pego um osso no chão e o atiro no corredor. Tamagotchi corre atrás dele.
— Você me convidou — ele diz com simplicidade.
— Ah, meu Deus — Noora diz. — Vou fazer uma chamada de vídeo com as meninas.
— Olá. — Meu pai inclina a cabeça, espiando Noora atrás de mim. — Sou Makoto, Mak para facilitar. Pai da Izumi-*chan*. — Ele estende a mão.
Noora coloca o telefone no bolso e me empurra para o lado, o que é fácil, já que todos os meus membros-barra-defesas estão inválidos e molengas no momento. Ela cumprimenta meu pai.
— Noora. Farzad. Nenhuma relação com a família Farzad da empresa de lavagem a seco. Sou amiga da Izumi. Ela me falou tanto de você. — Noora dá uma risadinha. Muitas risadinhas, na verdade.
Ela não solta a mão dele. Certo. Hora de dar um jeito nisso. Eu os separo, então bato meu quadril nela. Menos, garota.
— Não estava esperando você.
De repente, percebo que meu pijama xadrez está abotoado errado. Acho que meu pai nunca me viu malvestida. Como estou? Boa pergunta. A única resposta é: uma bela porcaria... Basicamente, um lixo. Puro lixo.

— Não estava? — Ele está perplexo, fingindo que nada aconteceu. Como se eu não o tivesse envergonhado com meu suposto caso tórrido e depois ido embora sem me despedir. — Acho que estou um pouco adiantado para a sua formatura. De qualquer forma, aqui estou.

Não sei o que falar. As palavras me fogem.

Noora me cutuca, dizendo pelo canto da boca:

— Aqui está ele.

— Você não deveria, não pode... — digo, apressada. O que estou tentando dizer? — Não pensei que você viria... e a sua agenda? Você não pode simplesmente tirar uns dias de folga. Seu lugar não é aqui. — Dizer isso soa tão ruim quanto parece, mas eu separei minhas vidas em compartimentos diferentes. Há uma linha no centro: uma metade é o Japão e a outra, os Estados Unidos. As duas metades jamais devem se encontrar.

— Claro que meu lugar é aqui. Você está aqui — ele diz, como se fizesse todo o sentido do mundo. — Trouxe um presente. — Em sua mão, está uma caixinha amarela de Tokyo Bananas. Os bolos recheados de creme podem ser encontrados por todo o aeroporto. Ele oferece para mim com as duas mãos

Trazer um *omiyage*, uma lembrancinha de viagem, é tradição. Não posso recusar. Pego a caixa e agradeço. Então dou um passo para trás, jogo-a na mesa e fecho o punho em volta da maçaneta. Talvez eu bata a porta na cara dele. Meu pai deve pressentir minhas intenções, porque coloca um pé na soleira.

— Izumi, você foi embora sem se despedir.

Abaixo a cabeça.

— Foi melhor assim. Pensei...

— O quê? Que eu ficaria bravo, que viraria as costas para você?

— Sim. — Para tudo. Noora coloca a mão no meu ombro. — Você disse que, como membro da família imperial, era esperado que eu fosse irrepreensível.

Ele franze a sobrancelha.

— Eu disse, mas estava me referindo aos tabloides. A mídia mantém a família imperial em um padrão tão alto que é praticamente impossível alcançá-lo. Mas ninguém é isento de falhas. Eu jamais culparia você por cometer erros. Foi isso que pensou?

— Você ficou furioso com a possibilidade de um escândalo. — Cruzo os braços para depois descruzá-los.

— Não — ele diz devagar. — Fiquei furioso por você, com a possibilidade dos tabloides a machucarem com reportagens cruéis. Estava tentando protegê-la. — Seu pé ainda está na porta. — Tudo isso é minha culpa. Quis que você fosse para o Japão para me conhecer, conhecer a sua família, mas acabamos não passando tempo suficiente juntos. Não aproveitei em sua totalidade o presente que recebi, o motivo que levou você até lá. Fui formal demais ao manter compromissos agendados. Nosso tempo juntos não deveria ter sido tão rígido. — Ele abre as mãos, sorrindo. — Então aqui estou. Você passou semanas no Japão aprendendo minha origem. Agora, vou aprender a sua.

Fico parada, congelada. O aperto em meu coração começa a aliviar. Minha cabeça está girando. Ele estava tentando me proteger... estava bravo por *mim*...

Noora me cutuca de novo.

— O que está esperando? Deixa o homem entrar, Zoom. — E acrescenta para ele: — Ela está surpresa. — Seu comportamento padrão é me dar cobertura. Passamos tantos anos inventando desculpas para os nossos pais que virou uma coisa automática. — Ela só precisa de alguns minutos. Podemos dar uma volta. Eu ficaria feliz de te mostrar Mount Shasta. Sabe, posso te levar pra ver todos os locais assombrados. Se estiver interessado em criação de cabras...

Minha mãe entra na sala.

— Zoom, você encheu a lavadora de novo...

— Hanako — meu pai diz e *uau*, não é que seu rosto se ilumina todo? É como a força de mil sóis felizes.

Ela para de repente e se apoia nas costas de uma cadeira. Seu rosto perde a cor.

— Makoto.

Ele tenta se aproximar, mas Noora e eu o bloqueamos. Ele fala por cima da gente:

— Desculpe me intrometer assim... — Para e balança a cabeça como se estivesse atordoado. — Me perdoe. Você não mudou nada.

Como se fôssemos uma só pessoa, Noora e eu viramos para avaliar o estado da minha mãe. Ela mexe os pés, passando a mão no cabelo.

— Oh... eu... hum... ainda nem me troquei. — Para mim, ela está ótima em seu traje usual de fim de semana: jeans, pés descalços e uma de suas camisetas feministas. A de hoje diz: "Leia mulheres". — Estava fazendo faxina.

Meu pai passa por nós.

— Você está linda.

Noora aperta minha mão.

— Está vendo o que estou vendo? Eles estão se comendo com os olhos.

— Cala a boca — sussurro. — Tem adultos na sala.

Meu pai para na frente da minha mãe. Não consigo vê-la. Ele é tão alto que a cobre completamente.

— O que você está fazendo aqui? — ela pergunta, assim como eu.

— Estou aqui para consertar as coisas.

Ouvimos uma sirene ao longe. O som vai ficando cada vez mais próximo e parece aumentar. Luzes vermelhas e azuis iluminam nossas vidraças. A polícia de Mount Shasta, acompanhada de carros escuros, entra na garagem e estaciona esmagando o cascalho. Meu pai se afasta da minha mãe.

— Ah. Acho que eu deveria informá-la de que não contei a ninguém que estava vindo para cá. Parece que a polícia chegou. Acho que fui descoberto. — Ele não parece arrependido. Nem um pouco. Então, faz algo que eu nunca o vi fazer. Nunquinha.

Dá risada.

Obrigo Noora a ir para casa.

Depois, precisamos de boas duas horas para resolver a bagunça do meu pai. Policiais estão aqui. O embaixador do Japão está aqui. Até o presidente liga e convida meu pai para jantar na Casa Branca. A Agência da Casa Imperial está a caminho. Os camaristas e guardas imperiais do meu pai chegarão amanhã de manhã. Até lá, quatro viaturas e alguns agentes do serviço secreto ficarão de vigia do lado de fora da nossa casa. Como nenhum dos hotéis foi examinado pela equipe de segurança, não temos escolha a não ser hospedá-lo.

Meu pai parece muito satisfeito. Completamente inabalável. Minha mãe está toda desgrenhada, oscilando entre olhar surpresa para ele e ficar com os nervos à flor da pele. Eu nunca a vi assim. Ela derramou um copo cheio de água enquanto arrumava a mesa para o jantar, queimou o ravióli e depois ficou se desculpando copiosamente.

— Tenho certeza de que você não está acostumado com isso... — ela diz, avaliando a mesa: o macarrão está em uma tigela rachada, os talheres são cada um de um jogo diferente, e o conjunto de jantar é de segunda mão. Ela colocou um de seus cardigans de trabalho por cima da camiseta.

— Está tudo maravilhoso. — Meu pai parece genuinamente feliz. Desabotoa os punhos da camisa com movimentos fluidos e arregaça as mangas. Um homem pronto para começar os trabalhos.

Quanto a mim, ainda não sei bem como estou lidando com tudo isso. As coisas certamente tomaram um caminho interessante.

— Quer cerveja? Você ainda gosta de cerveja, certo? — minha mãe pergunta. — Eu não tenho nada aqui, mas tenho certeza de que Jones tem. Lembra quando ele passou por aquela fase de querer ser cervejeiro? — Ela olha para mim.

Caramba. Para de falar, mãe.

— Quem é Jones? — meu pai pergunta, colocando um guardanapo no colo.

Nunca vi um guardanapo de papel no palácio. Eram todos de linho ou algodão, perfeitamente passados e dobrados. Os talheres de prata estavam sempre aquecidos ou frios, de acordo com a comida que fosse servida. Os nossos acabaram de sair da lava-louça, ainda molhados e tudo.

— O stalker da minha mãe.

Meu pai engasga com um gole de água.

— Zoom — ela me repreende. — É o nosso vizinho. Uma ótima pessoa.

— Ele é apaixonado por ela.

— É só uma paixonite. Nada de mais.

Meu pai franze as sobrancelhas, olhando para o prato. Será que não está gostando dos arranhões no garfo?

— Os sentimentos dele não são correspondidos? — ele pergunta.

— Não sei — respondo. — Minha mãe e ele ficaram bem próximos enquanto eu estava no Japão. Sabe, noites solitárias de primavera em frente à fogueira...

Meu pai não vê a encarada questionadora que minha mãe me dá. Confiem em mim. Estou fazendo um favor a ela. Nos meus romances, sempre funciona. E se está nos livros é pelo menos meia-verdade.

Depois do jantar, ela lava a louça e eu mostro a casa para ele. O tour dura cinco minutos no total. Passamos a maior parte do tempo no meu quarto. A cama ainda está sem lençol.

Ele dá uma volta pelo cômodo. Fiz o mesmo no quarto de infância de Akio, bisbilhotando e absorvendo tudo. Preciso parar de pensar nele. Queria poder contar tudo o que aconteceu para ele. *Meu pai apareceu do nada. Será que veio por mim? Pela minha mãe? Por nós duas? Será que viu o memorando antes de ir embora? A princesa Izumi fugiu.*

Meu pai para e observa o pôster do musical *Hedwig: Rock, amor e traição* — cortesia de Noora — com pisca-pisca em volta.

— Bem diferente do seu quarto no palácio — ele observa.

Estou pegando montanhas de roupas e enfiando-as no armário. Assopro a franja do rosto. Será que ele lembra de ter perguntado sobre o meu quarto na minha primeira noite no Japão?

— Pois é, não repara a bagunça. Não tive tempo de arrumar. — Muito menos vontade.

Ele segue em frente, então para diante dos porta-retratos na minha cômoda. Todos mostram Glory, Noora, Hansani e eu. As duas fotos mais mortificantes são: uma que Noora tirou de mim rindo enquanto Tamagotchi me lambia de um jeito que parece que a língua dele está na minha boca, e a outra é da GGA completa no quinto ano vestindo jeans da cabeça aos pés. Nada mais a declarar.

Estou tentando ler a expressão do meu pai. Será que está decepcionado? Ele muda o foco. Pega o porta-retrato de cima. É uma foto ainda mais constrangedora de Forest — ou melhor, o que sobrou dela. Pintei seus olhos de preto e desenhei chifres demoníacos na sua cabeça. Confissão: a foto de Akio não foi a primeira que rabisquei. Pelo menos não tem nenhum pênis nesta aqui. Esta é a fase pré-pênis de Izzy, que ocorreu por volta do segundo ano do ensino médio — um período solitário e raivoso.

— Forest, ex-namorado — esclareço.

Ele estuda a foto e depois olha para mim.

— Nunca falamos sobre namorados.

— Não tenho muito o que falar.

— O guarda imperial...

— Acabou. — Apesar de eu ainda estar na fossa por amá-lo. E na fossa por não amá-lo. Que paradoxo.

Meu pai se aproxima de mim.

— Provavelmente foi melhor assim.

— Você não aprovaria? — pergunto, séria.

Ele franze as sobrancelhas.

— Minha aprovação não importa. Mas espero que você escolha alguém que ame você tanto quanto eu amo... — *A sua mãe.* Ele com certeza ia dizer "a sua mãe". — Alguém um pouco mais corajoso, talvez. Se esse guarda não conseguiu resistir aos ataques da imprensa, é melhor que tenha terminado assim. É necessário coragem para namorar um membro da família imperial.

— Como você sabe que não fui eu quem o deixou?

— Você fugiu do Japão. Tenho certa experiência com amor e fugas. — Ele pisca para mim. — Portanto, suponho que tenha ido embora por causa de um coração partido.

Isso, entre outras coisas. Ele pode até não estar bravo comigo, mas isso não muda muita coisa. Como posso explicar? Foi por causa de Akio, mas também pela imprensa. As Gêmeas Iluminadas. Toda a família imperial. Eu poderia passar a vida toda aprendendo os costumes, embarcando na cultura do Japão, mas nunca vou me encaixar. Sou tipo aqueles bolinhos amarelos por fora e brancos por dentro. Odeio isso. Significa que me odeio? Não. Só odeio essa divisão.

— Mesmo se ele quisesse ficar comigo, nunca daria certo, não é? Um plebeu com uma princesa? — reproduzo a opinião de Yoshi.

— A vida é cheia de possibilidades, Izumi. Mas as coisas não acontecem num passe de mágica. Relacionamentos dão trabalho. Eu tinha o mesmo medo quando conheci sua mãe. Estava focado demais em mim mesmo e no meu papel. Se eu estiver errado e essa coisa com o guarda imperial for séria...

— Não é — interrompo. — Eu queria que fosse. Mas acho que ele não estava pronto.

— Como pensei. — Meu pai fica reflexivo. — Quer que ele seja removido da cidade? Há nove milhões e meio de pessoas em Tóquio, então as chances de você trombar com esse jovem são baixas. Mas eu poderia bani-lo.

Dou um sorrisinho com o canto da boca.

— Você pode mesmo fazer isso?

— Não. — Ele sorri. — Tenho quase certeza de que isso violaria todo tipo de lei. Mas eu faria qualquer coisa para amenizar seu sofrimento. — Seu sorriso aumenta. — Volte para o Japão, Izumi-*chan*.

Fico séria no mesmo instante.

— Não. Não posso.

Até quando pensei que estava me dando bem, na verdade não estava. Há tanto para aprender, mais do que eu poderia absorver em uma vida inteira. Não adianta caminhar adiante quando alguém está cavando um buraco bem na sua frente.

— Certo. — Ele olha para seu relógio de ouro. — Meus camaristas vão aparecer amanhã. Mas vou deixar claro que vou ficar até a sua formatura. Parece que tenho três dias para te convencer.

— Sinta-se livre para tentar. — Sorrio para suavizar o golpe.

Aprendi minha lição. A Terra do Sol Nascente e eu não somos compatíveis.

Mesmo assim, estou feliz por uma pequena parte do Japão estar aqui comigo.

33

Dia um.

A Casa da Agência Imperial aparece em Mount Shasta com uma comitiva de camaristas, secretários, chefs particulares e motoristas. Uma reunião privada é realizada em nossa cozinha. Minha mãe e eu somos relegadas à garagem com os agentes do serviço secreto, guardas imperiais e veículos diplomáticos designados para visitantes de estados estrangeiros. Vozes furiosas ultrapassam as janelas. Meu pai sai batendo a porta de casa.

— Mak? — minha mãe chama.

Seguro a coleira de Tamagotchi enquanto ele cava o cascalho da entrada da garagem.

A carranca do meu pai se suaviza.

— Está tudo bem. Só estávamos resolvendo uns detalhes. Algumas reuniões tiveram que ser canceladas e remarcadas. Mas trago más notícias. Aparentemente, hotéis não são seguros... — Ele coça a nuca.

Estou quase certa de que ouvi um dos camaristas dizer justamente o oposto.

— Ah — minha mãe fala. — Bem, você é mais do que bem-vindo aqui. Acho que não vamos ter espaço para toda a sua equipe, mas talvez Jones...

— Obrigado por oferecer sua hospitalidade. Os camaristas podem acampar, se necessário. — Meu pai abre um sorriso vitorioso. Malandro. Os camaristas saem aos montes da casa, vestidos com ternos pretos e azul-marinho, pastas e tudo. — Agora, estou animado para conhecer Mount Shasta.

Ele estende a mão. Um dos camaristas — ou seria seu secretário? — abre uma pasta. Ele a equilibra desajeitadamente nas mãos enquanto procura o Guia do Visitante de Mount Shasta.

— O que devemos fazer primeiro? — Ele folheia as páginas. — Andar de bicicleta? Sair para um passeio? Explorar o centro da cidade?

Minha mãe engole em seco.

— Talvez uma trilha em Castle Lake? Quem sabe podemos parar em Berryvale e pegar alguns itens para fazer um piquenique.

Meu pai mostra os dentes.

— Parece ótimo.

— Zoom, o que acha? — minha mãe pergunta com a sobrancelha arqueada, como se fosse um desafio.

— Estou dentro — digo, com todo o entusiasmo que não sinto.

Ela me lança um olhar desconfiado, me analisando. Minha mãe sabe que não curto trilhas. A última vez que me sugeriu isso, eu disse algo tipo: "Prefiro fazer um enema em um gorila".

— Excelente — meu pai diz. — Quero ver tudo o que é importante para você. — Ele está animado. A verdade é que estou um pouco também.

Dia dois.

Minhas pernas ainda estão doloridas da trilha de ontem. Cometemos o erro de levar Tamagotchi. Ele desistiu na metade do caminho e tive que carregá-lo. É um cão tão preguiçoso.

— As pessoas comem isso de uma vez? — Meu pai encara o biscoito do tamanho de um prato à sua frente.

— Aham.

O Black Bear Diner está bem vazio hoje. Dois coroas jogam damas nos fundos. Um caminhoneiro toma café e come uma torta no balcão. Os garçons de suspensórios seguem com suas tarefas rotineiras como se não houvesse agentes do serviço secreto e guardas imperiais nas mesas ao nosso redor e postados do lado de fora. Os *paparazzi* apareceram, mas foram expulsos de quase todos os estabelecimentos. As pessoas de Mount Shasta podem até odiar monarquias, mas odeiam ainda mais quando ameaçam sua privacidade. O lugar onde nunca me senti bem-vinda de repente está mostrando seu apoio.

Meu pai come seu biscoito com garfo e faca. Minha mãe ri escondendo a boca e ele sorri como se estivessem compartilhando uma piada interna. Ele mergulha um pedaço na manteiga e na geleia quente e depois come.

— É bem doce. Gostei — ele declara.

Em seguida, pede biscoitos para todos na conta do príncipe herdeiro. Depois que devoramos nossos biscoitos, panquecas macias e salsichas gordurosas, meu pai limpa a boca e fala:

— É aqui que você vem com as suas amigas?

— Sim. — Fico brincando com o cardápio em forma de jornal.

Um camarista se aproxima, fazendo uma reverência para o meu pai.

— Com licença, um momento — ele diz, levantando da mesa.

Minha mãe me chuta por baixo da mesa.

— Ai.

— Você está agindo estranho — ela comenta.

— Não, não estou. Você é que está estranha. Digo, tem coraçõezinhos literalmente flutuando em cima da sua cabeça.

Ela coloca seu guardanapo amassado com cuidado na mesa e apoia a cabeça nas mãos.

— Você está certa. No que estou pensando?

Uau. A GGA e eu seguimos uma conta do Twitter chamada "Am I the Asshole?", em que as pessoas contam umas coisas aleatórias que fizeram e perguntam aos seguidores se foram cuzonas. Coisas do tipo: "Sou uma cuzona por pedir à minha madrinha para perder dez quilos para o meu casamento? Sou cuzão por pedir à minha esposa um teste de paternidade?". Neste momento, eu nem precisaria consultar um bando de estranhos. Sou totalmente cuzona.

— Desculpa. Você não está agindo como uma boba apaixonada. — Ela franze a testa para mim, sem acreditar. — Bem, está, um pouco, sim, mas ele também. Que nojo. Odeio isso — digo, sem emoção.

— Depois de todos esses anos... nunca pensei que tivéssemos uma chance de ficar juntos. Mas se você não quer...

Estico o braço e faço carinho na sua mão. Às vezes, minha mãe exagera.

— Tudo bem. Você tem a minha bênção. Mas, assim, tente trancar a porta ou talvez pendurar uma meia na maçaneta.

— Izumi — ela diz, totalmente de volta ao modo mãe.

Meu pai está terminando a conversa.

Levanto as mãos.

— Só não quero ver nada que possa me traumatizar para sempre.

Ela franze os lábios.

— Acho que a gente deveria conversar sobre o motivo de você não querer voltar com o seu pai.

Durante a trilha, ele me pediu para voltar para o Japão de novo. Eu desconversei apontando para um zimbro superinteressante.

— Não sei do que está falando. — De repente, encontro uma marca fascinante na parede.

— Querida. — Ela espera até que eu a encare. — Você precisa se abrir com ele.

— A gente não pode só aproveitar o almoço e nosso tempo juntos enquanto ele estiver aqui?

Ela faz uma careta.

— Você acha que ele não vai gostar do que ouvir? Porque sua tarefa não é ser agradável.

Meu pai volta.

— O que eu perdi? — pergunta, desfazendo o sorriso ao perceber a tensão na mesa.

Minha mãe cruza os braços, voltando sua ira para o meu pai.

— Séculos de pressão sobre as mulheres para serem agradáveis e cederem a expectativas emocionais irreais dos outros.

— Isso não parece justo. — Ele franze a testa.

— Se você diz — minha mãe bufa.

Trinca a mandíbula. Certeza de que está sonhando com um motim, com a destruição do patriarcado. Sabe, essas coisas...

Chamo a garçonete. *A conta, por favor.*

Dia três.

De tarde, Glory, Hansani e Noora nos visitam para conhecer meu pai oficialmente. Fazemos as apresentações, e tudo vai bem, até Hansani faz uma reverência. Meu pai fica impressionado quando descobre que Noora vai estudar em Columbia no ano que vem. Eu permaneço muda. A faculdade comunitária está parecendo cada vez menos glamorosa. Depois, minha mãe mostra a composteira para ele. Lembrete para mim mesma: dar umas dicas de paquera para ela.

— Você acha que se disséssemos que precisamos cortar um pouco de lenha, ele faria isso? — Noora pergunta com os dedos no parapeito da janela.

Estamos espionando os dois, amontoadas atrás das cortinas. Meus pais já se tocaram sem querer pelo menos três vezes até agora. Ela aponta algo e ele assente.

— Ele provavelmente teria que tirar a camisa. Está terrivelmente quente hoje — Glory observa.

— Parem de objetificar meu pai. — Como sempre, Hansani não falou nada, mas é culpada por associação. Meus pais chegaram na composteira. Moscas voam ao redor. — Não coloque a mão aí. Não coloque a mão aí. Por favor, não coloque a mão aí — digo.

— Ela com certeza enfiou a mão ali — Hansani diz.

Pois é. Minha mãe tem um punhado de compostagem na mão e mostra ao meu pai. Pelo menos ele realmente parece interessado. Ele está mais casual hoje, com calças largas e uma camisa polo. Minha mãe joga a terra de volta na pilha, limpando as mãos na calça jeans.

— Ela vai mostrar a caixa de minhocas para ele. Não consigo olhar. — Cubro os olhos e me afasto da janela.

Noora e Hansani desaparecem. Glory continua ali.

— Ela está na caixa de minhocas. Você não vai querer saber o que ela está fazendo agora.

— Ainda vamos ver um filme hoje? — Noora pergunta.

— Opa.

Meu pai convidou minha mãe para jantar. Ela achou que comida indiana seria uma ótima ideia, mas eu a fiz desistir. Curry uma hora cobra seu preço, se é que você me entende. Reservei uma mesa para dois no restaurante italiano local.

— Hansani queria ver *O guarda-costas*, mas eu falei que era cedo demais — Noora diz.

Hansani fica ofendida.

— Não queria, não.

Noora dá um sorrisinho malicioso.

Me jogo na cama.

— Nada de romance, por favor. Nem de princesas — digo.

— E se a gente maratonar alguma série? *Schitt's Creek*?

— Feliz demais — digo.

Glory se afasta da janela.

— Terror, então.

— Isso — respondo. — De preferência, algo em que o bonitão morra logo no começo.

34

E num piscar de olhos, já é o dia da formatura. As horas passam em um turbilhão. Cadeiras e um palco são montados no meio do campo de futebol do Colégio Mount Shasta. Vestidos azuis esvoaçam na brisa quente. Noora faz seu discurso de oradora. Quando vou receber meu diploma, os aplausos são extremamente altos — a maior parte vem da GGA e dos guardas imperiais, que meu pai pediu que usassem tie-dye para a ocasião. Eles estão superdisfarçados com a camiseta para dentro da calça social e fones de ouvido. Só que não.

Depois, Jones capricha no banquete livre de organismos geneticamente modificados e de pesticidas, com produtos locais e veganos, do tipo nada-que-tem-mãe-vai-ser-comido. Um enorme bufê é servido em uma mesa de madeira sob luzinhas aconchegantes. Cadeiras de tipos variados e até um sofá velho são dispostos no gramado. O sol está se pondo, formando uma aquarela de tons rosados e alaranjados no céu. O clima é alegre. Grateful Dead está tocando em um alto-falante. Noora, Glory e Hansani estão comemorando com suas famílias, mas virão para cá em breve. A companhia é boa mesmo assim: uma mistura dos amigos de Jones, colegas de trabalho de minha mãe, funcionários da Agência da Casa Imperial e os guardas. Todo mundo parece estar se dando bem.

Preparo um prato de paella vegetariana com arroz integral e perambulo pelo bosque próximo à minha casa. Ainda usando meu vestido azul, sento em um tronco, aproveitando o silêncio por um momento. Meu pai vai embora em breve.

Ouço passos se aproximando.

— Posso me juntar a você? — Jones pergunta.

Ele tem um prato na mão e está usando um terno de veludo cotelê cor de diarreia, com uma gravata bordô e papetes. É horroroso. Realmente horroroso.

— Claro — digo, abrindo espaço para ele.

Do outro lado do gramado, por entre as árvores, consigo ver meus pais conversando animadamente, com as cabeças inclinadas um para o outro, como ímãs procurando a outra metade.

— É difícil competir com um príncipe. — Ele está triste de verdade. Quase chorando em sua paella.

— É por isso que está de terno?

— Sim. — Ele abaixa o prato e puxa a gravata. — Odeio essas porras. Não sinto que sou eu mesmo com elas. — Ele tira a gravata e joga no chão, depois desabotoa os dois botões de cima da camisa. — Cada um na sua, sabe? Ainda bem que não fiz a barba. — Ele toca o queixo, acariciando seu glorioso pelo facial.

— Acho que sim.

— Está gostando do jantar?

Ergo o prato.

— Hummm. — Apoio o prato no colo, desejando estar sozinha de novo. — Obrigada por tudo.

Ele dá tapinhas nas minhas costas.

— Você é uma boa garota, Izzy.

Meu pai e minha mãe atravessam o gramado com os olhos fixos em nós.

— Sr. Jones — meu pai diz, estendendo a mão. — Obrigado pelo jantar. Se algum dia for ao Japão, será bem-vindo no palácio.

Jones levanta e aperta a mão do meu pai em um gesto que logo se torna competitivo.

— Me chame de Jones. Nada de sobrenomes. Obrigado pelo convite, mas tenho fortes opiniões sobre instituições monárquicas. Elas entram em conflito com meus valores igualitários fundamentais.

Eles soltam as mãos.

— Claro. Respeito sua posição — meu pai diz, imperturbável.

Jones vira para a minha mãe.

— Se precisar de algo, Hanako, já sabe onde me encontrar.

Eu sou a próxima. Jones se inclina e aperta meu nariz com o indicador e o dedão.

— *Fom-fom.*

Afasto sua mão. Esquisito pra caralho. Mas ele é nosso. Não temos escolha a não ser mantê-lo por perto, acho.

Ele vai embora, atacando agulhas de pinheiro e gritando com um de seus amigos para interromper o bongô. Provavelmente está doido pela partida do meu pai. Primeiro vai dar cabo dos tambores, depois das roupas.

— Seu vizinho é... interessante — meu pai diz.

— Você se acostuma. Ele é bonzinho.

Ele assente sabiamente.

— Preciso ir em breve. Izumi-*chan*, vamos dar uma volta? — Os camaristas já estão se aproximando. Os guardas estão ficando agitados, prontos para a ação.

— Claro. — Fico de pé, largando o prato perto da gravata de Jones. Minha mãe nos dá espaço, mas sem se afastar muito.

Meu pai e eu damos uma volta tortuosa pelo bosque.

— Está pronto pra ir pra casa?

— Sinto falta da minha própria cama. — Ele sorri. O futom que ele tem usado é todo grumoso e poeirento. — Mas não. Queria que você viesse comigo. — É seu apelo final. A pergunta está evidente em seus olhos. *Não quer reconsiderar?*

Meu vestido balança com a brisa. Cerro os punhos, e meu estômago embrulha.

— Não posso. — Vou ficar aqui, passar o verão com a GGA e me matricular na Universidade de Siskiyous no outono. Está decidido.

— Tem algo que você não está me dizendo? Aconteceu mais alguma coisa? Não entendo por que está sendo tão teimosa. Você não é assim. — Sua voz está carregada de frustração.

Algo dentro de mim explode e as comportas se abrem. Não consigo me conter.

— Eu... — Minha voz está trêmula. — Você nem me conhece. — Meu olhar é duro, feroz, determinado. Não sei o que estou fazendo, o que estou dizendo, mas sigo adiante. — Eu não mantenho meu quarto arrumado. Minha mãe precisa me obrigar a lavar minhas roupas. Minhas notas são medíocres, e olhe lá. Se eu tentasse entrar na Columbia ou em Harvard, as risadas dos avaliadores seriam ouvidas no mundo todo. Nos últimos dois anos, minhas resoluções de Ano-Novo foram comer mais coisas com confeitos. A maior parte da minha lista de leituras é composta de romances melosos, seguidos de perto por fantasias pré-adolescentes. Amo minhas amigas, mas a gente faz coisas idiotas, tipo ver se cabemos na geladeira, ou comprar uma única uva no mercado, ou jogar "O chão é lava" em um sábado.

Ele pisca para mim.

— Lava?

Balanço a mão, como se nada fosse.

— É uma brincadeira em que a gente finge que o chão é um rio de lava e quem pisar nele morre. É besta. — Mas tão divertido. Olho para ele. — Você nunca brincou disso quando era pequeno?

— Eu não tinha muitos amigos. Jogava *Go* com o meu irmão. — Certo. *Go*, o jogo de tabuleiro abstrato de estratégia cujo objetivo é ganhar mais territórios que seu oponente. Resumindo, é um jogo de guerra introdutório para crianças.

— Está vendo? É isso que estou querendo dizer. — Dou um suspiro, desanimada.

Nossas brincadeiras ilustram perfeitamente a distância entre nós, nossas diferenças. Vivemos em mundos opostos.

— Isso o quê? — ele pergunta, confuso.

— Que... Que... eu sou americana. — Ele fica pasmo. Agora que comecei a falar a verdade, não consigo parar. Provavelmente vou continuar indo ladeira abaixo. — Não importa o quanto eu me esforce, não vou conseguir ser quem você... quem o Japão quer que eu seja. — Respiro fundo, vacilante.

Ele fica pensativo por um momento e então responde:
— Não quero que você seja o que não é. Da onde tirou isso?
— Não sou perfeita. — Levanto a cabeça.
— Eu também não.
— Nunca serei boa o suficiente para o Japão. Nunca vou me encaixar lá.
— Você é milha filha — ele diz com uma voz uniforme e feroz. — Seu lugar é ao meu lado. — Ele exala devagar, contemplando as árvores, os pássaros. — Gostaria de dizer a você para não se preocupar com a opinião das pessoas, mas falar é muito fácil. Para ser honesto, essa preocupação nunca vai desaparecer. Você vai cometer erros. Os jornais vão noticiar. Às vezes, sua vida não vai parecer sua. Essa é a realidade de um membro da família imperial e o peso que devemos carregar, Izumi-*chan*. — Agora sua voz é suave, e ele me encara. — Volte para o Japão. Vamos enfrentar isso juntos. Nada é insolúvel.
Quero dizer *sim*. Mas a palavra está atrás de um muro que não consigo escalar.
— Está certo. Não vou mais pressioná-la. — Ele suspira. — Convidei sua mãe para ir com a gente. Ela também recusou.
Fico me balançando no lugar, olhando para os meus pés.
— Você será sempre bem-vindo aqui. Vamos sempre te receber. Desculpa. — Ele está planejando voltar em agosto.
— Não precisa pedir desculpas — ele diz com tranquilidade. — Só não me exclua da sua vida. Promete?
— Prometo — falo. Espero um pouco. Nem tudo é perfeito, mas parece estar tudo bem entre meu pai e mim. — Acha que devemos nos abraçar?
— Acho que jamais haverá momento mais oportuno para nos abraçar. — Ele abre os braços. Me aninho. — Confeitos, hein? — Ele comenta no meu cabelo.
— Ah, sim. Melhoram qualquer coisa que você for comer. Deixam tudo mais festivo. — Nos afastamos.
— Parece ótimo — ele diz, assentindo. — Filha.
Assinto de volta.
— Pai.

35

Minha mãe e eu acompanhamos meu pai até o carro. É como se nós três estivéssemos tentando desacelerar o tempo. Não quero que isso acabe. A vida com a minha mãe sempre me pareceu suficiente. Mas agora, a perspectiva de retornar à nossa existência a dois me enche de uma solidão aguda. Chegamos na garagem rápido demais. Um guarda imperial está segurando a porta de um carro oficial.

— Vejo você no fim de agosto, então — meu pai diz. — Daqui a menos de noventa dias.

— Noventa dias.

Ele me abraça e sussurra:

— Tenho tanto orgulho de você. — Quase engasgo.

Ele olha para minha mãe, toca sua bochecha, se inclina e dá um beijo no seu rosto. Desvio o olhar para oferecer privacidade nesse momento íntimo.

— Até logo. — Seu tom é uma promessa.

Ele nos encara uma última vez, acena e entra no carro. As portas batem. O motor dá partida. Ficamos olhando a trilha de luzes vermelhas saírem da garagem e desapareceram na rua.

Dou a mão para minha mãe.

— Bem, é isso.

Algo brota em minha garganta. Tristeza. Arrependimento. Incertezas. Ainda estou processando os últimos vinte minutos, todas as palavras dele. *Seu lugar é ao meu lado.*

— Lá vai ele — ela diz.

— Ele volta logo — eu a conforto.

— Sim. Muito em breve. — Não sei se ela está tranquilizando a mim ou a si mesma.

— Sabe, por que eu iria para o Japão? — pergunto, um pouco distraída.

— Por amor — ela responde melancolicamente.

O que eu preciso provar, afinal? E daí que nunca serei aceita? Eu me aceito. As lágrimas que escorrem pela minha bochecha são geladas. Estou chorando de tristeza e alegria. A realidade é afiada feito uma navalha. É tudo tão transparente — uma revelação tão clara e luminosa quanto o pôr do sol. Não sou americana *ou* japonesa. Sou uma pessoa completa. Ninguém pode me dizer se sou japonesa o suficiente ou americana demais.

De repente, volto a mim.

— Mãe?

— Sim, querida. — Ela ainda está olhando para a rua, vendo sua segunda chance ir embora.

— Acho que tomei a decisão errada. — Isso chama sua atenção.

— Acho que eu também tomei a decisão errada — ela diz.

Dou um sorriso.

Não fazemos nossas malas e mal temos tempo para decidir onde Tamagotchi vai ficar. Jones concorda em cuidar dele, mas se recusa a fazê-lo usar coleira. Noora aparece durante a confusão.

— Precisamos alcançar meu pai. — Me agarro nela.

Noora pega as chaves do carro.

— Relaxa. Esperei minha vida toda por isso.

Logo estamos no carro de Noora, acelerando pela rua e pela avenida principal de Mount Shasta. Ela sai costurando o trânsito.

— O que estamos fazendo? Que maluquice! — minha mãe exclama. — Ah, meu Deus, Noora, se eu soubesse que você é uma motorista tão terrível assim, nunca teria deixado Izumi entrar no seu carro. Os faróis. Por favor, ligue os faróis.

Está ficando escuro. Noora dá risada e acende os faróis. Um carro buzina quando ela o ultrapassa.

Eu meio que apaguei o que acontece a seguir. De alguma forma, pulamos do ponto A ao B, acabamos perto da rampa para a área de embarque I-5 e alcançamos a comitiva imperial. Bandeiras japonesas flamulam no capô. Meu pai está ali, no carro do meio.

Me estico e aperto a buzina. *Fooom. Foooom. Fooooom.* Luzes vermelhas e azuis piscam no espelho retrovisor de Noora. O tráfego fica mais lento por causa da comoção.

— Estaciona, Noora — minha mãe diz. — Não vamos infringir mais nenhuma lei.

— Eles estão tão perto — Noora responde, desviando para o acostamento.

Estamos apenas alguns carros atrás. Nem espero Noora parar completamente e já vou abrindo a porta e correndo no meio do trânsito, desesperada. Com os braços para cima, grito:

— Esperem! — Sinto uma pontada na barriga.

Juro que se eu voltar para o palácio, vou começar a treinar corrida. Meu vestido de formatura balança ao vento, assim como meu cabelo. A comitiva imperial finalmente para. Uma porta abre. Meu pai sai.

— Izumi-*chan*.

Paro na frente dele, apoiando as mãos nos joelhos. Os carros passam velozes. Levanto um dedo.

— Preciso de um minuto pra recuperar o fôlego.

Ele vocifera algo em japonês. Uma garrafa de água é lançada para mim.

— O que está acontecendo? — Ele me ajuda a levantar. — Hanako? — Ele se volta para a minha mãe, que se aproxima.

— Isto está sendo um pouco mais dramático do que pensei — ela fala, colocando uma mecha de cabelo atrás da orelha.

— A gente... — Gesticulo para nós duas freneticamente e digo, ofegante: — A gente quer ir pro Japão.

— Vocês querem?

Os limites de velocidade que infringimos. O trânsito que estamos bloqueando. Eu quase caindo dura no chão de cansaço. Ver o rosto do meu pai se iluminando de alegria faz tudo valer a pena.

— Tem espaço para duas? — Minha mãe pergunta, um pouco tímida.

Estamos causando um baita tumulto. Os guardas imperiais estão bloqueando a polícia de Mount Shasta. Evitamos por pouco um confronto e um incidente internacional.

Meu pai não parece se importar nem um pouco.

— Sempre — ele diz. — Sempre.

Decidimos voltar para casa e pegar algumas roupas, trancar as portas, garantir que Noora não leve uma multa ou acabe presa, esse tipo de coisa. Meu pai vem com a gente e atrasa seu voo.

No Redding Airfield, um pequeno aeroporto municipal que fica próximo à minha casa, embarcamos em um avião particular. O interior é luxuoso — assentos de couro branco com detalhes em mogno, iluminação aconchegante e tampos de mesa enfeitados com arranjos de flores coloridas. Os camaristas vão na frente, a guarda imperial atrás, e nossa pequena família se amontoa no meio.

— Sabe — meu pai diz quando o avião está decolando. — Vocês podiam só ter ligado.

Minha mãe fica olhando pela janela. Sentada ao lado dele, não falou muita coisa até agora. Está em estado de choque, acho. Não sei o que deu nela para arriscar tudo por amor. Se vai dar certo ou não, veremos. Minha própria história de amor certamente não deu, mas tenho grandes esperanças para eles. Sim, sou desesperada por romances nesse nível.

Depois de alcançarmos três mil metros e atingirmos a altitude de cruzeiro, os camaristas se aproximam. Eles estão preocupados com a nossa situação atual. Está decidido que minha mãe será levada para o palácio e sua visita será mantida em segredo. É o que ela quer. Eu sou o próximo assunto. O que fazer comigo e como arrumar minha bagunça são tópicos quentes. Os tabloides ainda estão se banqueteando com o meu caso. Na ausência de novidades, eles começaram a especular sobre todos os tipos de histórias bizarras: "Princesa Izumi está grávida de seu guarda-costas", "O príncipe herdeiro mandou a filha embora por ter escondido suas tatuagens".

Os camaristas dão várias ideias. O príncipe herdeiro pode dar uma coletiva de imprensa? Censurar estritamente todas as mídias? Negar tudo, alegando que as fotos foram manipuladas?

— Com licença. — Limpo a garganta para me fazer ouvir. Meu coração dá um solavanco. — Tenho uma sugestão do que eu gostaria de fazer.

Preciso ser convincente. Meu pai é meu maior apoiador. Chegamos a um consenso sobre o plano. Respiro fundo, olhando para a noite escura. Esse poder é um pouco inebriante. Quando pousamos no Japão, ainda estou sorrindo.

36

O Palácio Tōgū está exatamente como antes. Mariko retoma sua posição, e é como se eu nunca tivesse ido embora. Deus, como sou abençoada por ter dois lugares para chamar de lar. Mount Shasta, Tóquio — ambas as cidades são parte de mim agora e não só peças separadas. Estão trançadas juntas, emaranhadas, inseparáveis.

Quarenta e oito horas depois da nossa chegada, estou sentada na sala de estar. Meu pai está aqui, mas minha mãe está dando uma volta. Ela não quer que nossas visitas a vejam. O cômodo está agitado. Camaristas vestidos com seus melhores ternos se encontram em diferentes estados de preocupação. Os funcionários imperiais estão indo e vindo sem parar, oferecendo refrescos. Meu novo guarda também está presente — um homem com o maxilar largo e uma predileção por usar óculos escuros dentro do palácio, o que lhe dá uma constante cara de bravo, como se mastigasse vespas. Além disso, a imprensa também está aqui — Yui Sato e seu fotógrafo. Yui é a editora executiva da *Women Now!*, uma pequena revista sobre estilo de vida de boa circulação, conhecida por sua postura progressista em questões femininas. Essa foi a minha ideia. É como aquele ditado: "Se não pode vencê-los, junte-se a eles". Isso nunca aconteceu antes — uma entrevista exclusiva com um membro da família imperial conduzida por alguém de fora da elite do Clube de Imprensa Imperial. O sr. Fuchigami selecionou algumas revistas femininas, espalhou-as na mesa de jantar e eu escolhi essa.

Mariko passa uma camada final de blush em minhas bochechas. A entrevista sairá na edição impressa e contará com fotos. O fotógrafo tira algumas fotos só para aquecer. Foi acordado que todas deverão ser aprovadas pela Agência da Casa Imperial. Poderemos ler o artigo em primeira mão, mas não teremos direito de aprovação — seja lá o que a revista *Women Now!* escrever vai sair.

— Tem certeza de que é isso que você quer usar? — Mariko morde o lábio.

Esta é a quarta vez que ela questiona a roupa que escolhi.

Aliso minha saia azul-marinho e ajeito os botões de pérola do meu cardigã. Por baixo, estou vestindo minha camiseta "Lute como uma garota", embora seja difícil ver o que está escrito. Não tem problema. Eu sei que está ali.

Yui faz uma grande reverência.

— Obrigada por me conceder esta honra, Sua Alteza.

Inclino a cabeça e estendo a mão para ela. Um momento se passa antes que ela aceite o cumprimento. Seu aperto é forte e confiante. A insegurança brota em mim. Questiono minhas escolhas, minha sanidade. O que estou fazendo? Onde fui me meter? Em vez de repelir meu medo, permito que ele vagueie livremente, fareje os arredores, vejo que não há perigo algum, contanto que eu diga a verdade.

Yui se acomoda no sofá. Uma assistente lhe entrega suas anotações. Não vi nenhuma pergunta com antecedência, nem o sr. Fuchigami. Mariko se afasta. Quando começarmos, não haverá interrupções — isso também foi acordado. Na primeira metade, serei apenas eu. Na segunda metade, meu pai se juntará a nós na entrevista.

O fotógrafo ergue a câmera. Abro um sorriso. Minha postura é firme. Deus, me dê a confiança de alguém que é capaz de sustentar uma conversa inteira no viva-voz em público.

— Pronta? — Yui pergunta, com olhos perspicazes.

Ela não vai pegar leve comigo. E nem eu quero que faça isso. Estou pronta. Saí da pista de Mount Shasta, descartei a estrada de princesa e peguei um caminho que eu mesma criei. De agora em diante, vou traçar minha própria rota. Não será fácil equilibrar as responsabilidades imperiais, manter as tradições e permanecer fiel a mim mesma. Mas é possível. Eu quero que seja possível.

Assinto.

— Vamos começar.

A entrevista durou quase a manhã toda. Yui fez perguntas difíceis. Acho que me saí bem. Veremos quando a revista for para as bancas daqui a uns dias. O verão chegou em Tóquio, pegajoso e doce. Apesar do calor da tarde, decido fazer uma caminhada. Até que não sou totalmente contra usar meus dois pés, afinal. Uma garota tem o direito de mudar de ideia. Não venha me apontar dedos. Evoluir faz parte da vida.

Minha mãe e meu pai estão almoçando na cidade. Reservaram um restaurante só para eles. Acordos de confidencialidade foram assinados, foi todo um auê. Eles me convidaram, mas recusei.

Em vez disso, escolhi caminhar pela propriedade com o novo guarda imperial na minha cola. Estou absorta na exploração dos arredores quando passos soam atrás de mim. As Gêmeas Iluminadas se aproximam, vestidas com roupas de corrida da mesma cor. Seus cabelos estão presos em rabos de cavalo elegantes. Elas estão brilhando de suor e suas bochechas têm um tom bonito de rosa. Elas falam em uníssono, o que continua sendo assustador. Nunca vou me acostumar.

— Prima — Noriko diz.

— Soube que você deu uma entrevista esta manhã — Akiko diz.

Sei o que está por vir. Uma ameaça. Noriko passa a língua pelos dentes.

— Se disse algo sobre a nossa mãe...

Eu meio que já superei essa rivalidade familiar.

— Sim, sim, vocês vão acabar comigo. Já sei bem do que são capazes.

Elas se olham por um instante.

— Como assim? — Noriko pergunta.

Ela deve achar que não sei de nada.

— Bem, tirar fotos escondidas de mim e Akio para vazá-las ao *Fofocas* foi bem baixo da parte de vocês.

Akiko faz uma careta.

— Não vazamos foto nenhuma para tabloides.

— Certo. — Minha voz está carregada de sarcasmo. Cruzo os braços.

Meu guarda está perto, com as mãos postas na frente do corpo. As Gêmeas Iluminadas também têm um par de guardas a tiracolo. Imagino o que eles fariam se a gente começasse uma briga.

— Sério — Noriko diz.

— Acredito em você. — Não acredito nem um pouco, e deixo isso claro no meu tom.

— Aff — Akiko fala. — Você acha que nós seríamos capazes de vazar fofocas para tabloides? Eles têm sido péssimos com a nossa mãe. Com a gente. Nós nunca submeteríamos alguém ao mesmo tratamento.

Observo as duas. A postura delas é relaxada. Certamente não estão tentando dar uma de espertinhas. Ou elas têm um nível sociopata de desonestidade ou estão dizendo a verdade. Faz sentido... Lembro de como elas protegeram a mãe no aniversário do imperador. Talvez realmente odeiem os tabloides.

Depois de um tempo, Noriko diz:

— A gente quase ficou com pena de você. — Ela fala como se achasse isso muito irritante, essa coisa de agir como um ser humano e tal.

— Acredite ou não, não fomos nós que te entregamos — Akiko conclui.

Elas retomam a corrida, esbarrando em mim ao passar. Seus guardas vão atrás.

— Se não foram vocês, quem foi? — grito atrás delas, esfregando meus ombros.

Noriko fala, correndo de costas:

— Não tenho ideia.

É tudo o que vou conseguir delas. Fico olhando até que desapareçam. Pego o celular e mando uma mensagem para a GGA no mesmo instante.

> Eu
> **Acabei de encontrar as Gêmeas Iluminadas. Elas falaram que não foram as culpadas pelas fotos vazadas.**

Hansani
Como assim?

Noora
Vc acredita nelas?

> Eu
> **Sim, elas vieram com um papo de "A gente nunca faria isso, você não viu o que os tabloides fizeram com a nossa mãe?"**

Glória
Reviravolta!

Noora
Se não foram elas, quem foi?

Reflito sobre tudo o que aconteceu. O artigo menciona um informante palaciano. Eu automaticamente presumi que fossem as Gêmeas Iluminadas, mas pode ter sido algum outro membro da família... Estremeço ao lembrar de alguém. A única outra pessoa que tinha acesso irrestrito a mim. De repente, é como se eu tivesse levado um soco no estômago.

Vinte minutos depois, estou na casa dos meus tios. Contorno por fora e eis que Yoshi está no jardim da frente se bronzeando, com um drinque ridículo de guarda-chuvinha em uma mesa próxima.

— Fique aqui — falo para o meu guarda. — Você não vai querer ver isso. — Reina também está por perto.

Dou um aceno brusco. Enquanto me aproximo, Yoshi sorri, mas não caio mais nessa.

— Soube que você voltou. Vem, senta aqui. Pega um drinque. — Ele gesticula para a cadeira ao lado. Seu peito completamente depilado está besuntado com algum tipo de óleo.

— Não, obrigada. Não é nem meio-dia ainda.

Ao ouvir meu tom áspero, seu sorriso desvanece.

— Que mau humor.

— Por que você fez isso? — pergunto, cerrando os punhos.

— Não tenho certeza de que sei do que você está falando. — Ele recosta na espreguiçadeira, erguendo o queixo para o sol.

— Por que você vendeu aquelas fotos para os tabloides? — Era para eu me sentir segura com ele.

— Ah. Isso — ele diz, baixinho. Um longo momento se passa. O sol esquenta minha cabeça. O ar cheira a pinheiro e bronzeador. — Por que as pessoas fazem o que fazem? Dinheiro. — Ele dá de ombros. — Eu precisava de alguma renda além da fornecida pela família imperial. Sabia que, como príncipe, eu não tenho nenhuma habilidade comerciável?

Solto um longo suspiro. Pelo menos ele não negou e não me obrigou a arrancar a verdade dele.

— Pensei que você fosse meu amigo. — Minha dor fica evidente em meus ombros caídos, em minha voz vacilante, nos meus olhos lacrimejantes.

Yoshi senta e tira os óculos de sol. Abaixa a cabeça.

— Eu sou seu amigo. Ou, pelo menos, *era*. Não planejei gostar de você do jeito que gostei. Queria que as coisas fossem diferentes, mas... — Ele balança a cabeça. — Você não sabe como é crescer aqui. Não entende esse fardo... Tem sempre alguém te dizendo o que fazer, para onde ir. Isso não é vida. — Ele coloca os óculos de novo, se fechando para mim. O Yoshi polido e despreocupado está de volta. É um bom truque, essa máscara que ele usa. Pensei que era uma espécie de proteção para seu interior vulnerável, mas agora vejo a realidade: ele é só um garoto triste e perdido, disposto a fazer qualquer coisa para conseguir o que quer. — Além disso, te fiz um favor. Você disse que queria ir para casa.

Meu estômago se enche de náusea. Isso é absolutamente doentio. Ele me machucou. Machucou Akio. Vidas foram destruídas em sua jornada por dinheiro. Tudo para que ele pudesse pagar... o quê? Um apartamento? Um chef particular?

— Essa era uma decisão minha.

— Izumi. — Ele estala a língua. — O que está feito está feito. Enquanto estamos aqui conversando, meu motorista está guardando minhas malas. Vou me mudar assim que meu novo apartamento passar por uma faxina e for mobiliado. — Ele franze as sobrancelhas. — Se vale de algo, sinto muito. Se as circunstâncias fossem outras...

— Sim, também sinto muito. — Por motivos diferentes.

Sinto muito por ter confiado nele. Sinto muito por ele ser um moleque tão mimado. Começo a me afastar. Não estou deixando-o escapar. Eu é que estou escapando. Yoshi é quem vai ter que conviver consigo mesmo. A minha consciência está limpa. Realmente não quero ficar perto do meu primo agora. Só que... uma pergunta surge.

— A carta. Você entregou?

Sei qual vai ser a resposta antes que ele diga qualquer coisa. Yoshi balança a cabeça uma única vez.

— Mas pelo menos não a vendi para os tabloides. Eu poderia ter ganhado muito com isso. Você a quer de volta?

Engulo em seco, sentindo um vazio no coração no lugar que Yoshi ocupava.

— Joga fora — digo.

Não importa mais. O que teria mudado se Akio tivesse recebido a carta? Nada. Ele perdeu o emprego, o legado e o orgulho de sua família. Eu o magoei demais. Ainda tenho tudo, e ele não tem nada.

Yoshi trinca o maxilar.

— Reina! — ele grita. — Preciso de você. Venha passar bronzeador nas minhas costas.

Reina vem em nossa direção com uma expressão feroz. Ela viu tudo. Provavelmente já sabia de todos os segredinhos sujos do chefe, de todos os seus joguinhos. Fico me perguntando se ela também tem tanto nojo dele quanto eu. Acho que sim. Acho que sei como punir Yoshi.

— Reina — digo em alto e bom som. Ela olha para mim. — Já pensou em trabalhar para uma aspirante a princesa que comete muitos erros mas mantém a vida interessante e nunca assediaria sexualmente você?

Ela engole em seco. Com muito cuidado, ela abaixa o tubo de loção.

— Sua Alteza, está me oferecendo um trabalho?

Ergo o queixo.

— Pense nisso.

WOMEN NOW!

Sua Alteza Imperial a Princesa Izumi, a Borboleta de Ferro

21 de junho de 2021

Perseguida pelos tabloides até revelarem seu suposto caso amoroso, S.A.I. a Princesa Izumi fugiu de Tóquio. Agora, ela está de volta e tem algo a dizer. Em uma entrevista sem precedentes, S.A.I. a Princesa Izumi se sentou com nossa editora executiva Yui Sato para falar sobre sua infância e o momento em que descobriu que era uma princesa, como foi desvendar a cultura japonesa, aprender um segundo idioma, se apaixonar e vislumbrar um futuro cheio de possibilidades.

Segundo Sua Alteza Imperial a Princesa Izumi, tudo começou com um livro sobre orquídeas raras. Ela se senta ereta, com os tornozelos cruzados e as mãos no colo. Uma postura digna da realeza, embora sua educação tenha sido comum. Suas raízes da ensolarada Califórnia ficam evidentes em um punhado de sardas na ponta do nariz, em uma mecha avermelhada em seu cabelo, e na amabilidade genuína que irradia. Ela é sensata, animada, quase efervescente, especialmente ao descrever a mãe e as amigas. "Foi minha amiga quem encontrou a dedicatória no livro." A dedicatória em questão era um poema de seu pai, o príncipe herdeiro do Japão, que o escreveu dezoito anos atrás para a mãe da princesa Izumi, Hanako Tanaka.

Por mais de duas décadas, rumores circularam sobre a vida amorosa do príncipe herdeiro. Ávido por atividades ao ar livre, como esqui e montanhismo, ele teve seu quinhão de romances notórios, sendo o mais recente com a nipo-inglesa Hina Hirotomo, cuja linhagem vem de poderosos daimiôs e viscondes dos tempos que antecederam o banimento da nobreza no Japão. Sua vida amorosa é — e continua sendo — uma grande preocupação para a Agência da Casa Imperial. Há uma grande pressão para que o príncipe herdeiro Toshihito tenha um filho, um herdeiro legítimo. Embora a família imperial tenha acolhido a princesa Izumi como membro da realeza, ela não é legítima. Muito menos homem. Surgiram dúvidas a respeito da linha de sucessão e a possível alteração da lei que exclui mulheres de serem nomeadas herdeiras. A princesa Izumi tem opinião sobre o assunto, como veremos mais tarde nesta reportagem.

Neste ponto da história, ela encontrou seu pai, ou melhor, o homem que ela desconfiava que fosse pai. "Minha amiga é uma excelente detetive, e foi capaz de localizá-lo com suas habilidades. Ela começou entrando em contato com Harvard, mas o bom e velho Google acabou sendo o suficiente." A mãe da princesa Izumi também estudou em Harvard e é uma ilustre professora universitária de biologia, mas a princesa não compartilha da paixão de sua mãe pela ciência. "Temo ser uma aluna terrivelmente mediana", ela confessa, entusiasmada.

"Ficou bastante óbvio assim que vimos as fotos do príncipe herdeiro, meu pai. Dizem que sou parecida com ele." Ela é. A semelhança está estampada em seu nariz e nas maçãs do rosto salientes. "Minha mãe me deu o e-mail de um amigo que eles tinham em comum na faculdade. Escrevi uma carta para ele e..." Ela dá de ombros. O resto já sabemos. Uma semana depois, a imprensa se apossou da história, e a princesa Izumi já estava a caminho do Japão. O que aconteceu a partir daí foi uma série de confusões.

"Minha transição para o Japão não foi nada suave", a princesa diz, sem nenhum pudor. "Longe disso, na verdade." Apesar de estar ansiosa para se reconectar com o Japão — ela tem um carinho especial por *dorayaki* —, a princesa enfrentou muitos obstáculos. O principal foi sua criação estadunidense. "A sensação era a de voltar para casa, mas, ao mesmo tempo, não era bem isso. Ser uma japonesa nos Estados Unidos não foi fácil. Lutei muito para desvendar minha identidade morando em uma cidade predominantemente branca. Então, quando vim para o Japão, minhas expectativas eram altas e nada sensatas. Nunca vou atingir o conhecimento e a consciência cultural de alguém que nasceu aqui [Japão]. Sou uma estrangeira, mas também não sou. É um verdadeiro paradoxo." Somando-se a suas dificuldades, há a clara barreira linguística. O japonês da princesa Izumi está melhorando, mas, quando ela chegou, não tinha entendimento nenhum do idioma. "Após a Segunda Guerra Mundial [A Guerra

do Pacífico], meus avós maternos pararam de falar
japonês. Queriam ser totalmente assimilados aos Estados
Unidos. Eles morreram antes de eu nascer. Muito
da minha história se perdeu", afirma.

Os tabloides foram impiedosos ao expor as gafes
culturais da princesa. "Foi doloroso ouvir o que
disseram, mas também muito útil. Estou sempre
aprendendo, o que significa que vou continuar
cometendo erros. Tudo que peço é que as pessoas
tenham paciência comigo. Estou me esforçando muito
para ser digna desta instituição e ao mesmo tempo
permanecer fiel a mim mesma. É um equilíbrio
delicado", diz ela. "Afinal, sou filha da minha
mãe e do meu pai."

Sua maior transgressão foi seu relacionamento
com o guarda imperial Akio Kobayashi. Fotos vazadas
mostraram os dois agarrados em um beijo tórrido,
ação que violou duas normas: um membro da realeza
não pode demonstrar afeto em público e nem namorar
uma pessoa muito abaixo de sua posição.
"Tecnicamente, as fotos eram de momentos privados.
Não vou negar o que aconteceu, mas também não vou
entrar em detalhes", ela diz. Então, será que o guarda e
a princesa ainda são um casal? "Sei que a maior parte
da minha vida agora é pública e será comentada pela
mídia, mas faço questão de manter alguns momentos
particulares, principalmente aqueles relacionados à
minha vida amorosa, pelo menos até que eu esteja
pronta para compartilhar com o povo. De qualquer
forma, gostaria de pedir desculpas ao sr. Kobayashi
e à sua família. Nunca foi minha intenção que a imprensa

descobrisse, e lamento qualquer dano que isso tenha causado. Além do mais, gostaria de esclarecer a situação. Os tabloides pintaram um retrato muito ruim do sr. Kobayashi. Nosso relacionamento progrediu naturalmente e com reciprocidade. Ele não se aproveitou de mim. Por um tempo, fomos muito felizes." Sua voz fica melancólica — o tom de alguém que amou e perdeu seu amor.

Uma pessoa sobre a qual a princesa não fala muito é a mãe, Hanako Tanaka. "Ela é muito reservada. Mas quero dizer que é uma mãe maravilhosa, compassiva, gentil e generosa." Sobre uma possível reconciliação entre o príncipe herdeiro e sua mãe, a princesa se cala, direcionando a conversa para o tema de seu primeiro encontro com o imperador e a imperatriz. "Eu estava muito nervosa", ela admite. "E muito honrada. Conversamos sobre trivialidades no início, e acho que essa foi a maneira de me deixarem à vontade", conclui.

Paira a questão: teriam o imperador e a imperatriz desaprovado o caso amoroso do príncipe herdeiro e sua recém-descoberta filha? Terry Newman, o biógrafo imperial e vencedor do Prêmio Osaragi Jiro por seu livro *O Imperador Takehito: O homem e seu povo*, responde: "A imperatriz é conhecida pela tendência progressista nas questões que dizem respeito às mulheres, incluindo o tema de filhos nascidos fora do casamento, algo desaprovado até as últimas três décadas. Ela também mantém a cabeça aberta, tendo origem semelhante à de sua nova neta. A imperatriz nasceu em um vilarejo pobre e não sabia nada sobre a vida na corte até que acidentalmente conheceu o então príncipe herdeiro

na universidade, que ela teve a oportunidade
de frequentar graças a uma bolsa de estudos.
Mais do que tudo, o imperador e a imperatriz são
extremamente dedicados à família. Eles viraram
manchete quando decidiram quebrar a tradição
e criar seus filhos em casa. É certo que as apostas são
um pouco mais baixas em se tratando da princesa Izumi.
Se ela fosse homem, haveria mais preocupações sobre
seu direito ao trono enquanto filho ilegítimo".

Mas e quanto à Princesa Izumi? No passado, já houve
debates sobre a possibilidade de uma mulher herdar
o Trono do Crisântemo. Será que ela se imagina como
imperatriz? "Não sei", diz, muito franca. "Por enquanto,
só estou tentando aprender a ser uma princesa."

Qualquer que seja o futuro de S.A.I. a Princesa Izumi,
uma coisa é certa: seu pai está orgulhoso. E, mais
importante, parece que essa princesa tem orgulho
de si mesma. Isso é algo que todos nós devemos aplaudir.

Na próxima semana, publicaremos a segunda parte da
entrevista, em que o S.A.I. o Príncipe Herdeiro Toshihito
se junta à conversa.

37

No fim, Tóquio se revela uma cidade de românticos, de perdão e de graciosidade. Desde que a entrevista do *Women Now!* foi publicada, ursinhos de pelúcia, luminárias de papel, origamis, pratos de *dorayaki* e cartas têm sido entregues nos portões do palácio. Os guardas trazem os presentes debaixo dos braços, examinam tudo para garantir que não haja riscos para a minha segurança — tipo uma boneca *kawaii* que dispara raios laser pelos olhos — e depois os entregam a mim. A maioria é de adolescentes. Suas cartas têm forma de coração e expressam seu apoio eterno ao meu não relacionamento com Akio. Também há cartas de japoneses nascidos no exterior que se identificam com a minha história e querem dividir a sua. Tudo isso é impressionante. Nunca pensei que acenderia tal chama nas pessoas. Estou empenhada em responder todos que deixaram o endereço. O sr. Fuchigami não gosta da ideia, mas reservou um tempo na minha agenda para que eu possa escrever as respostas. Então, é isto.

— Ah, este é um convite para o casamento de alguém — Mariko diz, segurando um cartão com caligrafia elegante.

Solicitei a ajuda da minha dama de companhia para organizar as pilhas em categorias.

— Coloque nos diversos — peço.

— E este aqui? — Mariko segura um cartão amarrado a um buquê de flores. — É uma proposta de casamento de verdade. — Ela abre o cartão. — Ele afirma que sua renda é superior a cinco milhões de ienes por ano. Ah! Colocou uma foto. Não é tão ruim assim.

O cara tem o dobro da minha idade e um cabelo escuro que precisa urgentemente de um corte.

— Diversos — digo, esfregando as têmporas.

Tem sido muito mais trabalhoso do que eu tinha imaginado. Minha mãe se ofereceu para ficar e ajudar, mas era perceptível que estava ansiosa para voltar para casa. Todo esse cerco da imprensa ao meu redor a transformou em uma eremita do mais alto nível (ou seja, alguém que tem um desejo inegável de se esconder em casa, fechar todas as cortinas e beber água do banho). Meu pai vai visitá-la em breve. Eu vou com ele. Os dois estão dando uma nova definição ao termo "ir devagar". Eles estão *além*.

— As coisas estão ficando cada vez mais esquisitas — Mariko comenta, abrindo uma caixinha.

O papel de presente dourado está amassado. Os guardas imperiais provavelmente desembrulharam o presente primeiro.

— O que é? — Continuo na carta que estou escrevendo. — Se for mais *dorayaki*, vamos ter que doar. Não temos mais espaço.

— É um chaveiro com o seu nome.

Ergo a cabeça devagar e olho para o item pendurado nos dedos grossos de Mariko.

Ela vasculha a caixa.

— Tem um bilhete.

Levanto da cadeira.

— Deixa eu ver.

Pego o chaveiro e o pedaço de papel. O chaveiro é de madeira e tem um arco-íris pintado. Meu nome foi gravado ali. É um trabalho claramente artesanal. Pessoal. Contei para Akio sobre isso em Kyoto, na noite da nossa caminhada, do nosso primeiro beijo. O que ele falou mesmo? *Se eu pudesse, pegaria suas mágoas e as enterraria bem fundo.* Fico revirando o presente nas mãos e depois leio o bilhete.

Agora entendo
Claramente
Contra o vento, chuva, granizo

Parei de acreditar no amor
Até ver as folhas caindo

É *dele*. Tão certo quanto a Terra gira em torno do Sol, sei que as mãos de Akio tocaram isto. Meu coração bate rápido e quase sai pela boca.

— Quando esse presente foi entregue?

Não espero a resposta. Já estou me afastando, calçando sapatos e saindo pela porta da frente. Reina está lá. Ela aceitou minha oferta e é minha nova guarda-costas. Está arrastando caixas repletas de cartas dos portões de hora em hora para mim.

Faz uma reverência.

— Sua Alteza.

Não paro. Não posso. Meus calcanhares estão pegando fogo. Estou correndo para os portões. Reina vem atrás. Então, logo está ao meu lado. Você sabe, porque não corro muito bem e tal.

— Você não está vestida para uma corrida — ela diz.

Estou com uma calça e uma blusa de seda. Finalmente convenci Mariko sobre os méritos das calças: bolsos, conforto e a possibilidade de descer do carro feito uma pessoa. Mais guardas se juntam em meu rastro. Quanto mais nos aproximamos do portão, mais a segurança se intensifica. O chaveiro está na minha mão. É bobagem sair correndo assim. Estou certa de que vou me decepcionar de novo. Akio obviamente não está me esperando. Mas pode ser que esteja. Os pontos com os quais remendei meu coração estão estourando. Ainda há lugar para ele. Sempre haverá lugar para ele.

Diminuo o passo quando avisto os portões. Já é quase noite. A multidão dispersou. Os guardas imperiais não têm escolha a não ser abrir o portão para que eu não dê com a cara nele.

— Não. Não. Não. — Reina é irredutível.

— Desculpa. Não fique brava comigo. É por amor!

De repente, estou na calçada e logo sou notada. A surpresa momentânea impede que os retardatários se transformem em uma multidão. Os guardas imperiais formam uma barreira ao meu redor. O tempo para e desacelera. Caminho ao longo do portão, sorrindo e acenando para as pessoas, fingindo que tudo isso faz parte do plano. Aperto o chaveiro na palma da mão, procurando um ex-guarda alto, de cabelos escuros e sobrancelhas emotivas.

— O príncipe nunca tentou me desobedecer. Esta é a primeira vez que isso acontece — Reina diz, entre dentes.

Pobre Reina. Prometo compensá-la depois.

Meus olhos examinam a calçada, os arbustos, até as árvores, e pousam em uma figura a seis metros de distância. Alta. Escura. Sem uniforme. Meu coração bate forte. Akio está ali, emoldurado pelas sombras, com o sol se pondo às suas costas. Me aproximo devagar. Talvez eu esteja flutuando. Quem sabe. Ele também me vê. Seus olhos puxados estão cheios de ternura. Um murmúrio de reconhecimento perpassa a multidão. Uma câmera é acionada.

— Oi — digo quando estou perto o suficiente para que ele me ouça.

— Oi. — Ele faz uma reverência com um floreio.

Estou um pouco sem fôlego.

— Você deixou isso pra mim? — Abro a mão e mostro o chaveiro.

— Sim. — Sua voz rica e calorosa me preenche.

— Obrigada. — Este é o melhor e mais perfeito presente que já ganhei na vida.

— De nada. — Ficamos parados, nos encarando em silêncio.

— Por mais que eu esteja gostando dessa reunião, o resto das pessoas também está — Reina se intromete.

Akio está atônito. Seu cabelo está mais comprido. Ele o afasta dos olhos.

— Você quer entrar? — Aceno para o palácio. — Quero dizer, se não estiver ocupado.

— Não estou nem um pouco ocupado — ele diz. — Na verdade, tirei uns dias de folga. Eu tinha que fazer vigília do lado de fora de um palácio. Planejei esperar o tempo que fosse necessário para ver a princesa.

— Bem, então... — Estou sorrindo feito boba.

Lado a lado, caminhamos para o portão.

— Guarda nova? — Akio acena para Reina.

Ela está sussurrando algo em seu fone.

— Eu a roubei de Yoshi — digo.

Seus olhos se enrugam com um sorriso.

— Aposto que ele detestou isso. — Akio não sabe que meu primo foi o responsável pelo vazamento da história.

Vou contar depois. Há coisas mais importantes para nos concentrarmos agora.

— Reina sabe quebrar o pescoço de uma pessoa usando apenas o peso do corpo. Ela vai me ensinar mais tarde — digo.

Akio diz para Reina:

— Por favor, não ensine isso para ela.

— Eu já disse que não ensinaria — Reina fala, olhando para a frente.

Minha mão está tão perto da dele. Eu poderia segurá-la. Mas cerro os punhos. Há testemunhas demais. Estamos quase no portão. Nosso progresso é lento por causa da multidão crescente. Alguém chama meu nome. Fotos são tiradas. Mas é como se estivéssemos em nossa própria bolha, e eu me sinto tão leve quanto o ar. Meus membros estão formigando. Akio está aqui. Ele veio por mim.

Passamos por um mapa do palácio. Há uma seta vermelha com os ideogramas 現在地. *Genzaichi.* "Você está aqui." Logo em seguida, vejo o portão. Ele se abre e entramos. Continuamos seguindo a trilha até que o caminho faz uma curva e saímos de vista. Os guardas se afastaram. Só resta Reina, mantendo uma distância respeitosa.

— Eu li a sua entrevista — Akio diz.

— Leu? O que achou? — Não espero a resposta dele. — Me desculpa, Akio. Nunca quis prejudicar você nem a sua família.

Ele balança a cabeça.

— Eu é que deveria pedir desculpas. Você foi embora do Japão por causa do artigo do *Fofocas*... por minha causa.

— Você foi demitido.

Ele franze o cenho.

— Não fui, não.

Meus pensamentos congelam. O tempo desacelera e se alonga.

— Mas falaram... — Falaram que ele não estava mais na guarda imperial. — Pensei que você tinha sido demitido.

— O quê? *Não*. Eu que pedi demissão. Assim que a história vazou, entreguei meu pedido. Não pareceu grande coisa. Eu já ia fazer isso mesmo. — Seu tom é despreocupado. Franzo as sobrancelhas. Ele se apressa para explicar: — Eu estava planejando sair da guarda. Ia te contar naquele dia, durante o almoço, mas então começamos a dançar, e daí... — Ele fica corado.

Daí nos beijamos. Começamos a pegação.

Também fico corada.

— Não entendi. Seus pais, a imprensa...

Ele assente.

— No começo, foi difícil. Definitivamente não era como eu queria dar a notícia para o meu pai. Mas ele entendeu, ou pelo menos está tentando. Ele gosta de você, o que ajuda muito.

Minha expressão é feroz.

— Pensei que eu tinha acabado com sua vida.

— E eu, que tinha acabado com a *sua*. É por isso que não apareci. Achei que você não quisesse me ver. Mas então li a entrevista, e a jornalista insinuou que você ainda tinha sentimentos por mim... Ela estava... Ela está errada? Temos alguma chance? — Ele para e fica completamente de frente para mim. — Sei que não sou o homem que você ou a sua família precisam que eu seja, mas estou me esforçando. Se me der uma chance, prometo passar a vida toda me esforçando para ser digno de você. Eu me alistei na Força Aérea de Autodefesa. Em alguns anos, serei um oficial e terei uma boa renda. Será difícil, mas...

Eu o interrompo grudando meus lábios nos dele. Chega de falação. Só quero beijá-lo. Suas mãos envolvem meu pescoço e seus polegares acariciam meu queixo. Nos afastamos um do outro. Ele limpa uma lágrima debaixo do meu olho.

— Rabanete... Não chore.

— São lágrimas de felicidade — digo.

De agora em diante, só quero lágrimas de felicidade. Uma luz alaranjada atravessa as árvores. O sol está se pondo. Reina virou as costas para nós. Nos beijamos de novo, suave e prolongadamente.

— Nunca pensei que eu pudesse pertencer a lugar algum — sussurro. Ele faz um carinho no meu rosto.

— Izumi, você é um mundo próprio. Construa um espaço seu. Que seja exclusivamente seu. — É exatamente o que pensei.

Damos mais um beijo profundo e longo. Os olhos de Akio são de chocolate derretido com um anel de prata, inundados pela lua nascente. Mesmo sem música, nós dançamos, nos balançando de um lado para o outro. Apoio a bochecha em seu peito, provavelmente sujando sua camiseta branca de maquiagem. E como não conseguimos nos soltar, continuamos grudados. Juntos. Deixando a noite cair.

O que vai acontecer depois? Para onde vamos? Este é um felizes para sempre? Não sei. O que sei é que está sendo bom demais. E isso deveria ser digno de algum tipo de exibição pirotécnica.

Liberem os fogos de artifício.

Agradecimentos

Durante a edição deste manuscrito, soube que uma amiga morreu. Ela foi uma das inspirações para a GGA. Seguimos caminhos diferentes no ensino médio e não mantivemos muito contato, mas ela foi uma presença fundamental na minha vida, sempre tão confiante e confortável consigo mesma. Lamento que tenha partido. O mundo vai sentir sua falta.

São tantas as pessoas que fazem os livros virarem livros. Existem pessoas, como a amiga que mencionei acima, que são inspirações. Eu gostaria de acrescentar alguns nomes a essa lista agradecendo a meu marido, Craig, e a meus gêmeos. Agradeço também aos meus pais, que me incutiram o amor pela leitura, que, por sua vez, me levou ao amor pela escrita. Agradeço aos meus irmãos, a toda minha família e aos meus amigos.

Existem também aquelas pessoas que colocam a mão na massa e trabalham no livro com você. Agradeço à minha agente, Erin Harris, que acreditou na minha escrita desde o início. Agradeço a Joelle Hobeika, sempre destemida em suas edições, mas também tão gentil que é até um pouco suspeito; Sara Shandler; e Josh Bank, todos da Alloy. Agradeço a Sarah Barley, a incrível editora que acreditou neste livro e viu sua essência. Agradeço a John Ed de Vera por seu maravilhoso trabalho na capa original. Agradeço a toda a equipe da Flatiron: Sydney Jeon, Megan Lynch, Cristina Gilbert, Malati Chavali, Bob Miller, Claire McLaughlin, Chrisinda Lynch, Vincent Stanley, Jordan Forney, Katherine Turro, Nancy Trypuc, Erin Gordon, Amelia Possanza, Kelly Gatesman, Keith Hayes, Anna Gorovoy e Jennifer Edwards. E obrigada a todos que esqueci. Para quem não sabe, os agradecimentos são escritos muito antes da publicação do livro. Estou escrevendo isto em agosto de 2020. Nos próximos meses, este livro passará por muitas mãos na Flatiron, pessoas que vou conhecer e respeitar e lamentar não ter nomeado e agradecido formalmente no papel. Estou pensando em todos vocês agora.

Agradeço a Carrie, uma amiga e leitora maravilhosa do Japão que me ajudou com a checagem dos fatos. Não tenho palavras suficientes para dizer quão maravilhosa, inteligente e atenciosa você é. Fico tão feliz por termos nos conhecido. Não há mais ninguém com quem eu gostaria de discutir as convenções de nomenclatura imperiais. Agradeço também a Naohiro e Ruta, que também leram este livro e ofereceram sugestões.

E finalmente, obrigada a todos os leitores. Tenho tanta sorte por poder dividir algumas palavras com vocês. Meu coração está completo.

1ª EDIÇÃO [2021] 2 reimpressões

ESTA OBRA FOI COMPOSTA POR OSMANE GARCIA FILHO EM BEMBO
E IMPRESSA PELA GRÁFICA BARTIRA EM OFSETE SOBRE PAPEL PÓLEN NATURAL
DA SUZANO S.A. PARA A EDITORA SCHWARCZ EM JANEIRO DE 2023

A marca FSC® é a garantia de que a madeira utilizada na fabricação do papel deste livro provém de florestas que foram gerenciadas de maneira ambientalmente correta, socialmente justa e economicamente viável, além de outras fontes de origem controlada.